U0616157

A 三 DR

文艺家

别去读诗

Don't Read Poetry

〔美〕斯蒂芬妮·伯特
Stephanie Burt
著

袁永苹
译

Beijing United Publishing Co., Ltd.
北京联合出版公司

献给库珀、内森和杰西，

一如既往，永远。

她不是为了制造噪声而制造噪声。她邀请我进入她的脑海，在我的生命中，我第一次想象拥有别人的思想和感觉而不是我的，作为一个完全不同的人活着。

—— 科恩·卡伦德《飓风之子》（*Hurricane Child*）

那个声音是我们自己吗？饭渣、油渣和碎片，难道我们是那种东西吗？

—— 弗吉尼亚·伍尔夫《幕间》（*Between the Acts*）

她需要一种方式来确定她的确身在机器中。

—— 阿普丽尔·丹尼尔斯《无畏战舰》（*Dreadnought*）

目录

前言 读诗

　　在人类创造的所有艺术形式中，诗歌可以说是最容易被分享和获得的了。它们不需要现场表演或在舞台上由它们的创作者亲自大声朗诵（尽管有用）；它们不需要乐器和播放设备。有些诗被人背诵下来，大多数诗歌可以集结成册、出版、手抄或通过电子邮件与人共享，多数诗歌不需要花费太长的阅读时间。

　　那么，为什么很多人不读诗？为什么一些人喜欢的诗歌，却让另一些人感到困惑甚至讨厌呢？五百年前的诗与当下作者写的诗是一样的吗？它们对我们产生影响的方式一样吗？所有类型的诗歌，呈现方式是一样的吗？总是如此吗？为什么那些被贴上同一"诗歌"标签的不同事物之间，如此迥然不同呢？

　　这本书试图为这些问题提供答案。本书不仅列出读诗的方式、理由，还将说明如何将过去的诗人，从萨福、李白到华兹华斯，与现在的诗人联系起来。本书源于这样一种观念——这种观念我在一段时间后才意识到，它并不明显、不够普遍，也没有被学院广泛认可——即诗歌就像音乐片段：从定义上来说，诗歌与音乐存在一些共同点，但它们的工作原理、起源、目的都存在很大的不同。读者出于五花八门的原因喜欢五花八门的诗歌，就像不同的听众喜欢不同流派的音乐、各种类型的艺术家和不同风格的歌曲一样。同一位听众（例如您）会出于不同的原因，在生命中的不同阶段，甚至在同一天中的不同时间段，喜欢听不同类型的歌曲。

在某种程度上，我写这本书，是因为我从二十世纪九十年代初起，就开始讲授如何欣赏诗歌、思考人们喜欢诗歌的原因。从那时起，我就一直在为杂志撰写关于古诗和新诗的文章及书评，现在也有几百篇了。不过，这本书并不是书评集，而是书评的替代物；当我浏览每年在邮件中收到的数百本诗集，翻看自己特地购买的几十本诗集，或更频繁地浏览 Twitter（推特）、Facebook（脸书）、印刷鲜亮的季刊或全新的电子期刊时，我总会发现一首自己非常喜欢的诗——这首诗可能出自一位我从未听说过的作者。从某种意义上说，这本书就是要介绍那些我一直在找寻（但不一定都合你的胃口）的诗。

不仅对我来说是这样。你也可以想想"诗"（poetry）这个词意味着什么，想想一系列被称为"诗歌"（poems）的东西能够发挥怎样的效用。

两名新加坡少年浏览社交网站时，发现前一天有位塔斯马尼亚的同龄人，分享了八行写于四百年前的英国诗歌，讲述了超越时空的友谊。

漫画《X战警》中的超级英雄，在女儿的葬礼上大声朗读珀西·比希·雪莱的诗句；这位超级英雄的同伴——一名教师，重读罗伯特·弗罗斯特（Robert Frost）的诗歌让自己放松下来。

"欧仕派"除臭剂的电视广告里使用了几十个押头韵的、与古英语史诗《贝奥武夫》诗句风格近似的句子，这种恶搞在网上很有人气。

一位拉比 [1] 在葬礼上读了犹太礼拜仪式专用的现代英文版《圣经·诗篇》的第二十三篇。五个时区之外，一位牧师为会众读了 1607 年詹姆斯国王钦定版《圣经》中的同一篇章，其中一位精通英语和希伯来语的会众，思考着两者之间的差异。

一名研究生统计威廉·巴特勒·叶芝在其全部诗作中使用"血"（blood）、"爱"（love）和"月亮"（moon）的次数。另一位大声读着叶芝的诗，向未来的妻子求婚。还有一名研究生正在比较千年前可以唱的诗中性爱和奉献题材的英语译本与印度南部泰卢固语译本的区别。

一位英语教授正在课上讲鲍勃·迪伦。隔着三扇门，另一位教授正在讲说唱艺术家、歌手安吉尔·海兹（Angel Haze）。在校区另一端的音乐系，另一位教授研究着洛伦佐·达·彭特（Lorenzo Da Ponte）为莫扎特《女人皆如此》（*Così fan tutte*）所填的词。

一位有求知欲的饱学之士在三页没有字面意义的散文中，

1　指接受过正规犹太教教育，系统学习过犹太教经文的学者。如无特殊说明，本书中脚注均为译者注。

赏析着同义词和反义词的使用方式，比照着小写字母的升序和降序形式。

一位行政助理利用午餐时间抄写了托马斯·格雷（Thomas Gray）在乡村教堂小院里创作的《墓园挽歌》（Elegy Written in a Country Churchyard[1]）；另一位开会时，在纸巾上写下玛丽安·摩尔（Marianne Moore）诗作《诗》（Poetry）中的第一行："我，也不喜欢它。"

在波特兰的一家夜总会，两百人在观看一个人在台上讲述他们从原生家庭中逃离的那些可怕细节，以及他们已经找到的新生活。一个月后，这场演出就在 YouTube 上的一个频道播出，粉丝们将其抄写下来；有些人开始自发背诵。第二年，表演者将他的讲述以诗的形式出版，还附带了 CD。

詹姆斯·韦尔登·约翰逊（James Weldon Johnson）被誉为"黑人国歌"的名作《高声歌唱》（Lift Ev'ry Voice and Sing），在今年的全校大会上被演唱了九百九十八次。

中学生们为埃德加·李·马斯特斯（Edgar Lee Masters）的《匙河集》（Spoon River Anthology）编排了舞台朗读，每一首短诗的朗读者，都扮演一名诗中所写的、在美国中西部小镇上死去的居民。

一名正在学习汉语的学生，创作了李白在异乡遥望月亮时所写绝句的英文版。八十年前，一名被关押在旧金山湾天使岛

1　为便于读者查找，诗名及诗集名参照了原书格式。诗的名字采用正体，诗集名字采用斜体。

的中国移民，在牢房的墙壁上写下了同样的诗；他的同伴在别的牢房里写下了别的中国古诗，有时还会写下他们自己创作的新诗。

以细致入微的诗文描写而闻名的伊丽莎白·毕肖普（Elizabeth Bishop），在最后一稿维拉内体诗（villanelle）中改动了标点符号，称其为《一门艺术》（One Art），讲述了她差点失去所爱的故事。

古埃及人（名字不详）写下几行诗句，把爱比作鹅、玫瑰、火焰、鸽子。

我们可以说这些人正在读、写、听"poetry"，但是我们借由"poetry"这个词想表达什么意思呢？早在大约两百年前，这个词的意思是"想象的文学"，指散文或韵文中那些虚构的、不真实的创作。现在它指的是韵文、类似韵文的散文，或那些（有时）让我们感觉优雅、动人、崇高和超越的事物：运动员射击、政治家演讲和舞蹈表演都具有纯粹的诗意，这意味着我们会欣赏它们的美和技巧，但也会思考它们是否有什么实际的用途。至少可以追溯到两百年前，备受关注且颇具争议的文章《诗歌重要吗？》（Can Poetry Matter?）和《诗歌的四个时代：金银铜铁》（The Four Ages of Poetry）则争辩诗歌正在衰落，或已经衰落很久了——因为喜欢莎士比亚、狄金森、荷马或罗伯特·弗罗斯特的人越来越少了。另外一些文章通过调查表明诗歌正在回归，或从不曾远离我们：毕竟，看看现在有多少人在写诗！

同样，再看看那些在大学内外形成的社团，从喜欢《奥德赛》新译的孩子们的课堂，到城市中心极具自我意识的前卫派，再到激活传统语言及其诗歌形式的移民群体——他们围绕着特定的诗歌和特定的诗歌阅读方式聚合在一起。这些读者和作家并不是以同样的方式、出于同样的原因读同一首诗。他们也不是都在读同一类的诗，他们未必对"什么是诗"有同样的定义，对好诗的定义就更不相同了。

然而，他们中的一些人和我们中的一些人——还有我们中的许多人，不仅仅是我们这些诗歌读者，也包括我们美国人（因为我是个美国人），我们这些英语读者或其他所有文本的读者——陷入了一种关于什么可以算作诗，以及如何读诗、欣赏诗的神话之中。这一神话告诉我们，基于一个重大的理由，诗歌是对我们来说很重要的东西。也许诗歌会带我们了解其他人、其他文化，也许它能让我们更真实，让我们对自己敞开心扉。也许它能让我们在国家和团体中聚拢；也许它曾经这样做，但现在不是了，因此诗人还是变换一下写作方式比较好。

也许诗歌会向我们展示神圣、庄严、古怪与未知。也许这是一门难度很大的艺术，而诗人值得因其纯正的技术得到赞许，就像特技飞行员在半空中完成了翻转一样（也许这是一种言辞的战斗，诗人就像战斗机飞行员那样争夺空中控制权）。也许诗歌会让我们感到内心温暖，或者维持我们生活的幻象；也许它会引发革命，或（引用 W. H. 奥登的话来说就是）"祛魅与解毒"。也许我们需要在学校里学习诗歌——毕竟，诗歌是门古老而复杂的艺术，有专门的研究学者。也许只有在学校外，我们才能了解诗歌的真相，因为它是直觉和本能的产物，正如拉丁文谚语所说，"诗人是天生的，不是后天造就的"（没有人知道是谁编了这句谚语）。也许诗歌只是一个大多数人都无法理解的谜团。也许几首诗会变成你手中的钥匙，通过阅读，你会了解诗歌的一切。

如果有人告诉你他们知道如何读诗，或者诗到底是什么、诗有什么好处或你为什么要读诗，通常来说，他们已经错了。"poetry"这个词有许多相互重叠的意思，大部分指诗歌作品。作品很多，写作方式很多，读诗的理由也很多，如果你想找到、喜欢、热爱并且写出更多的诗，首先要做的，就是把它们区分开。人们读诗的理由各式各样，你的理由，可能你的叔叔、你最好的朋友、你的女儿或你的导师并不认同。

我之所以提笔写这本书，是因为有些书、有些教师会告诉读者和学生——诗歌是某种单一的事物，而这种做法让我感到沮丧。有时读者和学生会尝试着喜欢上诗歌，而他们有时也会因为某位代表诗人（如罗伯特·弗罗斯特）、某个阅读理由（通过诗歌洞悉宗教之神玄）或某种诗歌风格（现代自由诗），觉得诗歌这种东西不对他们的胃口。这就像草草听过贝多芬或肯德里克·拉马尔[1]，然后就得出自己不喜欢音乐的结论，其实世界上有多种音乐类型、多种欣赏音乐的方式，如果你寻找、倾听、问对了人，没准儿就会找到适合自己的。

1　肯德里克·拉马尔·达克沃斯（Kendrick Lamar Duckworth），美国说唱歌手、词曲作者。

所以，不要读诗。不要把诗歌理解为某种单一的事物，而要将其视为一套用词语创造事物的工具，正如音乐是用声音创造事物的工具（节拍、韵律、和声、结构形式、乐器）一样，要尝试去读各种类型的诗，寻找不同的读诗理由，通过不同的诗歌获取不同的体会方式。如此说来，如果没有更好的比喻的话，诗歌就像纽约的地铁（尽管修缮得稍微好了点）。系统始终运转，它可以带你到达纽约的任何一个地方，但不是每趟列车每时每刻都在运行，每趟列车都有自己特定的目的地。同样，诗行可以带你到达许多情感地带，到达历史上的许多地方和当今世界的许多地方，但是每一行诗只会去某些特定的地方，而你想搭乘什么线路，取决于你想去哪儿。

　　那么，试着将这本书想象为一张纽约那样的大城市的部分地铁系统图。它的目的不是向你展示这套系统的全部历史，也不是讲解所有列车如何运转，而是要使你知道去想去的地方该搭乘哪辆列车，了解这套系统能带你到达的地方，以及该如何乘坐。（这本书主要关注的是英语诗歌，因为我自己用英语写作；还有一些能够带你通往其他语言的分支线路，这些语言又有着各自相应的系统。）一开始，诗歌系统可能会让你觉得有点迷糊，但你去的地方越多，就越容易理解。它也比其他艺术或其他交通工具（如电影、歌剧或私家车）便宜。在你尚未熟悉的时候，诗歌系统会令你生畏，而且也并非适合所有人（纽约这座城市也并不适合所有人），可一旦你知道如何跟随它的指引，深入其中，就会发现它有许多值得称赞的地方。

"诗"（poem）源自一个古希腊动词，意为"创造"（to make）；中世纪苏格兰人称诗人为"makars"，即用文字进行创造的人。他们没有共同的目标，只有共同的语言技巧。如果你想知道"诗歌"的定义，不妨了解一下这些技巧：声音模式（只有部分模式有名称）、隐喻、语言中的其他象征手法，以及一些无法直接阐述出来的语言发生作用的方法。诗歌和诗人以语言为工具，完成各样的创作，就像吉他手用吉他演奏乐曲，或者歌手用声音歌唱一样。

我读了很多诗，也读了很多关于诗的书。但这本书，首先写给那些几乎不读诗或很少读诗的人，写给那些在看过《广告狂人》之后去读其中出现的弗兰克·奥哈拉（Frank O'Hara）的《紧急中的冥想》（Meditations in an Emergency）的人，或在追完《绝命毒师》之后去读珀西·比希·雪莱的《奥兹曼迪亚斯》（Ozymandias）的人。这本书也适用于那些年轻人，他们在现场或 YouTube 上、在自己和朋友的个人网页上观看诗人表演，从而接触到诗歌。我会提及诗人现场表演的诗歌主题，通常带有音乐伴奏的抒情歌词以及嘻哈音乐文本，但它们并不是这本书的主题。本书探讨的是那些可以直接阅读，而非从他人口中听到的文本，以及这些文本能够发挥的效用。

一般来说，人们在谈论"诗歌"这一话题时往往十分严肃，他们或许和我品位相投，但对待这门艺术的态度不同，因此用一部卡通片来进行类比或许有所帮助。如果你（或你家里的什么人）玩《宝可梦》游戏或者看同名动画片，你会发现里面有许许多多会变身的卡通小怪物，每个小怪物都有不同的技能。尽管身处同一个宇宙、遵循同样的定律，但实际上，诗歌和诗人们在诗歌技巧及目的上有所不同，这有点接近宝可梦之间的差异：你可以让卡咪龟灭火，可是，如果你想要点火的话，小火龙会是更好的选择。同样，相较于那些令我们不安且自我质疑的"点火"诗歌，那些能使我们平静下来、抛开日常生活、重新确认自己的"灭火"诗歌一样重要，因为身处一个可怖的世界，我们常常需要能让自己镇定下来的慰藉。

乔丽·格雷厄姆（Jorie Graham）可怕但精彩绝伦的现代诗歌《裂变》（Fission），构想了一个充满敌意的质询者，向十几岁时的诗人发问："我的朋友，诗有何目的？"可是没有一个目的适用于所有诗歌。这里只有诗歌本身，很多很多诗，这些诗或令人难忘，或荒诞不经，或平静似水，或变幻无常，或令人心碎，或让人痴迷。这些诗用严肃、诙谐、讽刺或令人心碎的方式，告诉我们诗必须如何、诗意味着什么，答案本身并不适用于曾经存在的每一位诗人，而是这个诗人，在这首诗中，在此刻，给出的答案。奥登用莎士比亚的话为其一首诗作命名——《最真实的诗是最虚妄的》（The Truest Poetry Is the Most Feigning）。也有其他读者和诗人期待诗歌真诚直白，毫无伪装，让他们无须冒险，感到心安。在黑兹尔·霍尔（Hazel Hall）1921 年的诗歌《浅睡》（Light Sleep）中，一个女人"整天躺在恐惧中／抓住词语的护身符／驱散暗淡的黑夜"。珍妮·博恩霍尔特（Jenny Bornholdt）在长诗《钳工车工》（Fitter Turner）中，把诗歌写作幽默地比喻为运动疗法：

> 在用我父亲装满了沙子的袜子，
> 绑在脚踝上，进行大量的理疗和举重练习之后，
>
> 我的膝盖得到了改善。那是几年前，
> 尽管它目前对我仍时有困扰，可大部分时候
>
> 没啥大碍。我没想跑步或做运动——打网球
> 或者壁球——这些需要突然变向的运动
>
> 诗歌，没啥影响，就好。

最后一句含有对博恩霍尔特所写的那类诗歌的不露声色的嘲讽：诗歌对世界的影响微乎其微（正如奥登所说，"诗歌无济于事"），写作也不像打网球那样需要耗费体力。但是，诗歌的确涉及方向的改变，尤其是在诗节和诗行的处理上。每一行诗都改变着你对最后一行诗的认识，改变着对诗人想要将你带向何处的认识。

也就是说，同一首诗的不同部分——以及不同的诗——能够以不同的方式将你带到不同的地方。诗歌——不是

"诗"，而是一首首的诗歌——能够支持民权运动，抚慰垂死之人，庆祝新生，带你进入无法想象的角色和环境，促使你辞职、找到新工作或根本不工作，给你带来如填字游戏、缝纫、看篮球比赛、打篮球或完成数学推理题一般的愉悦，还有（也许最重要的是），它能让你感觉自己并不是孤身一人。

很少有诗歌能够同时达到上述所有目的。为了实现你想要的目的，找到你喜欢的诗，你要接受这一点：如英国文艺复兴时期的诗人、作曲家托马斯·坎皮恩（Thomas Campion）所言，"不要事事求全"。一首诗从某一角度对某一位读者来说伟大，但对于其他人来说，可能令人恐惧、望而却步（在某种程度上，坎皮恩的诗是为了表明，并非所有人都想从性爱中得到同样的东西）。歌手兼作曲家崔西·索恩（Tracey Thorn）在其谈论歌唱事业的著作《在阿尔伯特音乐厅赤身裸体》（*Naked at the Albert Hall*）中回忆道："我们的贝斯手……许多年前对我说，'想听电子舞曲的话，你肯定不会去听法兰克·辛纳屈[1]，对吧？'"她继续写道："我们想从歌手那里得到什么？我们想要的或需要的并不总是同样的东西。"

在被作品打动之前，我们也并不需要描述自己想要的东西。我们不需要提前知道那些专业术语，事实上，我们聆听或阅读一位优秀诗人作品的经历，就是我们想要（如果我们想的话）明白那些术语的原因。你可以为了得到智识而读诗，可以

1　法兰克·辛纳屈（Frank Sinatra，1915—1998），美国歌手、影视演员、主持人。

为了获得惊奇感而读诗，也可以为了感受而读诗，抑或仅仅为了繁复而奇特的语言，全然不知诗学技艺的历史而读诗。同样，你可以在看比赛（如篮球比赛）时，欣赏林赛·惠伦[1]掌握每一位队友所在位置的能力，钦佩斯蒂芬·库里[2]无论在三分线外还是在面对阻挡、冲撞时，都能将球远距离投入篮筐的天分。但如果你想了解这些运动员怎样磨炼技艺，也许会对他们所从事的运动项目的规则和历史产生兴趣。

我把这本书叫作"别去读诗"，因为你如果正在为读、写和捍卫一种叫作"诗"的东西而寻找理由，那么你可能已经做错了。确实存在一种叫作"诗"的东西，存在一种遣词造句的历史，它不受词语含义的限制，且（与其他形式相比）常出现押韵的句子。同样，有一种叫作音乐的东西，那些曲调和节奏被人有意按照模式制作出来，但与其说我们在听"音乐"，不如说在听贝多芬、碧昂丝；与其说我们在学烹饪，不如说我们在学做意大利面、煎蛋饼、韩式石锅拌饭或越南河粉。我们不做"运动"，而是打篮球或滑冰。我在读（或学、写、教）的不是诗，而是那些从事诗歌创作的诗人的作品。

这些诗有不同的呈现方式及不同的目的，也给了我们各种各样阅读它们的理由。其中的六个理由构成了本书的余下章节。

首先是感受。诗歌通过语言编排来传达、分享或激发情感。很难想象一首诗（如果是食谱或粒子物理手册就容易想

1　美国女子篮球运动员。
2　美国男子篮球运动员。

象了）的语言编排方式，会让你除了标题之外什么都感受不到。当情感、态度、感受，成为一首诗中的词语激发出来的最初、最终或最重要的东西时——当它们富有表现力，相比那些我们能看到的人像画或能讲述出来的故事，更像我们能唱出来的歌时——我们可以将这样的诗叫作抒情诗：不是歌词（lyrics）、唱词，而是抒情诗（lyric），是单数的，这些诗句就像歌词（虽然没有音乐伴奏），分享着一个想象中的声音所传达的感受。奥登将诗称为"复杂感受的清晰呈现"，这一章将展示一些诗作符合这句表述的原因。

其次是角色。诗歌可以向我们介绍想象中的人或角色，他们可能与我们非常相像，也可能完全不同。小说、电影、剧作、史诗和叙事诗能够表现运动中的人物，让人物（或机器人、或会说话的动物）通过行为展示真实的自己。相反，短诗——如同本书中探讨的大部分短诗一样——能够向我们展示某一个人在某一时刻究竟是谁，通过语言的编排体现人物性格。我们将了解诗人如何塑造那些绝非其本人的人物角色，他们的言行举止就像在舞台上一样。我们将看到诗人如何在自己的诗歌中，把自己描绘成具有辨识性的人物，也将了解为何那么多的诗，会把动物、植物和无生命的物体想象成会说话之物。

再次是技巧。有些诗给人感觉很自然，像是在随意说话，而有些诗则呈现出刻意且复杂的形态。这样的诗歌仅在形式上就可以给人带来愉悦，一种理解难题或破解谜语的愉悦。有些诗人创造形式，有些诗人则将旧形式加以改造运用于新环境，以此表明旧形式并不总是意味着古老、源自欧洲或属于白人群体。

有些诗人试图解决复杂的问题，有些诗人则因诗歌难度为我们制造了问题。这些诗因艰涩而引人注目，也吸引了一部分读者——这是我们第四章要探讨的话题。这些诗歌使用含混、带有突破性甚至咄咄逼人的语言，打破了我们在外在世界中形成的惯性。它们或许会让我们的生活变得活跃起来，让我们看清即兴演讲、日常生活及更易读的诗歌中传达出的有害假设和易碎幻象。

拉丁诗人贺拉斯说过，诗歌应该使人愉悦、给人教谕。有些诗——无论是简单的还是复杂的、直接的还是间接的——确实在指导着我们：它们告诉我们如何以特定方式生活、如何服侍上帝、如何温柔地对待孩子、如何发动或阻止革命。诗歌的技巧是它们进行教诲的手段。在理想情形下，这类诗不仅包含了思想、建议、观点，还体现了智慧。第五章将探讨"智慧"——无论这种智慧是实用性的还是精神性的，是温和的还是强烈的——如何给了你充分的理由，去关注从圣经时代一直到今天的某些诗歌。

"你"可以是你，单个的人，也可以同时指很多人；"我们"可以是"你和我"，也可以是"你我及波士顿的其他人"或"我们所有人"。诗歌可以唤起"我们"和"你们"的感觉，以种种方式让想象中和现实中的读者，在我们的头脑中出现，或时不时在街头聚集。换句话说，诗歌可以表达或创造集体、共同体。我们将看到诗歌如何在特定的群体、国家和族群中，对有着共同生活背景及语言的人言说，我们也将看到某些诗歌和诗人，如何创造出我们自己的共同体。

没有一种类型的诗歌可以治好你的咳嗽，诗歌也不会废除资本主义、让一个情绪暴躁的幼童入睡，或者释放被拘留的难民。但诗歌可能会帮助你思考做这些事情的感觉。诗歌还会让你了解那些独特的人、亚文化和生活方式，用精妙的语言让你感到眼花缭乱，挑战你认识世界的方式，将你与过去相连，证明你并非孤身一人。

出色的古典音乐批评家亚历克斯·罗斯（Alex Ross）说："我讨厌古典音乐。"他补充道："不是讨厌这个东西本身，而是它的命名。""诗"现在可能也有类似的问题。它不仅太刻板，而且太被当回事儿、太老旧，也太被局限在白人群体中了。诗人、小说家本·勒纳（Ben Lerner）在一本名为《诗之恨》（*The Hatred of Poetry*）的小书中提出（如果我理解无误的话），诗按定义来说是失败的（我们憎恨它是因为它失败了），因为它做出了无法兑现的承诺，它无法解决有关孤独、失望、虚空和死亡等存在性的问题。但是，阅读、热爱或憎恶一种叫作诗的东西也是枉然，因为我们没有关注到诗歌作品极大的丰富性。任何只固守一类诗歌模式、一部伟大作品、一位伟大诗人或一种读诗方式的做法，都会导致失败和片面，我们必须承认有其他阅读、聆听或创作诗歌的方式存在。正如二十一世纪诗人阿西娅·瓦杜德（Asiya Wadud）所说，"每只鸟都有一个上帝。每只鸟的脑袋中都有一个指南针"。不是所有的鸟都会飞回同一个巢，或去寻找同样的食物。勒纳对诗不满是因为人们将诗看作单一的事物，就好像所有的鸟都是同一只鸟，而且是一只白鸟一样；难怪非白人读者会反对。

布鲁克林诗人托米·皮可（Tommy Pico）是一位来自今加利福尼亚州南部的库米亚 NDN（美国印第安土著的自称）同性恋者，作为反抗，他写了一本名为《自然诗》（Nature Poem）的书。这本书读起来令人惊讶，又妙趣横生。其中一页这样开头：

我不会写自然诗，因为英语是摊垃圾，让我在我的部落的灭绝中成为帮凶——我他妈的为什么要关心"诗歌"？它是一个容器盛装着"之乎者也"之类的词语。它具有长久又普遍的吸引力。诗把诸如苹果之类的东西，变成皮、籽和核。

认为自己"替幸存者发声"的皮可，不得不写自己的诗或反诗，因为以前的诗人和"诗"，特别是"自然诗"，不能表达他的感受。对皮可来说，那种决心、那种更新语言的行动，也是一种解构：

我要给圣山提起内裤，我要愉快地撒尿
在诗歌形式公园的草坪上
在没人看着的时候。

我要去逛卖语法的瓷器店并大叫

"毁了这个垃圾场！"然后小心翼翼地溜出去……

衰人请进——我们正在参观内部的风景。

（"内部"是双关语，既指内在生命、人内心的风景，也指单调乏味的美国西部内陆。）

没有什么行动比皮可许诺要毁掉这个地方，将其夷为平地，并在废墟上建立自己的诗歌或反诗更加令人振奋的了。很少有比这更传统的承诺。十九世纪的法国诗人保罗·魏尔伦（Paul Verlaine）承诺（在康拉德·艾肯的译文中），"抓住修辞学，扭断它的脖子！"沃尔特·惠特曼（Walt Whitman）采取了"请勾销那些大大超支的账目"[1]的举措，以使诗歌变得像美国人一样，尽可能地狂野和开放，"把门从门框上拆下来"[2]！激进诗人在打破传统的问题上并非扮演着失败者的角色，有些诗人获得了艺术上、情感上，甚至政治上的成功。其他诗人则没有突破的愿望，他们住在（象征的）从小长大的房子里，用房子里已有的东西变着戏法。

如果这本书有一个样本的话（实际上确实有一些），那就是威廉·燕卜荪（William Empson）1930 年的研究著作《朦胧的七种类型》。该书以轻松、个人化，比我这本书更有学术性

1　"请勾销那些大大超支的账目"（cross out all those immensely overpaid accounts）出自《草叶集·芦笛集》中的《展览会之歌》（Song of the Exposition）。

2　"把门从门框上拆下来"（unscrew the doors themselves from their jambs）出自《草叶集·铭言集》中的《自己之歌》（Song of Myself）。

的方式，研究了英国历史上的大量诗歌，表明诗歌如何从双关语、难以解析的短语、典故，及难以揣测其心理的言论等包含多种含义的语言中获得力量。燕卜荪按照自己划分的类别（朦胧的种类和程度）编排内容，撇开年代顺序，在从莎士比亚到鲜有人知的作者中选取样本。该书不仅阐述了燕卜荪自己的观点，即朦胧的重要性（当时是一种新的、有争议的想法），还提到了更广泛的原则，即"你必须通过每一首诗作本身去发掘这首诗是如何被尽可能写好的"，就这一层面而言，诗的属性格外重要——即便我们可以，甚至有时不得不把诗歌分类，以便明白每一首诗的目的。

如果有人在2188年读到了我的这本书——我不敢打赌有人会读——他们可能会觉得1998年、2008年和2018年的诗歌被我过度阐释了。这种过度阐释并不是瑕疵，而是特性——我想让你知道现在发生了什么。同时，我也想让你看看莎士比亚、乔叟、兰斯顿·休斯、玛丽安·摩尔，看看李白、萨福和阿纳梅亚（Annamayya）的译文，帮你整合你那些能用得上的过往经历。你可能会发现自己能够辨识出一些也是我特别喜欢的诗人的风格，其他诗人我也提了不止一次——约翰·邓恩（John Donne）、特伦斯·海斯（Terrance Hayes）、洛林·尼德克（Lorine Niedecker）、阿德里安娜·里奇（Adrienne Rich）、胡安·费利佩·赫雷拉（Juan Felipe Herrera）、A. R. 安蒙斯（A. R. Ammons）和 C. D. 赖特（C. D.Wright）。如果读了我的书，能够让你把这些诗人的诗集带回家，且在读过这些诗集后与他人分享，就像散文诗人基拉尼·克莱里（Killarney Clary）想要与我们分享她记忆中的人一样——"我多年没有大声说出其名字的人朝我走来，每个人都模糊但完整……你说'我在这里'。你看到我所拥有的，看到我想要告诉其他人的东西"，我会深感荣幸。

当你读完这本书的时候，你会了解更多，且因为了解的诗和诗人比你没读这本书的时候更多而感到愉悦（我期望如此）。但你不会喜欢我喜欢的所有诗人，也不会喜欢我选择的所有诗歌；如果你喜欢，咱们可能就是一个人了。适合你的诗，不会让你像我；但它们可以使你变得更优秀，或者帮助你成为你想成为的人。它们也会带给你一些你想听、想重读，或想与人分享的东西。现代诗人、偶像级人物杰克·斯派塞[1]写道，"没人听诗"（no one listens to poetry）。然而，斯派塞向我们展示了一条换行线如何改变一切——"不，人听诗"（no/one listens to poetry）。这本书将提供一个契机，让你成为这样的人。

---

[1]　杰克·斯派塞（Jack Spicer），美国著名诗人，2009年获得美国诗歌图书奖。

第一章　感觉

弗兰克·奥哈拉在其写作生涯早期所写的诗《文学传记》（Autobiographia Literaria）中就提到了诗人写诗、人们读诗的原因：

当我是个孩子的时候
我自己玩
在学校的角落
全然孤独。

我讨厌洋娃娃，我
讨厌游戏，动物们
不友好，鸟
飞走了。

如果有人找我
我就藏身在一棵
树后并且大声喊"我是
一个孤儿"。

我就在这儿，

在所有美的中心！

写出这些诗！

幻想！

　　"这些诗"也包括我们刚刚读过的这首诗。当你还是个孩子的时候，是否也曾忧郁、反叛、无助？大多数孩子不也是经常这般叛逆吗？回首往事，你或许一笑了之，或许依旧悲伤，或许两者兼有。你希望有人能够表达出这些感受，好让自己感觉被理解，或感觉不那么孤独。奥哈拉不赞成那种认为诗歌可以拯救生命的想法，不认为将痛苦感受付诸词语，就能让一个痛苦、孤单的孩子变成一个快乐的大人。与此同时，他似乎又认为这种想法是有可能的，不仅对他自己来说是这样，对所有人似乎都是如此。奥哈拉的诗看似用词普通、诗行变化随意。他甚至三次在"一个"（a）或"这个"（the）的地方随意转行。就像一架俯冲的飞机，奥哈拉将这首诗引向了他想与我们分享的那种幽默和喜悦。

　　这种分享或间接感受到的情感，能够通过一首诗——不仅通过内容，也通过形式、声音——传达给我们。这种态度和情感的分享与表达，是许多诗人写诗的主要目的，也是我们阅读很多诗歌的主要原因。我们先来看看留存至今的古罗马时代的短诗，再看看表现不同境遇的其他诗歌，那些充满保护欲的父母之爱，痛彻心扉后的解脱，还有感觉不被人理解、只有自己陷入窘境的孤独感受。

　　我们通常将把情感放在首位的诗歌称为抒情诗。这是一种写作类型、一种阅读方式，将诗歌作为表达感情的途径，正如它们曾经被人吟唱一样（有些至今仍在被吟唱）。本章中所举的每个例子，都有助于我们理解这一诗歌种类，理解抒情诗。我们会看看一些抒情诗如何追根溯源，探讨人类为何会不可思议地、将最深沉的情感诉诸词语。其中一些是神话故事（如关于希腊半神诗人俄耳甫斯的传说），另一些是隐喻（如关于身体是牢笼的隐喻）。我们会看到那些跨越时间和空间、有着相似情感（及符号象征，如监狱）的古老诗歌。我们也会在另一些古老的诗歌，特别是约翰·邓恩的作品中，发现爱的形式对于那些没有经历过爱情洗礼的人来说是多么难以理解。我们甚至会看到年代更久远的诗人，他们探究当人们把表达感情的词语唱出来时，会发生什么变化。

＊　＊　＊

　　正如歌曲通过将词语嵌入旋律、声音表演和器乐编曲来传达（增强或加固）其中的感觉一样，抒情诗（其中一些也可以被唱）通过声音、语法形式、词语选择、诗行形态、典故和形象，来表达（加固或有时削弱）词语所暗示的感觉。诗人是使用高级词汇还是低级俚语？诗行是在词组末尾断句换行，还是打破常规（如奥哈拉在"这个"一词处换行）？诗人的描述告诉我们关于描述者的什么信息？我们能完全理解诗人的意图吗？当我们读一首诗的时候，诗的样貌如何作用于我们的感受，诗中的言说者又作何感受呢？

这些问题适用于新诗，也适用于几千年前的古诗，如古罗马诗人盖尤斯·瓦勒里乌斯·卡图卢斯的这首两行诗："Odi et amo. Quare id faciam, fortasse requiris?/ Nescio, sed fierei sentio et excrucior." 很多作家把这首诗译成了英文（如果算上学校里的学生，恐怕要有数万人）。单是当代诗人弗兰克·比达特（Frank Bidart）就将其翻译了三次。比达特的其中一版译文为："我恨、我爱。无知的鱼，甚至 / 在因痛苦而扭动时，想要飞行。"另一个版本是："我恨我所爱。问问那只被钉在十字架上的手吧，为何还握着扎进它血肉里的钉子。"拉丁文里没有鱼，但有十字架——还有一个权威版本译为："我又恨又爱。你或许会问，这是怎么回事？我不知道，可我感受到了，疼得像被钉在十字架上。"

你和卡图卢斯并不完全一样。首先，你不是古罗马的居民。但你可能和他有一些共同之处——这些共同点比在你还没读这首诗时想象的共同点要多。卡图卢斯的两行"呐喊"是人们相对熟知的范例，它反映了一个更普遍的现象：这些幸存下来的古老短诗，在当代英语语境中生出多个极富生命力的译本。可以看看李白、萨福，或印度南部的泰卢固语巴克提诗人[1]的作品 [可参考 A. K. 拉马努詹（A. K. Ramanujan）的译本]。这

1　巴克提（bhakti）意为虔信、热爱。公元八世纪左右，一些吟游诗人用诗歌宣扬巴克提思想，被称为巴克提诗人。

些幸存的诗歌之所以能够吸引后来的诗人和读者，不仅因为它们是历史的一部分（又有什么不是历史的一部分呢？），还因为这些诗歌是感情的语言模型，其中的一些感情至今仍然存在。你可能也有过一两次像卡图卢斯这样强烈而复杂的情感。

将复杂情感浓缩，用文字而非其他东西进行表达——使它们比任何一个时刻，或任何一个人的一生都要长——这是诗歌特别擅长的事。并非所有诗歌都是如此。有些诗歌因其所讲述的故事、巧妙模糊的意蕴，或直接的、充满智慧的劝诫而被读者阅读。但是，那些分享或在一定程度上分享感受的诗歌类型，如抒情诗，是我们许多人在数量庞大的新诗、比卡图卢斯更古老的古诗，以及那些通过征兆和象征间接表达的诗歌（如奥哈拉和比达特那样）中，想要寻找的。

因为抒情诗依靠词语分享感受，一旦你习惯了阅读，尤其是习惯了那些古老的抒情诗，这些词语似乎就能跨越时空，将我们的感受连接在一起。我们可以想象自己拥有与卡图卢斯类似的感受（虽然我们无法完全确定），并借由卡图卢斯、萨福或阿弗拉·贝恩（Aphra Behn）的词语进入想象世界。这样一来，比达特的现代译本就能有所帮助了（注意译本之间存在很大区别）。当你阅读古老的英语抒情诗时，实际上是在按照自己的方式重新翻译它们；你尝试得越多、篇幅越长，就会越顺。抒情诗表达的并不是某一个人的独特感受；它将感受融入词语，以便其他人能够不受时空所限，进入诗歌所编织的世界。如果你阅读不同诗人及不同时期的诗人针对同一种处境及感受所写的诗歌，你就会对风格的重要性和语言对情感的微妙传达及再现更加敏感。这些细微的差别，就是我们会为诗歌劳神的原因，或者至少是我们首先为抒情诗劳神的原因。你对不同时代及不同地域的诗歌的了解越多，你就越容易理解这一点（理论上，这件事没有时空和地域的限制，但在这本书中指的主要是英语）。

有些诗想要抒情，想要分享感受，通过遣词造句表达情感，但是效果并不好；有些诗，却可以被当成抒情诗来读。同样，你可以把黄油刀或汽车钥匙当作螺丝刀来用，但如果你为螺丝找到它的螺丝刀，把车钥匙留给汽车的话，可能会更好。从某种意义上来说，当你在读抒情诗时，你是在寻找其他人的钥匙；你会感觉自己正在开启一个空间，或搭乘一辆诗人所使用的交通工具，你能进入内部一探究竟。出于某些原因，有些感受更适合放在诗里，而不是在电话里讲个明白。它们可能很难被表述，很复杂甚至令人羞愧，或者仅仅是因为那些情感是如此强烈、如此渴望被分享，就像劳拉·卡西切克（Laura Kasischke）在《恳请》（Please）中所表达的那样：

　　和我一起留在这个世界上。

　　船走了。
　　小巴走了。
　　圣人走了，地铁走了。

6

让我们留下。

每个世界都有疼痛，
当我把你带到
这个世界的时候
我就知道了。
这是真的——
雨从来没有被
孩子们的队伍逼停。但
我还是要告诉你，它削弱
你片刻以后进入爱。

塑料牛，塑料谷仓，
胖胖的黄色铅笔，糨糊的气味。

哦，我知道这世界并不完美。
它的眼泪和重力。
它的空间和洞穴。
今天我再一次明白了，
当我们过马路时，
你的手握在我的手中，
在倾盆大雨中低头。

一开始，诗人正对她年幼的孩子说话——想象中她诉说得很缓慢，诗行与诗行间出现了长长的停顿——卡西切克的诗也包含了她对自己的期望。那个直接的邀请（以"留下"开头）有多种含义（"过马路的时候请拉住我的手"和"请不要让任何不好的事情发生在你身上"）。做出让步的"但我还是"和"我知道"，说明她认同生活在"这个世界"里是值得的，但也存有怀疑。卡西切克为数不多的、零散的、出人意料的长词——如很少有学龄前儿童会知道的"圣人"和"重力"——更多讲述了诗人如何看待这种经历，以及在她看来，人仅仅是让自己在世上存活下来就已经很艰难了。

　　像所有写抒情诗的诗人一样，卡西切克为自己和想象中的读者写诗，她假定这些读者：知道塑料玩具、胶水和胖胖的铅笔属于一个年幼的孩子或孩子所在的班级；孩子们必须学会过马路；孩子们的父母不得不让他们信任的人（如幼儿教师）来照顾自己的孩子。我们带着怜悯之情阅读卡西切克的诗，就是要进入父母的感情模式，为这个不完美和不可预测的世界向孩子们致歉。

　　这也是抒情诗普遍使用的方式。读这些诗，在一定程度上是邀请我们分享诗中人的态度。这些诗中人可能也是诗的作者（如果我们不得不给他们命名，就叫他们"卡图卢斯"或"劳拉"）。这些人并不比赫敏·格兰杰[1]更真实。但抒情诗

1　赫敏·格兰杰，《哈利·波特》系列中的女主角。

歌不会（像赫敏那样）给我们讲一个完整的故事；一般来讲，抒情诗中虚构的参与者，除了凭空臆测，并没有一连串的事件或令人满意的互相勾连的情节。卡图卢斯的情人是何时、如何拒绝他的？卡西切克穿过的是哪条街？单就这些诗，我们无从知晓。

这种故事的缺失，或者说故事的模糊性，是抒情诗的一个特征，但不是缺陷。抒情诗可以呈现精神状态、存在方式，而不必呈现原因，也不必叙述接下来会发生什么。诗人、评论家杰夫·多尔文（Jeff Dolven）说过："如果你没有一个故事，你仍然可以有一种风格。"抒情诗让你展示你的感受，分享你之所是，而不必讲述一个完整的故事。抒情诗邀请我们站在诗人的角度去感受，即便你不能，也无法持有诗人的信念或者像他们一样生活，你也可以接受这一邀请。1633 年去世的诗人乔治·赫伯特（George Herbert）因其对英国教会的虔敬而闻名；他还写过关于如何成为一名好牧师的文章。然而，任何有宗教信仰或无宗教信仰的人，只要有过从严重的精神疾病或身体疾病中恢复的经历，就会注意到赫伯特的《花》（The Flower）中那曲折回环、充满魅力的句子：

> 如今，许多年过去了，我再次萌芽，
> 经历过那么多死亡之后，我活并且我写；
> 我再一次闻到了露珠和雨水的味道，
> 并倾情吟唱：啊，我独一的光，

我不再是那个主的暴风雪

整夜落在身上的人。

　　他感觉到新生，虽然他知道自己还是那同一具肉身。诗的余下部分把这一变化归因于神的介入，因为赫伯特感谢上帝所有的祝福（表示唯一的"onely"不是排版错误，而是一个非标准的拼写：赫伯特唯一的光是那三位一体、独一真神上帝）。当然，你也可以把自己的感激之情倾注到别的事物上，但沉浸在这首诗营造的，以交织的韵律、欢欣的结尾、重获新生时的激动人心所构筑的欢欣、甜蜜的感受中。

　　如果抒情诗包含难以表达、难以分享的情感，而通过语言可以使得这些情感可感知，那么抒情诗是不是一种心理治疗呢？读诗或写诗，会不会相当于看心理医生呢？二十世纪的一些诗人持这样的观点（我们将在第二章里看到一些这样的诗人）。我最喜欢的诗人之一——兰德尔·贾雷尔（Randall Jarrell）相信，读者应该像用弗洛伊德精神疗法来给病人治病一样聆听诗歌：自由飘浮，没有方向，吸纳一切。贾雷尔并没有错。但抒情诗要比心理治疗古老得多，而且两者也并不十分相似（诗比英语还要古老，也比我们现在用来描述它的词更古老）。它也不像我们和朋友之间的交谈。抒情诗想象它们对每一个人、随便一个人或一群陌生人言说，或至少（甚至是对朋友言说，就像有些诗做的那样）在多年以后被素未谋面的读者听到或读到。有价值的抒情诗会在重读时带给读者新的愉悦（这一点不同于大多数电话对话的抄录），这种乐趣不仅体现在内容上，也体现在声音上；它们既是词句，也是人造的事物。摩根·帕克（Morgan Parker）在2016年出版的诗集《有比碧昂丝更美丽的事物》（*There Are More Beautiful Things Than Beyoncé*）中，简洁精练、优美生动且（在我看来）诙谐幽默地描写了诗歌如何做到了心理治疗师所不能做到的事情：

> 我的治疗师说，
> 我的核是黑暗的，星球的表面也是如此。[1]

> 她说，许多搞创作的人
> 都和我一样，再努力也无法过得快乐。

> 她说，平静就是
> 人们讲述他自己。

帕克的"核"可能类似于金星无法居住的表面，那里厚重的大气几乎不允许光线透过。她认为自己的忧郁是"黑暗"的，这无助于问题的解决，但可能比她的心理治疗师给出的建议更现实。

帕克的诗句听起来不太像以前的诗。她似乎竭尽所能，不

---

1 帕克是一位黑人女性，因此诗中的"黑"字可能也是对其肤色的双关譬喻。

让自己的诗听起来像我们在学校里学过的那些。但是，一些早期的诗人同样不想让自己的诗囿于他们在学校里接触到的诗或年轻时读过的诗。读、写抒情诗可以把我们和遥远的过去（如卡图卢斯）联系起来，但也可以让我们成为我们这个时代中的一员。帕克说那些早期的经典诗歌，已经无法表达我们现有的生活方式了。它们无法被感知，高高在上、遥不可及，就像来自空中的一声闷响。正如帕克所说：

> 这该死的天空
>
> 它被过度利用了，因为没人拿得准它
>
> 它是如何以明目张胆的特权飘浮着，
>
> 并且觉得它能质疑任何事，
>
> 它的自我每天都在膨胀，是你纵容它的

帕克尽可能使用一种接地气的语言，与那种在天上闷响的"诗歌"不同。这首诗继续写道：

> 总有一天这些胡扯会难以置信地汇聚……
>
> 光会像雪一样落在你的脸颊上，你的唇尖上
>
> 人行道上也是如此，显现
>
> 梳理你的过去，你会想，好吧，
>
> 我过去是一个与众不同的人

这首诗不仅体现了帕克混乱的情绪，也体现了在未来某一时刻，当别人敬仰她时，她所表现出的那种完美的镇定。她的诗不仅让我们沉浸在一种感觉中，而且能够让我们想象那种感觉是如何变化的。

帕克等人的写作是为了反抗（攻击）那种古老、高贵的语调，他们想让我们感受诗歌，而不是迷失在理解这些诗歌的过程中。但理解能够帮助我们更好地感受。几个世纪以来，读者们一直担心，一旦我们为了研究诗歌而把它进行拆解，我们就会失去与诗中存在的情感的联结——正如华兹华斯所言，诗歌评论家是"解剖杀手"。我不再喜欢某些诗歌、流行歌曲、小说和漫画，是因为我对它们的运作方式太熟悉了，也了解它们所依赖的模式化观念。但通常，当某件事对我来说有意义时——无论它是一首诗、一首歌、一份食谱，还是一个篮球动作——一旦我对它有了更多的理解，我就会更喜欢它。现代诗人、批评家威廉·燕卜荪于1930年提出了类似的反对意见。"一行诗给人带来愉悦的原因，"他反思道，"就像其他任何事情一样：人们可以对它进行推理；诗歌中美的根基不应该被侵犯，对我来说，那些有点儿手痒就可以去进行诗歌批评的做法，相当自大。"你不能让你的注视吸食赫伯特花中的生命，即使你想这么做。

我既谈论古诗也谈论新诗，因为我都喜欢，但我想说明一点：读抒情诗是为了发现跨越时空的人类情感的共性，无论多么雷同、多么主观。A. E. 豪斯曼（A. E. Housman）1896 年的诗集《西罗普郡少年》（*A Shropshire Lad*）广受欢迎，几十年来长盛不衰，它描绘了在典型英格兰乡村的山谷与沼泽中闷闷不乐、饱受相思之苦的年轻人。其中一个年轻人思索着，在不列颠驻扎的罗马士兵或许和他有同样的感受：

> 当年，远在我以前，那个罗马人
> > 常向着那边起伏的山林凝睇；
> 一个英吉利农夫创痛的心情
> > 和使他激奋的血液，他都有的是。

> 他那里，也象风吹过骚动的树林，
> > 生命的风暴从他心头吹过；
> 树如此，人亦如此，永远不能平；
> > 昔日有那罗马人，今日有我。[1]

摩根·帕克与豪斯曼不同，但豪斯曼（尽管也是一位古典学者）也不像忒奥克里托斯（Theocritus）和莎士比亚。抒情诗的漫长历史——即使是单一语言，如英语中的抒情诗历史——显示了我们与古老先人在灵魂深处的相似之处，以及抒情诗如何许诺从彼时彼地到今时今日，仍然传递着这些相似之处。

你会发现这种许诺——不用在离我们如此遥远的帕克身

---

1 《西罗普郡少年》，周煦良译，湖南人民出版社。

上——同样存在于约翰·邓恩在十六世纪初写下的、关于深陷误解中的恋人的绝佳诗歌的结尾。现在（那些爱人会说）我们只有彼此。然而，未来的读者会像爱的圣徒一样崇拜我们、向我们祈祷。邓恩的诗歌《封圣》（The Canonization）以未来读者给早逝爱人的信为结尾：

> 且如是求我们："你们，被可敬的爱神
> 　　变成彼此的隐修道场者；
> 你们，认为爱曾是和平，如今是争斗者；
> 　　曾经缩小整个世界的灵魂，
> 　　把乡野、城镇、宫廷赶进
> 　　你们的眼睛（于是被造成
> 镜子、望远镜，给你们把一切缩映）
> 　　者：请代求上天恩赐
> 　　你们的恋爱模式！"[1]

隐修道场是隐士静思居住的地方；"reverend"的意思是"崇敬"[2]。"epitomize"指"缩映"[3]，既是一个简短的总结，也是一个最好的例子。现在，恋人的眼睛是他们唯一的美镜，在这镜子中，恋人们只能看到对方。但是，未来也将学会看和

1　摘自《约翰·但恩诗集（修订版）》，傅浩译，上海译文出版社。本书中的译名统一为"约翰·邓恩"，此处引用保留了"约翰·但恩"。
2　原诗为"You, whom reverend love/Made one another's hermitage"。
3　原诗为"So made such mirrors, and such spies,/That they did all to you epitomize"。

模仿。

邓恩并不是古老抒情诗的一个随机例子，虽然其他批评家也能举出其他的例子。我在这里提到他（下面我们将进一步了解他），不仅因为我非常喜爱他的诗歌，也因为他展示了复杂、富有挑战性或明显过时的诗歌技巧——超长句、扩展或牵强的对比，以及惯用的夸张手法——如何赋予诗歌一种力量，来表现那些难以表达的情感。他不仅展示了诗歌凝聚并传达情感的方法，还展示了为何一些情感能够在诗歌中，甚至在令人费解的诗歌中被最好地传达出来，为何古老的诗歌至今仍值得我们阅读。（燕卜荪为这一类诗进行了真诚的辩护，他反对那些认为邓恩的诗歌只是炫技的批评家的观点。十七世纪的诗人看到了自己，燕卜荪写道，"作为爱的殉道者及随之而来的宗教的建立者"，必须制定教义。）

邓恩和帕克都把自己的诗比作镜子，在镜子里，他们看到自己，我们或许也能看到我们自己。他们都知道自己可能会被误解，就像邓恩曾被误解一样。在二十世纪的大部分时间里，邓恩的爱情诗因其对读者理解能力的挑战闻名（这些诗很难被人理解）。但它们也代表一种深刻、罕见，甚至令人费解的亲密关系（两个人之间的关系，其他人并不能完全理解）。

最能体现这种罕见关系的诗作就是《赠别：不许伤悲》（A Valediction Forbidding Mourning）。就像邓恩所有的爱情诗一样，这首诗在他生前，以手写稿的形式被人誊写、传播，广受赞誉，但直到他死后才得以发表。"赠别"（valediction）在拉丁语中是"再见"的意思；这首诗预示了一段危险的海上旅程，就像邓恩作为水手及后来的外交官所经历的那样。言说者向他的爱人（可能是他的妻子）表明，他们的爱情不能被地理距离打败，因为他们在精神领域是全然一体的：

> 世俗恋人的乏味爱欲
>
> （其灵魂即感官）不能忍受
>
> 别离，因别离使他们失去
>
> 那些构成爱情的元素。
>
> 而我们被爱情炼得精纯——
>
> 自己竟不知那是何物——
>
> 更注重彼此心灵的相印，
>
> 不在乎眼、唇，及手的接触。[1]

"感官"在这里指的是"身体感觉"，甚至是强烈的性欲望；"构成"意为组成、包含。情人们自己并没有术语能够形容他们之间那种不取决于"感官"的爱。他们不得不创造自己的术语，使用明喻。他们之间的联系"像黄金槌打成透明薄叶"：不同于那些易碎、低价的金属，黄金可以被敲打成光滑的薄片。恋人们也像绘图员的圆规支腿一样：

---

1 《约翰·但恩诗集（修订版）》，傅浩译，上海译文出版社。下同。

即便是一分为二，也如同

　　僵硬的圆规双脚一般；

你的灵魂，那定脚，不动，

　　倘若另一脚移动，才动弹。

虽然定脚稳坐在中心，

　　但是另一脚在外远游时，

也侧身倾听它的足音，

　　等那位回家，就把腰挺直。

你对我就将如此，我不得

　　不像另一脚，环行奔跑；

你的坚定使我的圆正确，

　　使我回到起始处，终了。

　　每个情人都"侧身倾听"，仿佛邓恩和他的密友、情人或妻子，隔着海听到了对方的声音。平衡的八音节诗行与交替的韵律相互依存。无论从数学角度还是从道德角度来说，它们的结束似乎都是"正确"的；在它们的共同作用下，其中一个或一对情人立了起来，或者说，"勃起"（是的，这是一个关于阴茎的笑话）。

　　十八世纪的批评家塞缪尔·约翰逊（Samuel Johnson）希望自己的诗歌深刻且表述清晰，他很反感邓恩的比喻，认为他的比喻因太怪异而显得失真，是"异端思想的粗暴捆绑"。二十世纪早期，T. S. 艾略特和他的盟友，欣赏邓恩能够将感觉和思考、精神和心灵连接在一起的那种古怪和难以解读。由于权威的认可，邓恩成了学术、智慧和玄学品位的代名词。在玛格丽特·埃德森（Margaret Edson）的普利策奖得奖戏剧《智者》[1]（1999 年）中，一位压抑的大学教授把邓恩推荐给她的学生，以此避免莎士比亚作品给她带来的痛彻心扉。

然而，如果你曾感到格格不入、不被人理解或不理解他人（尤其是在心理层面）；如果你曾觉得自己与他人的关系——无论是浪漫的、排他的，还是在法律层面上的——需要一些解释，或一场充满激情的辩护；如果你有朋友身处一段顽固的异地恋；如果你有过这样的经历，你可能会发现邓恩精妙难懂的隐喻不但不是真诚的阻碍，反而是通向真诚的途径，是利用了隐喻、间接表达、复杂句法、节奏等工具的途径。如果你细心探寻，你甚至可以在邓恩那些伟大的爱情诗中，看到对我们现在所说的，不被法律和习俗认可且大多数人不能真正理解的同性关系的辩护。

从燕卜荪写的关于邓恩及其他人的文字来看，作为双性恋者、持性开放观念且关注与自己不同的人如何生活的燕卜荪，在邓恩的作品中看到了这些。因此，如果你愿意，你也可以找到——只要你读对了诗。如果你想要寻找一位十七世纪的女诗人，她的写法清晰、优雅，描写女性之间的深刻情欲，你应该会发现凯瑟琳·菲利普斯（Katherine Phillips）。过去与现在

---

1 《智者》（*Wit*）讲述了教授十七世纪古典诗歌的教授薇薇安·伯瑞（Vivian Bearing）从被诊断出子宫癌晚期到离世的过程。

不同，但两者的关系远比许多人认为的要近，而抒情诗就是这种距离和亲近关系的最好证明。

抒情诗，即使（像奥哈拉的那样）诙谐，也会将人的感受——你的、我的、任何人的感受——当作值得被认真对待的东西。这样有错吗？因二十一世纪初"姐妹之声"（Sister Spit）[1]表演而闻名的当代作家达芙妮·戈特利布（Daphne Gottlieb），在自己的诗作《在朋克读书会上》（at the punk lit reading）中发问，是什么让诗人变得重要或自以为重要。以下是这首诗的前十五行：

> 舞台上有个诗人。
> 他曾经跟踪我。
> 我为他的诗鼓掌，
> 因为它读完了。
> 这首诗是关于海洛因，
> 或抢劫某人，
> 或在一个乐队中，
> 或死尸的。
> 不是每个人都想发声吗？
>
> 我太无聊

1　"姐妹之声"是关于女权主义的艺术团队，通过语言表演和行为艺术表达观点。

又无法烧毁森林。

看到那树了吗？

让我们用头撞树直到

我们眼冒金星。

戈特利布不是在拿自己刚刚听到的陈词滥调开玩笑。她也在问，作为作者和读者，她或你会在多大程度上认同这个朋克摇滚老兄对自己情感的极度表达，以及我们如何在不显得像他的情况下，认真对待自己的困境。

正如每一首抒情诗都需要逐字逐句地细读一样，声音模式也与感觉有关。戈特利布建议使用三拍诗行（我太无聊，又无法烧毁森林。看到那树了吗？ [1]），其中的单音节词表现了她的不耐烦。但这些声音模式并不总是表达这种态度。同样的节奏（松散的三音步诗行 [2]）可以帮助戈特利布营造焦躁不安和厌倦的情绪，也可以让其他诗人，如斯坦利·库尼茨（Stanley Kunitz）显得刻意而庄重。以下是库尼茨《黄蜂：夏天的白日梦》（Hornworm: Summer Reverie）中的部分诗节：

1　原文为 "I'M too BORED to BURN / down the FOR-est. SEE the TREES?" 通过重音强调诗句的节奏。

2　英诗中重读与非重读音节的特殊组合叫作音步，三音步诗行即在一行诗中有三个音步。

看我装出一副慢吞吞

又吃惊的样子，

我抬起圆乎乎的头，

盯着一个入侵者，

似乎没有人猜到

我到底有多温柔，

大多数时候

满足于只想隐身。

在七十岁后写出了生命中最好诗作的库尼茨，把粗糙的韵律变成了自己的特色，不仅用来表现节肢动物，也用在其他关于爱欲和老年伴侣的诗歌中，如那首诚挚的获奖诗歌《触摸我》（Touch Me），它的结尾写道：

所以，让破旧的老树枝条

徒劳地对抗玻璃窗

和房椽，嘎吱作响。

亲爱的，你还记得

你所嫁的男人吗？碰触我，

令我想起我是谁。

像许多流行歌手一样，库尼茨想要表现深沉、真挚的爱。抒情诗能够做到这一点，它不仅可以表现情爱，还可以表现父母之爱（就像卡西切克那样）和纯洁的友谊。但抒情诗并不总是简单地强化或肯定它们所承载的情感。抒情诗也可以质疑这些情感，重新建构它们，攻击它们，解构它们。不是每一首优美动人、能够激发共鸣的抒情诗，都试图强化我们对于性和爱的刻板印象，我们也可以找到模式和论点都在削弱这些刻板印象的诗。在邓恩的作品中，你可以找到这种刻板印象，也可以找到替代这些刻板印象的方法：这取决于你读了哪些诗，以及你阅读它们的方式。你也可以在莎士比亚的作品中同时找到两者。以他的第一百一十六首十四行诗为例——不幸的是，这首诗经常在婚礼上被朗读：

> 我绝不承认两颗真心的结合
> 会有任何障碍；爱算不得真爱，
> 若是一看见人家改变便转舵，
> 或者一看见人家转弯便离开。
> 哦，决不！爱是亘古长明的塔灯，
> 它定睛望着风暴却兀不为动；
> 爱又是指引迷舟的一颗恒星，
> 你可量它多高，它所值却无穷。
> 爱不受时光的播弄，尽管红颜
> 和皓齿难免遭受时光的毒手；
> 爱并不因瞬息的改变而改变，
> 它巍然矗立直到末日的尽头。

我这话若说错，并被证明不确，

就算我没写诗，也没人真爱过。[1]

如果你认识一个人，他已经约会了五个多星期，或者婚礼已经过去了五个多小时，而他依旧陶醉其中，那么你一定也认识一个人，他认为没有两个灵魂会在各个方面完全契合，正如性爱专栏作家、回忆录作者丹·萨维奇（Dan Savage）所说，"如果没有勉强，就无法定情"。评论家、学者海伦·文德勒（Helen Vendler）关于抒情诗的观点经常被我引用，她解释说这首十四行诗看起来像一种确认，但仔细琢磨却像一种否定，"有太多的'不''也不''从不'和'不是'"，它充满变数。你应该也听出了莎士比亚对其他人眼中的爱的怀疑，认为那并不是爱。"爱算不得真爱，/若是一看见人家改变便转舵，/或者一看见人家转弯便离开。"每个人都会改变，每个人都会随着时间的推移而改变；如果真爱想要一切都不变，那么真爱就不存在了，如果你刚刚发现你的前任撒了一个弥天大谎，你就会对此深有感触。

结尾时，莎士比亚说："我这话若说错，并被证明不确，/就算我没写诗，也没人真爱过。"对一对爱侣的考验不是他们是否遇到了障碍，而是他们是否克服了障碍；不是他们是否吵架，而是他们如何弥补。莎士比亚的喜剧也描绘了这种

---

1 《莎士比亚十四行诗》，梁宗岱译，人民文学出版社。

情爱，最突出的是《无事生非》中的培尼狄克和贝特丽丝[1]。如果你愿意，你可以对莎士比亚的第一百一十六首十四行诗做另一种解读（即使相爱的人改变，爱也是而且必须是不变的）。但它的语气、措辞和支配性的隐喻，表达的并非爱只在爱人本身不变的时候才能持续，而是真正的爱人绝不能改变自己的感情，永远都不能。这样的爱（如文德勒所说）就像一颗无法在地球上停留的行星，它"不受时光的播弄"，必然会破裂（如果你想找一首莎士比亚的十四行诗在婚礼上朗读的话，不妨试那首可爱而庄重的第十八首十四行诗）。

抒情诗不依托于故事，但你可以围绕着某个特定的时刻讲述一个故事，就像卡西切克在诗中所描绘的那样——孩子牵着父母的手。你可以根据诗中的情境、场合，或通过诗歌模仿并包含的言辞与内容对这些诗进行分类：求婚、承诺、解释、反驳、回答、忏悔、美好回忆；哀歌，或对珍爱事物、自然风光、城市景观的描述。有些类型的诗有特殊的文学批评术语，如"晨曲"（黎明时说的话，通常是情侣离别时说的）、"婚礼预祝歌"（婚礼前要读的话）。有些诗人把一首又一首抒情诗串联在一起，讲述一个更长的故事：文艺复兴时期的诗人采用了十四行诗的形式——虽然没有人知道莎士比亚是否有意安排了自己的十四行诗的顺序。

在其他类型的长故事、现代小说、中世纪叙事诗中，你也

1　在《无事生非》中，培尼狄克和贝特丽丝起初相互嘲讽、各不相让，最后却彼此倾倒、完满结合。

可以找到抒情诗中的停顿，就像水果蛋糕中的水果一样。我最喜欢的一首古老抒情诗出现在杰弗里·乔叟《坎特伯雷故事》中最美也最被低估的"平民地主的故事"中。在诗中，忠实的妻子道丽甘一直在等待丈夫阿维拉古斯从海上归来。他迟迟不归：难道是他抛弃自己了吗？不，她认为，丈夫很有可能已经死在海上了。她把自己对丈夫去世的恐惧，变成了对危及布列塔尼海岸船只的岩石的强烈谴责，（她怀疑）这些岩石让载着她丈夫的那艘船沉没了。我会先给出该诗的中世纪英语版本，以便你听到诗歌的韵律——请试着读出声来，我的现代翻译紧随其后。[1]

这时她只得颓然坐在草地上，

可怜巴巴地凝望那一片海面，

忧伤地发出下面这样的悲叹：

永生的天主啊，你以远见卓识

对这个世界进行有效的统治；

人们都说，没用的东西你不造。

1　该诗的中世纪英语版本为 "Than wolde she sitte adoun upon the grene, / And pitously into the see biholde, / And seyn right thus, with sorweful sikes colde: / Eterne god, that thurgh thy purveyaunce / Ledest the world by certein governaunce, / In ydel, as men seyn, ye no thyng make, / But, lord, thise grisly feendly rokkes blake, / That semen rather a foul confusion / Of werk than any fair creacion / Of swich a parfit wys God and a stable / Why han ye wroght this werk unresonable?" 现代英语版本为 "Then she would sit down upon the green / And piteously look into the sea, / And say right then, with sorrowful, cold sighs: / Eternal God, who through your prearrangement / Lead the world and are its government, / You make nothing—men say—idly, without a reason. / And yet these grisly, devilish black rocks / That seem more like a foul confusion / Than any fair or beautiful creation / Of such a perfect God, so wise and stable: / Why did you make them so unreasonable?"

但是主啊，这些狰狞的黑石礁

看上去让人感到杂乱又丑恶，

同你创造的美好世界不相和。

全智全能的天主，是什么缘故

你把这样的坏东西造在此处？ [1]

　　这是英语中最早的挽歌之一。为什么善良的上帝会造就如此可怕的海洋？（道丽甘相信）海上的黑色岩石已经夺走了她爱人的生命。诗歌以她的质疑收场，仿佛邀请听众加入。事实上，阿维拉古斯没事，他最终回家了，但在他离开的时候，爱着（奥雷留斯称之为爱）道丽甘的不择手段的奥雷留斯，试图引诱她。在道丽甘难过悲伤时，奥雷留斯写了很多流行的法式诗歌：

他既不敢说什么，就只能绝望，

只能在歌中流露自己的悲伤，

因为诗歌中常有情人的哀告。

他说他的爱一直得不到回报；

以这个题材，他写了许多小诗、

短歌、回旋曲、双韵短诗和怨词。

他说他不敢道出心中的忧伤，

憔悴得像地狱中的女魔一样。 [2]

1　《坎特伯雷故事（下）》，黄杲炘译，上海译文出版社。
2　同上。

乔叟并没有跟我们提到奥雷留斯的双韵短诗或回旋曲：他更热衷于告诉我们关于奥雷留斯的事，但我们却在无意中同情起了道丽甘。

我在这一章提到爱情诗，是因为我们中的许多人首先接触到的真正的抒情诗就是爱情诗，也因为我们大多数人都曾感受到浪漫或充满爱欲的依恋，当然不是每个人都是如此：一些感情生活丰富的诗人在今天可能被称为无性恋者或无浪漫情节者，其中就包括我最喜欢的现代主义诗人玛丽安·摩尔。我选择关于爱和依恋（而非悲伤或愤怒）的诗来介绍抒情诗，也是因为这些诗想象或试图在"我"和"你"之间找寻灵魂和身体上的亲密联结，这类似于抒情诗人寻求的和读者之间的那种亲密联结，一种精神的密会。

我们还可以用其他方法来讲述抒情诗及其产生的原因。研究阿拉伯诗歌的专家阿德尔法塔·基托（Abdelfattah Kitto）认为，"对死者的悲叹是诗歌的起源。衍生出其他所有诗歌的原始诗歌类型，就是挽歌"。古代近东的第一抒情诗也是悼亡诗——在苏美尔人的《吉尔伽美什史诗》中，英雄吉尔伽美什哀悼自己的朋友、爱人、同伴恩奇都（Enkidu）。以下是大卫·费里（David Ferry）1995年英译本中第八块泥板的开端：

随着晨曦的第一缕阳光，

在城里的长老面前，

吉尔伽美什哭着为恩奇都哀悼：

"我为他哭泣的正是恩奇都，我的伙伴，

我为他哭泣，像个妇人一样。

他是喜庆的节日的华服。

在危险的征途中，在嘈杂的混乱中，

他是战斗的盾牌；

他是手边进攻和防守的武器。

恶魔到来并夺走了武器。

他用创造物将群山聚拢，

这些造物的心都欢喜去赴水源充沛之地。

恶魔来了并把他带走了。"

　　这是后来很多抒情诗的模板：这首诗是一种反击不公正世界的方式，这个世界坚持要夺走我们所爱的东西，或更糟的是，夺走我们所爱之人。这里出现了一些后期抒情诗中常见的修辞和技巧，如比喻（某种事物像其他事物）、隐喻（某种事物就是其他事物）、重复（似乎是为了打破时间的流逝）以及对孤独的表现。这位哀悼者好像在真实存在的众人面前说话，或唱歌或抱怨，重复着那些自己不敢相信的事。强迫性的重复在后来以失落和悲伤为主题的诗中反复重现：费德里科·加西亚·洛尔迦（Federico García Lorca）在为斗牛士伊格纳西奥·桑切斯·梅亚斯（Ignacio Sánchez Mejías）所写的杰出挽歌中，重复二十八次写到了梅亚斯的死亡时间（下午五点）[1]。

爱情诗与挽歌在本质上是相通的，它们通常都表现无法拥有的事物、无法与之对话的人，或无法触摸、无法看到，至少现在不能或此时此刻不能触摸或看到的人（没有人会在接吻的时候写爱情诗，但可以在牵手的时候写诗）。你可以说，是共同的元素使得浪漫的爱情诗和悲伤的挽歌成为最真实的范例，成为其他所有抒情诗的来源。但你也可以说，没有唯一的、真正的抒情来源，没有哪一种情感比其他情感更根本，也不是每条河流都来自同一个源头：只有一个宽泛的人类情感矩阵和一个更庞大的、能够把情感变成词语的方法矩阵。即使这就是你的想法（我的想法也是如此），你仍然可能对与抒情来源相关的神话和故事感兴趣：为什么我们需要抒情诗，抒情诗为什么会出现。

在关于这一主题最著名的西方神话中，尚未具神性的俄耳甫斯用美妙的歌声，说服冥王让他把已故的妻子带出地府，但在重返人间的路上，俄耳甫斯转身看她时，她消失了。这一神话表明，抒情诗在本质上是爱欲和依恋；它最初以及最终要表达的是悲伤、缺失和遗落；它用神奇的力量否定事实（如

1　指加西亚·洛尔迦的著名长诗《伊格纳西奥·桑切斯·梅亚斯挽歌》。

死亡无法逆转）；且诗歌关乎自身——真正的诗人或许不会为了歌唱爱情而歌唱。在特伦斯·海斯《为我的过去和未来行刺者写的美国十四行诗》（*American Sonnets for My Past and Future Assassin*）的第一首中，有一段关于俄耳甫斯逸事的总结：

> 俄耳甫斯发明写作的时候他孤单一人。
>
> 他狂躁的画成了某种书写，当他送给
>
> 他心爱的人画了一只 × 的眼睛。
>
> 他的意思是没有你我就瞎了。她以为
>
> 他是说我再也不想见你了。他可能也是这么想的。

他想让心爱的人回来吗，还是他想写诗？那个 ×、那只打着叉号的眼睛、那个关于眼盲的可见符号、那个可能是数字或代数变量的字母，表现了一种严重的分裂，一个追求自相矛盾事物的诗人。之后的十四行诗继续写道："实际上，欧律狄克才是那位诗人，而非俄耳甫斯。她的缪斯／他背对着她，耳朵背叛了自己的心。"

不管俄耳甫斯的目的是什么，他最终都不会快乐。抒情诗表达并尝试分享的感情，不只是各种不幸或抱怨，它也表现承诺、颂扬、玩乐，带给人新的希望。那些经久不衰的抒情诗——那些几个世纪以来被争相模仿和讨论的诗——并不一定要呈现快乐或悲伤，但它们往往是极其复杂的。卡图卢斯记录了与爱相伴而行的恨。古希腊诗人萨福将爱称为

"glukupikron"（通常译为"苦乐参半"），诗人兼古典学者安妮·卡森（Anne Carson）则从这一希腊词的矛盾中揭示了关于爱与爱情诗的完整理论。艾米莉·狄金森（Emily Dickinson）沉醉于自己从简单阐释中的逃离："我沉溺于可能之中，"她在一首诗的开头写道，"一座比散文更华美的房屋。"

抒情诗可以或直接（"我恨和我爱"）或间接（如用三十六行风景描写表现人的情感），或谨慎或试探，或兴高采烈或冷酷大胆。从定义上来说，它所做的就是将感觉诉诸词语。抒情诗并不是简单地向某一个言说者、某一个个体、某一个诗人或对它自己表达（也确实存在这样的诗歌，我们会在第二章中看到）。相反，抒情诗以独特的、令人印象深刻的且通常是间接的方式进行表达，正如诗人赫拉·林赛·伯德（Hera Lindsay Bird）在其长诗《镜子陷阱》（Mirror Traps）中所写的："你面临的问题，我也有。"

诗人审视自己、找寻一种适合表现自己感受的形式，同时，诗人也用双重视角，描述并想象潜在读者的态度。伯德用一贯的出其不意，将这种双重视角比作"打折面膜"："黄瓜片 / 敷在我的眼皮上 // 像一副沙拉单片眼镜。"没有隐喻、面具和镜子，我们就看不到她的灵魂或她的脸。有了它们，我们可以感觉到她看到了我们的一部分，我们也看到了她的一部分——这种令人不舒服、让人生气、不合常理、令人不安且滑稽的部分，不完全是照片所能传达的。像伯德这样依赖图像的诗，告诉我们——就像公共汽车和卡车两侧的标识告诉司机的那样——如果你看不到我的车镜，我就看不到你。新的诗歌类型就像新的镜子，如布兰登·索姆（Brandon Som）在《海角》（Seascapes）中所写：

> 地铁车厢听起来就像你
>
> 为银杯寻找一把汤匙，
>
> 而隧道则把
>
> 火车的窗户变成镜子，
>
> 因为晦暗，
>
> 在对光的拒绝中，
>
> 呈现出我们的倒影。

索姆在镜子一样的窗边看到自己，而五十年前，詹姆斯·梅里尔（James Merrill）把自己描绘成一面镜子，隔着一个长长的房间，对着对面的窗户说话：

> 我在强烈质疑的目光中，变老。胡说，
>
> 我想说的是。孩子，我无法教会你们
>
> 如何生活。——如果不是你，会是谁呢？
>
> 他们中的一个大声喊叫，抓住我镀金的边框，
>
> 直到世界摇摆。如果不是你，会是谁呢？……
>
> 如果我对他人的遭遇曾经感到好奇，
>
> 穿过客厅，你举出了一些例子，

开敞的，阳光明媚的，每样东西都是我没有的。

你拥抱整个世界，却不曾在意

将其摆放整齐。这需要考虑。

　　这些诗行反映了梅里尔的品位和自我呈现：热衷于反思，喜欢复杂的形式，如通过十几个对句表现出来的连续的嵌入式的韵脚（原文中的"will"与"gilded"、"curious"与"endure"、"examples"与"am"）。梅里尔的内敛、敏锐、难以捉摸，及对"秩序"寻求的时隐时现，与整首诗的韵律使用形式异曲同工。

　　抒情诗既展示了你也展示了其他人；它展示了你们的共同点，这些共同点不是每个人都有的，而是一部分人共有的，这意味着抒情诗既可以是镜子，也可以是窗户。叶芝曾抱怨自己喜欢但谈不上热爱的一位爱尔兰民族主义诗人詹姆斯·克拉伦斯·曼根（James Clarence Mangan），"永远不要用长久以来的美好吓唬我们。他并没有让人对着镜子审视自己，而是在说，'看看我——我是那么独特，那么有异国情调，那么与众不同'"。最好的抒情诗人能够同时做到这两点。早在索姆、伯德、梅里尔和叶芝之前，诗人就把自己的作品比作镜子、窗户或两者皆有。在《赠别：关于窗户上我的名字》（A Valediction: Of My Name in the Window）中，邓恩把自己的诗比作一块玻璃，他在玻璃上划上了自己的名字，这样他的爱人会在玻璃上看到自己，想起他："在此你看见我，我就是你。"而这种表达

（并非每个人都能接受）在抒情诗中是很普遍的：有那么一刻，你会同时看到自己的外在和内在。

当然，不是在每一首抒情诗中，你都能看到自己——有时阅读抒情诗的乐趣还包括遇到自己从未有过或从未理解的感受。不是每一首抒情诗都对你有意义。有些诗似乎只为一小群志同道合的灵魂而写，正如约翰·弥尔顿所言："合适的观众虽然少，但总能找到。"其他诗人渴望让所有人都接受自己的表达。沃尔特·惠特曼甚至写了一首关于这一愿望的诗，简单地称为《给你》（To You）：

> 甚至现在你的容貌、欢乐、声音、房子、职业、风度、烦恼、愚蠢、衣着、罪行已化为乌有，
> 你真实的灵魂和肉体呈现在我面前，
> 它们摆脱了恋情，摆脱了商务、店铺、活计、农场、衣服、房屋、买卖、吃喝、苦难和死亡，
> 站在我面前。
> 不管你是谁，现在我把手放在你身上，你成为了我的诗，
> 我的嘴唇凑在你耳边悄悄告诉你，
> 我爱过许多女人和男人，可我最爱的是你。[1]

这首诗最早的版本写于 1856 年，当时它有一个含义更明

1　摘自《草叶集·候鸟集》，邹仲之译，上海译文出版社。

确的标题——《给你的诗，无论你是谁》。

把一首诗当作抒情诗来读，就是要感受它所表达的东西，感受诗中想象的主人公的感受，如愤怒、悲伤、高兴、惊讶、愉悦、忧虑吗？我们还可以问为什么，以及这些感觉在诗歌的行进过程中是如何变化的，诗歌如何安排语言来让这些感受栩栩如生（如果它们是栩栩如生的话），这些感受如何以及为何出现。那些令我们难忘的抒情诗，不仅表达了某些人的感受（毕竟，如奥哈拉所说，你也可以通过打电话表达感受），还将这些感受赋以形态和声音，以便让不曾读过它的人或后世的人能够理解。抒情诗通过展现（不只是叙述，而是展现）人们隐秘的内心而将人与人联结在一起。美国当代诗人晨晨（Chen Chen）在这方面认识深刻，他这样表述自己的工作："我的工作是欺骗成年人 // 让他们知道他们有 / 心灵。"

读到适合的诗（适合你的个性或心灵的诗）会让你产生创作的冲动，也就不足为奇了。乔叟、道丽甘和奥雷留斯都模仿过他们读到的那些看起来很新的诗。任何一种诗歌或诗学目标的历史，无论是抒情的还是其他类型的，都是模仿的历史，是分化、形成、衰落的历史，也是作家们用碧昂丝代替大教堂，给圣山提内裤，说着"你不能再这样说话了"[这是约翰·阿什贝利（John Ashbery）一首诗中半带嘲讽的第一行]的历史。你可以通过诸多传统和广泛使用的形式，如十四行诗或葬礼挽歌，来追踪这些人类共有的情感，如爱欲依恋、悲伤、忠诚、好奇。

你也可以遵循少数人的传统，通过观察抒情诗如何表达那些诗人无法解决的问题，从而观察其在各个时代的发展。诗歌组成了一个链条，在这个链条中，各种创新——复兴、完善、孕育及创造性的成功——对其他人来说显而易见，但当时的言说者或歌者尚不明白。

> 夏天到了，为枝丫冒出的新芽；
>
> 雄鹿把它的角垂在围栏上；
>
> 公羊猛地一甩，将冬衣甩入灌木丛；
>
> 披着新修的鳞片，鱼儿跃动在水中。[1]

　　这首诗是萨里伯爵亨利·霍华德（Henry Howard）在约十七世纪四十年代写的。他喜欢这首十四行诗中的景象（我给出了第五至第八行），但绿意盎然的春天还没有到来，也可能永远无法到来，他感到"每一种关怀都在衰退，而我的悲伤却在涌起"。大约五十年后，玛丽·沃思（Mary Wroth）把这种悲哀注入了更为短小的诗行：

> 春天终于来了
>
> 在树木、田野、花儿，
>
> 草地品尝到他的骄傲，
>
> 而我眼中窜跳着哀伤

1　亨利·霍华德《温和的季节》（The Soote Season）。

残酷的痛苦，让我知道，

寒冷的冬天依然存在，

我们仍然没有看到

春天的迹象。

　　沃思不那么喜欢春天，相比霍华德，她更多的是谴责。在她看来，开花和生机勃勃的感觉，就像应受谴责的骄傲。1820年左右，塞缪尔·泰勒·柯勒律治拿起了接力棒：

蜜蜂飞舞——鸟儿展翅——

冬天在日头下酣眠，

做着关于春天的美梦，带着笑意！

而我，无所事事的家伙，

不蜜采、没旅伴、不建造、不歌唱。[1]

　　柯勒律治把动物、植物分离开，它们用不同的声音说话，不是平行叙述，也不使用相同的音节数。但它们将诗人排除在外，在自然的和谐中彼此融合。

　　这些诗还展示了我们对所看、所听、所探究的事物的描述，如何构架起一首抒情诗。你描述一片草地、一只鹿或一架缝纫机的方式，表明了你的所见和所感。你可以在 T. S. 艾略

1　柯勒律治《无望的劳作》（Work without Hope）。

特的《荒原》中，找到其他令人沮丧或衰败的春天：对于艾略特及像艾略特一样感到自己被忽视，或躁郁、空虚、寒冷的人来说——像他那句著名的诗句所写——"四月是最残忍的季节"。五十多年后，露易丝·格丽克（Louise Glück）把她对春天的焦虑变成了诗歌《给简·迈尔斯》（For Jane Meyers）：

> 看看花朵是怎样衰败，泥巴
> 包起种子。
> 数月，数年，风的钝刀。
> 这是春天！我们要去赴死了！
>
> 现在，阿普丽尔举起了她的花冠，
> 这颗心
> 扩张，试图接纳它的敌手。

格丽克在结束这首关于春天的诗时，与其说带着谦逊，不如说带着一场体育比赛开始时，两支队伍都想获胜的平衡。万象更新的自然，会击败对于格丽克来说渴望确定性和持久性的心灵吗？格丽克笔下的风不仅是一把刀子，还是一把苍白无力的刀子，它无趣、永不停歇、令人痛苦，需要很长时间才能切断它所切的东西。"钝刀"一词是个很好的例子，它表明在抒情诗中，对于描述用词的选择能够增强想要表达的感觉。

抒情诗不仅是表达共同或潜在的共同感受的方式；它也

是一种想象灵魂、自我或声音抵达肉体、故事、时间和生活之外的方式。难怪有那么多的诗歌想象言说者化作其他事物，又有那么多的诗歌想象被囿于监狱或牢笼，企图从中逃离。七世纪，中国的骆宾王感觉自己被文学牢笼、时代和逐渐增大的年龄禁锢。他的这种情感，在斯蒂芬·欧文（Stephen Owen）的翻译中有所体现：

> 我怎么能忍受那些黑发的影子，
> 来到这里面对我的白发咏歌？
> 露珠沉压在上面，难以奋飞；
> 风很大，它的回声轻易迷失。[1]

在一个似乎适用于一切文化语境的比喻中，一首抒情诗既是笼中鸟的歌唱，也是狱中人的哀号。邓恩晦涩而充满激情的诗歌《狂喜》（The Ecstasy）要求"恋人的灵魂""降回"身体，否则，"一个伟大的王子就会躺在监狱里"。在邓恩之后的年青一代中，安德鲁·马维尔（Andrew Marvell）想象着身体和灵魂之间的对话，双方都感到被对方囚禁。"我有什么魔法，"灵魂问道，"能把他人的悲伤限制在痛苦中？"与马维尔同时代的理查德·洛夫莱斯（Richard Lovelace），在自己一方（支持国王的一方）战败后被关进监狱，写下了当时最受欢迎的

1　指骆宾王的《在狱咏蝉》，原诗为："那堪玄鬓影，来对白头吟。露重飞难进，风多响易沉。"上文根据英译翻译而成。

一首诗。今天的人们在不知道诗歌背景的情况下引用这首诗："石墙不是监狱造的，铁栅栏也不是牢笼。"

阅读几个世纪以来的抒情诗，就会发现我们常常感到孤独，饱受单一的身体和生活的限制。就好像我们的生命是一座监狱，或我们的灵魂是一只歌唱的鸟，它奋力拍打翅膀想要冲出牢笼（这是抒情诗中一个令人吃惊的常见意象，我们将在本书结尾处再次看到），而抒情诗是我们飞翔、冲破牢笼、逃出生天的方式。但是，顺着这条把诗比作斗室、把身体比作牢笼的线索，我们也会想到那些曾经真正身在狱中的诗人，从骆宾王到洛夫莱斯，再到我们这个时代的诗人。在《最高数学》（Supreme Mathematics）一诗中，当代美国诗人雷金纳德·德韦恩·贝茨（Reginald Dwayne Betts）聚焦监狱健身房里的男人，在他们的日常生活以及他短促、急切、令人呼吸困难的诗行中，可以看到失败的斯多葛派哲学：

冷空气硬生生
钻出他们的嘴。
他们报数。
当他们拉，他们

皮肤上斑斓的色彩，
在空气中交融。
每个数字都代表

监狱中的一年

两个小时后
智者仍在
数数，数数的声音
熄灭了一切。

贝茨想必知道"数字"曾经意味着诗歌［亚历山大·蒲柏
(Alexander Pope) 曾写道，"绮丽诗章，顺口脱出"（I lisped in
numbers, for the numbers came）］，"报数"（重复）则是囚犯的
日常行为。贝茨的四行诗中，既有身在牢笼的孤独，也有对集
体或人际交往的渴望，以及韵文形式所蕴含的忧伤之美。

海斯在他的另一首"美国十四行诗"中，同样把身体视为
牢笼，认为诗歌的形式既是一种解放，也是一种束缚。诗人厌
倦了自己和社会，他告诉自己或一部分的自己：

我把你锁在一首美国十四行诗里，它部分是监狱，
部分是应急安全室，房子里的一间屋被烧着了……
我把你的人格面具锁在梦的卧铺车厢……
我给你做了个藏有一只鸟的黑暗之盒。

抒情诗——诗人的想象——是通过为某人的激情（也可
能是你自己的激情）寻找词语来实现的：它能让你摆脱困境、

摆脱身体的束缚、摆脱生活的限制，尽管它并不能将你从文字的牢狱中解救出来。然而，从监狱写作的传统到反对一切既定存在的存在主义反叛传统，诗歌都承载着对于自由的渴望，诗人希望它们成为一种自然的力量，就像空气或风，正如珀西·比希·雪莱在《西风颂》中写的那样：

> 哎，假如我是一片枯叶被你浮起，
> 假如我是能和你飞跑的云雾，
> 是一个波浪，和你的威力同喘息，
> 假如我分有你的脉搏，仅仅不如
> 你那么自由，哦，无法约束的生命！[1]

当代诗人玛格达莱娜·祖拉夫斯基（Magdalena Zurawski）在一首名为《剩余物》（The Remainders）的长诗中描述自己的创作过程，就好像她把自己打开，冲破束缚，强调"断"（break）一词的多重含义：

> 一天晚上，一个词向我敞开，喋喋不休，仿佛
> 我是它的乐器，我在它的循环中无能为力……

> 天气坏了

1　查良铮译。

树枝断了

我的声音断了

对于祖拉夫斯基和雪莱来说，诗歌就是把跨行变成逃出身体的方式、打破家庭和社会束缚的方式。在同一首诗中，祖拉夫斯基写道："我看到一扇光之门，在那里，我走进去，迎着光束，感到自己在别处挣脱了束缚，我对世界说……生计是动物做的事，而诗歌是另一回事。"当一首抒情诗听起来与众不同、令人难忘或新颖脱俗时，我们可以把它想象成一种突破，或它从书页上有限的文字中挣脱出来，进入精神之地，在那里，灵魂与灵魂相遇。对一些人来说，这种说法就是胡言乱语，但对另一些人来说，它只是描述了当我们读到自己最喜欢的诗时所真实发生的事情。

这种逃离（如果确实存在逃离）是通过技巧实现的：诗歌的形式、文字及声音的排列方式，就像歌曲中的声乐技巧、和弦行进及乐器音色一般。当一首诗被当作抒情诗时，它就离文字更远、离歌曲更近。而歌曲，比人类能够创作或共同创作的其他任何东西，更能表达内在生活的真谛。正如崔西·索恩解释的那样，歌者"独特的声音——无论我们认为它是全然自然、真实的，或至少是在一定程度上被创造或发现的——打开了通往灵魂或人格的直接通道"。这就是"抒情"这个词更适合表述这类诗歌的原因之一。另一个原因来自抒情诗的历史，那种类似歌曲的短诗的历史：如果你回溯得足够远，就会发现这些诗歌是被唱出来的，而那种不容易被唱出来的古老诗歌形式（如十四行诗），则会演变成你能唱出来的诗歌类型。正如学者玛丽莎·加尔维斯（Marisa Galvez）所说，一些现代抒情诗可能起源于中世纪晚期，那时宫廷的音乐家和抄写员将歌词抄写成文字，然后分发给那些可能永远听不到这首歌曲的人。"抄写歌词的人将它记录下来（变成歌本）……形成了我们今天所接受的，包括了'诗人'和'诗歌'的文学传统。"

十六世纪中叶，这种由歌到诗的转变给英语语言带来了全面的影响，且与活字印刷术及书籍的发展交织在一起。在莎士比亚之前，这一时期最重要的抒情诗人是托马斯·怀亚特（Thomas Wyatt），他的许多诗作都曾被传唱。下面的这首《我的诗琴，醒来吧》（My lute, awake）经常被提到，它以诗的第一行为名。这首八节诗的开头是：

我的诗琴，醒来吧！

尔与我将完成

我们最后的工作，弹完这首歌；

因为当这首歌唱完，结束的时候，

我的诗琴，静默，因为我已经唱完。

（在怀亚特所处的都铎王朝时期的英语中，"wast"与"last""past"押韵。）他的诗琴会被唤醒、被告知很快将永远沉睡，当他唱这首歌时，他会带着悲伤（"因为我已经唱完"），仿佛整首歌在一个特定的、令人惋惜的时刻出现，而这一刻，也因为它编织的"s"和"l"的声音及固执的重复而显得特别：

> 以至所听之处耳朵是无，
> 以至走向大理石的坟墓，
> 我的歌会很快刺穿她的心：
> 我们应该叹息，唱歌，还是怨？
> 不，不，我的诗琴，因为我唱完了。

如果这首诗唯一的目的是打动一位麻木的女士，那它就是一种"浪费"。事实上，这首诗真正的目的是表达：它告诉诗人自己，也告诉我们那是怎样一种感受，他不想说服她做任何事，甚至不想逃避自己的悲伤。在这首诗以及怀亚特的时代结束很久后，这些文字依然能在我们的记忆中产生共鸣。

这就是一首诗分享感受的方式，那些我们想象诗人（或在某地的其他人）经历的和我们相似的感受。这也是诗歌可以成为抒情诗的原因（无论它们是否与歌词或音乐相关）。但是，如果一首诗要求我们想象的不是某个人的感觉，而是某个人呢？可能是诗人，也可能不是，但又不是随便一个人（比如你）。如果我们去看一首诗（也许是抒情诗），不是为了寻找感受和诗人表达的情感，而是为了寻找一个人物，或一个角色呢？

第二章　角色

　　诗歌可以描绘共同的情感，描绘你曾有的种种心境，从忧郁的喜悦到巨大的悲痛。诗歌可以是一面镜子、一扇门、一间屋子、打开屋子的钥匙，或我们学过、听过、想唱的歌曲。诗歌将我们介绍给其他人。有些诗人像剧作家一样塑造人物：人物的言谈举止，几乎就像在舞台上一样。还有一些诗人把自己变成个性鲜明的人物，写下自己的生活场景，或只是练习某种难以模仿的风格。"如果我在阿拉伯的沙漠里读到这些狂野的诗行，"柯勒律治在写到自己最喜欢的诗句时写道，"我会立刻大喊'华兹华斯'！"有些诗歌和诗人可能不会令你尖叫，但你也会因为辨认出了那些句子和声音背后的独特个体而感到欣喜。当你以这种方式读诗时（这些诗歌需要你用这种方式去读），你首先要问的问题不是你的感觉如何，而是谁在说话，他们是怎样的人，你又是怎么知道的。

　　本章将介绍几种侧重于人物形象的诗。其中大部分都会告诉你它们在做什么，有些诗会详细陈述自己的目标。首先，我们将看到把自己比作肖像画，或者说是自画像的诗，听起来很像讲话录音的诗，以及即兴重复人名的诗。我们会看到人物占据诗歌中心的诗，或诗人站在背后，把自己比作非人类的动物、无生命的个体，及其他许多东西的诗。我们还将看到富有野心的现代诗歌，它们将人与社会联结在一起，探讨一个人过去是谁、现在是谁，又是什么力量导致了这一切的发生。我们将看到追忆性的诗歌如何在事后从外部视角勾勒出特定人物的一生。我们也将看到一种非常有名的诗歌类型，它们通过戏剧独白的方式呈现一个特定的角色，我们可以听到角色的声音，就好像他们站在舞台上大声说话一样。我们无意中听到他们的自白，他们则向我们展示了他们是谁。

抒情诗就像歌曲，像我们学唱歌时的乐谱，有时也像镜子，而人物诗则像我们遇到的人，所以难怪它们会把自己比作肖像画、照片和油画。因此，那么多的当代诗歌以"自画像"为名，也就不足为奇了。这一风潮似乎始于约翰·阿什贝利著名的《凸面镜中的自画像》(*Self-Portrait in a Convex Mirror*，1975 年)。在阿什贝利之后，我们看到露西·布洛克 - 布罗伊多 (Lucie Brock-Broido) 的《火中头发的自画像》(Self-Portrait with Her Hair on Fire) 和《奇迹世界中的自画像，与圣牛》(Self-Portrait in the Miraculous World, with Nimbed Ox)、迪恩·雷德 (Dean Rader) 的《维基百科条目自画像》(*Self Portrait as Wikipedia Entry*)、乔丽·格雷厄姆的《他们之间的手势自画像》(Self-Portrait as the Gesture Between Them)、莫妮卡·尤恩 (Monica Youn) 的《电线夹克自画像》(Self-Portrait in a Wire Jacket)、黛安娜·苏斯 (Diane Seuss) 的《带儿童毯灰烬的自画像》(Self-Portrait with the Ashes of My Baby Blanket)。梅根·奥罗克 (Meghan O'Rourke) 在稍晚些时候

加入这一阵营，创作了《我自己的自画像》（Self-Portrait as
Myself）。苏斯的诗集《有两只死去的孔雀和一个女孩的静物》
（*Still Life with Two Dead Peacocks and a Girl*）中还有其他类似自
画像的诗歌，苏斯用这种方式记录自己最生动的记忆。《我看
着系在邮箱上的红色聚酯气球上的自己的脸》（I Look at My Face
in a Red Mylar Balloon Tied to a Mailbox）记录了一次被搞砸了的
生日聚会，苏斯回忆了自己在略显粗鄙的乡邻之间度过的童年：

> 脖子上有铁锈色胎记的朗达，可以
> 套任何东西，
> 及腰的长发的瑞克在他的红色拖车里
> 吹蓝调，
> 红肚脐外翻的艾莉
> 又怀上了，
>
> 我甜菜色的头发盖住了我的眼睛，
> 我的嘴像被打了一样流血，
>
> 当风把气球吹近，我整个人就是一张受伤的嘴，
>
> 张开它，我可以吞掉整个城镇。

甜菜红、铁锈红、血红。这首诗描绘了一张脸，但也描绘

了（像斯蒂芬·金的《魔女嘉莉》一样）一种普遍存在的、无法言说的创伤，一个随处都能看到鲜血颜色的人物。其他的自画像诗直接呈现了诗人想象中的面孔。根据斯蒂芬·米切尔（Stephen Mitchell）的译本，赖内·马利亚·里尔克（Rainer Maria Rilke）在《1906年的自画像》（Self-Portrait, 1906）中以"额头依然稚嫩 / 在阴影中舒展，向下看"开头。诗句充满模糊性和延展性，这位诗人看上去"仿佛从遥远的地方赶来，带着散落的事物 / 一部严肃真实的作品正被构思"。海斯的其中一首"美国十四行诗"重复了这样的观点：在抒情诗中，一代人看到的是另一代人的脸。"有时父亲几乎会看到 / 儿子，如果他一半的脸由他深爱的女人的脸构成 / 会有多么英俊。"

而海斯作为一位严肃的业余画家，并不是第一个专心描绘他人肖像的诗人。英国维多利亚时期的诗人克里斯蒂娜·罗塞蒂（Christina Rossetti），一生的创作时间都是在画家中间度过的，其中也包括她的哥哥，同为诗人、评论家及翻译家的但丁·加布里埃尔·罗塞蒂（Dante Gabriel Rossetti）。十九世纪五十年代，但丁·加布里埃尔一遍又一遍地画着他爱慕的伊丽莎白·西达尔（Elizabeth Siddal）的画像（后来他们结婚了）。1856年，克里斯蒂娜写了一首谨慎但充满矛盾的十四行诗《在艺术家的工作室中》（In an Artist's Studio），描述但丁·加布里埃尔对伊丽莎白的倾慕：

一张脸透过画布向外看，

同一个形象坐着，走路，或斜靠着什么；

我们发现她就躲藏在那些屏风后面，

那面镜子还原了她所有的生动。

穿猫眼石或红宝石衣服的王后，

夏天最鲜绿的无名女孩，

圣徒，天使 —— 每一幅画的意蕴

都是一样的，既不多，也不少。

他日日夜夜地以她的脸为食，

她以真挚的眼回望，

像月亮一样皎洁，像光一样快乐；

不因等待而枯萎，不因悲伤而黯淡；

她不是她，是闪耀的希望之光；

她不是她，是他梦的全部。

    画家寻求变化，一遍又一遍地描画他的模特，但画布上呈现出来的却是苦乐参半。即便在他崇拜的目光下，她变得"黯淡"而绝望，他也不曾改变自己的爱慕之情。他描绘了心爱之人，而这首十四行诗则描绘了他。也许是害怕冒犯哥哥，克里斯蒂娜并没有在生前发表这首十四行诗，直到它于 1896 年出版。

    关于人物的诗歌与肖像画类似，但它们之间也存在竞争：究竟哪一种艺术表现更好呢？哪一种艺术可以展示真实的人物？文艺复兴时期的作家把不同艺术形式（诗歌与绘画、雕塑与绘画、建筑与雕塑）之间的竞争称为"对照"（paragone），你可以在克里斯蒂娜·罗塞蒂的十四行诗中发现这种情形。诗中没有"我"，没有"你"，也没有因暗示诗歌文字编排比任何油画、蛋彩画、版画，甚至比任何一段散文更能展示人们脑中所想而有一丝不安。

作为最早给自己的短诗命名的英语作家之一，本·琼森（Ben Jonson）将自己最古怪的一首诗命名为《我留在苏格兰的相片》（My Picture Left In Scotland）。这首诗本身也包含了一个"对照"。诗名意味着他将一幅自己的微型肖像，可能是一个挂坠盒，留给了一位女士，当时他们曾一起度过了一段愉快的时光。然而，琼森相貌平平，而且出了名的肥胖。与其说那幅肖像是为了维系两人之间的关系，不如说是为了结束这一关系：

我现在觉得爱聋而不瞎，

否则她就不是

那个她了。

那个我如此仰慕的她，竟轻视我，

她把我的爱抛在身后。

我敢肯定，我对她说的都是甜言蜜语，

而且每一次见面

我都像受刑一样如履薄冰，

像那个坐在阿波罗树荫下
的年轻人，

哦，但是我清晰的恐惧，
在我的思绪之间飞舞，
告诉我，她看到了
我那苍苍白发，
告诉我四十七年来，
读了那么多废话，因为她不想拥抱
我的如山的肚腩和我粗粝的脸；
这些她所看到的东西堵住了她的耳朵。

琼森的肚子确实大得异常，但今天我们听到他说四十七岁已经老得可怕时，也难免会皱眉。不过，他在这一细节之外的观点却更有普遍性且更严肃：比起视觉上看到的脸和身体，诗歌应该为本·琼森（或许是所有其他人）描绘一幅更好、更准确的肖像。例如，这首诗表明，一个自嘲且健谈的男人或许会是一个很好的交谈对象。然而，用他自己的话来说，在这幅诗意的自画像中主要是怀疑：我们看到那个男人十分看重女人对他的评价，并怀疑女人是否会因为他的内在而爱他。

叶芝曾写到他的舞台剧试图描绘"因行为而被孤立的人物"：诗人可以通过构建人物所采取的行动即人物的行为，而非人物的长相来表现人物。有时，就像《在艺术家的工作室中》一样，诗人会淡化自己的风格，试图摆脱束缚，以便突出其他人物。还有一些诗人，将其独特的写作风格和他们想要表现的古怪人物融合在一起，就像艾伦·彼得森（Allan Peterson）的《深陷危险区域》（Hitting the Hot Spots）一样（下面是整首诗）：

> 卡萝尔不忍伤害果蝇，
> 它们在鹅颈台灯下的红色床罩上热晕了过去。
> 她把打字机的纸张塞到两只果蝇身下，
> 把它们移到电话旁边，希望它们能好起来。

卡萝尔对渺小、苟活的事物给予了值得赞扬但过分的关注，这与彼得森用自己的语言对所看到的事物的历史所表现出的笨拙或过度的关注类似。这种语言上的关注（或挑剔）决定了他的特性，就像对果蝇的触碰和关注塑造了卡萝尔的形象一样。彼得森也是一名画家（在成年后的大部分时间里，他都在佛罗里达州的一所社区学院教绘画）。相似的语言及视觉表现上的特性，为彼得森另一首独特的短诗带来了活力。这是一首关于融入与摆脱的诗，名为《装饰图案》（Vignette）：

> 有一种令人心碎的真诚，在生命里
> 途中，一个男人正在卖变色龙，
> 他的马甲上别着好多绳子，

这是他们正在试穿的皇家斯图尔特格子花。

推销员想要适应社会（融入市场经济）；他想卖变色龙（可交换产品），这些变色龙也想（通过伪装）融入周围环境，尽管它们无法做到（它们没法与花格图案融为一体）。与此同时，推销员也想摆脱这一切：这些矛盾的愿望可能也是诗人的愿望。

其他诗人通过人物语言的细微差别向我们展示其性格。在威廉·卡洛斯·威廉姆斯（William Carlos Williams）的《我的英国祖母的遗言》（The Last Words of My English Grandmother）中，我们可以听到或推断出，随着说话节奏加快及随后的戛然而止，不仅是祖母，诗人也在凑近聆听。这首诗的场景设置在救护车里，结尾写道：

我们经过一排
榆树。她看着我们
从救护车窗口中，说，

外面那些模糊的东西
是什么？
树？我受够了
它们，她背过身去了。

和往常一样，威廉姆斯的自由诗体依赖跨行，即与句子或短语结尾不匹配的断句。最重要的是，这首诗突出表现了"我受够了"和"它们"之间的跨行。诗在这里停顿了一下，然后重新开始，这样我们就能理解祖母的意思——是时候离开了。她"受够了"，不仅仅是受够了看树。她对周围世界的蔑视、缺乏自我掌控感的一生以及她身体上的疲倦，都在她生命中最后的姿态及最后的话语中显露了出来。

像威廉姆斯这样的作家——在他写出自己大部分诗作的那几十年中，他都以性格外向的儿科医生及妇产科医生而闻名——他们的作品中表现了各式各样的人物。内向型的诗人除了自己之外很少描写别人，如果你仔细阅读他们的作品，你就会了解这一点。A. R. 阿蒙斯（A. R. Ammons，从二十世纪六十年代初到 2002 年去世期间，每隔几年就会出版一部作品）就是内向型写作的代表性人物之一。阿蒙斯缺乏自信、害羞、多产、散漫（就像他的散文标题一样，"一首诗是一次散步"），且喜欢在家研究科学。不管他是在解释物理化学，还是在纽约伊萨卡的冰雪密林里散步（他在伊萨卡度过了成年后的大部分时光），阿蒙斯的态度似乎就是他流动韵律的一部分。他晚期的诗作《微小之物》（A Little Thing Like That）以祈祷结束，同样是一种自画像：

请容许我

在曲径中漫步，

而不去思虑（前面或后面），

在任何可能的地方，拾起柳条，

停下来在阴凉处吃午饭，

喝砾石之下涌出的涓流。

　　阿蒙斯也在诗句中制造跨行，模仿了不确定的"曲径"。他在诗句中内敛的漫游（我们将在第五章看到更多这样的句子），正好暗合了他谦逊、以科学为基础，近乎怯懦与不确定的人生观。

　　公众作家胡安·费利佩·赫雷拉（也是奥巴马任职内最后一位美国桂冠诗人）似乎与阿蒙斯恰恰相反。在阿蒙斯那里，世界似乎是由科学、内敛的性格和雪组成的，但赫雷拉从二十世纪七十年代起就在南加利福尼亚地区进行保护拉美移民、墨西哥移民及其后裔的抗议表演活动，并坚持由此而形成的外向型的诗歌创作风格。他以极具辨识性且难以模仿的风格，为其他诗人树立了同样优秀的典范。我们能够通过在感叹词之间的移动速度、专有名词的密度、语言的极端异质性，以及在诗歌中游走的各色人物（其中一些几乎总是脆弱的，如儿童、移民，以及出于历史原因无依无靠的人），识别出赫雷拉的诗歌。在他的长诗《没有墨西哥人的一天》（A Day Without a Mexican，这首诗是对 2006 年加州范围内支持移民的示威活动的回应）中，"一位奇卡诺[1]修士穿着 / 蓝黑色长袍站在 / 高

1　"奇卡诺"（Chicano）一词是二十世纪中期以后墨西哥裔美国人的代名词。

架桥旁"，赫雷拉接着问道：

谁会拯救我们，

谁会拯救他，

美国还有被拯救的余地吗？

他递给我一罐零钱，

换埃尔·桑托·尼尼奥·德阿托查的肖像，

他穿着天使般粉末的殖民服装，

我妈妈卢卡领我见他

1958 年在圣迭戈洛根高地的瓜达卢佩教堂，

弹呵，弹次吉他吧，兄弟。

金属琴弦震动血液

奔泻的光灼伤了皮肤。

还有一些诗歌，一开始只是简单说出了它们想要描绘的人物的名字：诗歌扩展或定义了个人的名字，就像字典里的词条定义扩展了词一样。詹姆斯·梅里尔以一位希腊小岛上土生土长的朋友、爱人马诺斯的口吻，写了一首只有一页纸的诗《马诺斯·卡拉斯蒂法尼斯》（Manos Karastefanís）。如梅里尔的传记作者兰登·哈默（Langdon Hammer）所言，梅里尔把马诺斯视为"贴身保镖"。在这首诗中，梅里尔版本的马诺斯就像在对你说话：

你为什么在笑？

我打得对，我打得好，

没有伤害我的对手

来赢得这个黑带。

你为什么沉默？

我从我的岛上给你

带来了一块白色的奶酪，

还有贝壳里的大海之音。

梅里尔创造了一种复杂的形式：一切押韵或几乎押韵的词语［"对手"（opponent）与"沉默"（silent），"打得好"（well）、"黑带"（belt）与"贝壳"（shell）］，甚至是没有固定韵律的短句，都表明一个口齿清晰的非英语母语的人，在对其爱人（同时也是他的上级）述说，他很紧张，想要给对方留下深刻的印象，不时停下来，试图确保自己准确无误。

其他诗歌则命名、定义了诗人。例如，查尔斯·西米克[1]在《查尔斯·西米克》中写道：

查尔斯·西米克是一个句子。

有开端有结尾……

1　查尔斯·西米克（Charles Simic），生于 1938 年，二十世纪美国著名诗人。他曾先后获得包括普利策诗歌奖和沃尔特·惠特曼诗歌奖在内的多项美国重要诗歌奖项。

这奇怪的句子是谁写的?

一个敲诈者,一个恋爱中的女孩,

和一个求职者。

西米克简洁地说明了[引用小说家雷切尔·哈特曼(Rachel Hartman)的话],"我们不是一回事":这也是大多数诗人会写多首诗的原因之一。其他诗人以多种方式使用自己的名字:杰米·吉尔·德·别德马(Jaime Gil de Biedma)伟大的现代西班牙语诗歌《在杰米·吉尔·德·别德马死后》(Después de la muerte de Jaime Gil de Biedma),想象了自己最后的时日,描绘了一个忧郁的纵情享乐之人如何不给人生留下遗憾。

读诗可以让我们分享感受,也可以像我们又认识了一个新的人。难怪如此多的诗人会用自己的名字作为诗名来介绍自己。就像自画像一样,这种类型的诗近来有很多,其中包括劳拉·卡西切克的《劳拉》(Laura)和王海洋[1]的《总有一天我会爱上王海洋》(Someday I'll Love Ocean Vuong):

海洋

你在听吗?在你身体

最美的地方,

你母亲的影子投了下来。

---

[1] 王海洋(Ocean Vuong),生于 1988 年,美国诗人、小说家。

所有这些诗歌——不管有没有利用诗人的名字来做文章——都用来表达一个人内心那些特别的、不同寻常的、具有辨识性的东西，它不是为了给诗人贴上一个独特的社会标签（如《查尔斯·西米克》），而是为了赋予这个真实的名字一种神秘感。名字是有力量的，就像任何读过厄休拉·勒古恩[1]书的人都知道的那样。你可以向他人展示你的真实姓名或真实的自我，以便他们安心或获益，或者你也可以单纯地将你自己看作你自己。

这种阅读方式和我们在第一章中谈到的阅读方式，以及人物诗和抒情诗（许多诗只属于其中一种，但也可以兼而有之）之间的区别在于，是把一首诗当作一首可以唱的歌，还是一幅肖像或一本传记。人物诗侧重于描写一个人的内心生活，而不是传记所记录的外部事件。正如诗人克里斯·普莱斯（Chris Price）所说："传记就像路易斯·布尔乔亚（Louise Bourgeois）的笼子雕塑，里面放着镜子和一双大理石脚，永远在逃跑。"一首诗描述一个特定的人物、一种特定的生活，就像笼子的替代物。

十九世纪的哲学家约翰·斯图尔特·穆勒（John Stuart Mill）曾说，关于抒情诗有一种半真半假或老生常谈的观点，认为真正的诗歌是在孤独中产生的，只可意会而不可言传。但这对于那些在大众视野中的诗人（如邓恩或叶芝）来说有失公允，对倾诉者、外向的人和任何一个需要朋友倾听，从而明

1　厄休拉·勒古恩（Ursula K. Le Guin, 1929—2018），美国科幻、奇幻与女性主义儿童文学作家。

白自己是谁的人来说都是错误的。但对内向型的诗人，如阿蒙斯或华兹华斯来说是准确的，他们觉得自己在独处时是最真实的。华兹华斯在著名的《水仙花》（Daffodils）中写道：

> 我孤独地漫游，像一朵云
>
> 在山丘和谷地上飘荡，
>
> 忽然间我看见一群
>
> 金色的水仙花迎春开放，
>
> 在树荫下，在湖水边，
>
> 迎着微风起舞翩翩。[1]

这首诗的其余部分写到了水仙花如何在华兹华斯的记忆中永存："它们常在心灵中闪现 / 那是孤独的福祉"，水仙花构造了他神秘的内心世界。

这本书写到了读诗的六个原因及诗歌的六种类型 —— 我喜欢的许多诗都可以归到其中某一种。这六个类别并非完全独立、不相重叠，因为诗可以因情感和人物而被阅读，可以因情感和表现形式而被阅读，也可以因人物及思想而被阅读，等等。当我们分析这些原因、这些例子的时候，我们需要记住，读一首诗的某一个原因，或这首诗所属的某一个类别，并不是唯一的。这一点十分重要，尤其是当一位诗人多年来一直被归入某

---

1 飞白译。

一类别，人们形成了刻板印象，只出于某一个原因才去阅读的时候（在后面的章节中，我们会看到一些这样的诗人）。毫无疑问，《水仙花》是一首抒情诗，漫游的华兹华斯也分享了许多情感：独处带来的愉悦、兴奋，以及（在同一首诗的后半部分）陷入回忆的感受。"尽管歌声早已不能听到，"他总结道，"它却仍在我心头缭绕。"[1] 然而，我们中的大多数人不会这样看待水仙花，至少不是经常这样。这首诗，充分表明了诗人是谁。

你并不需要喜欢他。华兹华斯虽然在《水仙花》中赞美了孤独，但很可能他在欣赏这些花时并不是独自一人：他常和妹妹多萝西一起散步，她的一丝不苟的日记（在生前并未出版）以及其中对大自然的慷慨礼赞，也给了她的哥哥写作的灵感。当代诗人詹妮弗·张（Jennifer Chang）写过一首挖苦多萝西的诗《多萝西·华兹华斯》（Dorothy Wordsworth）：

> 去他妈的水仙。
>
> 我受够了它们的聚拢，黄色的抱怨
>
> 抽筋的太阳，闪啊闪
>
> 闪。他们和我有什么不同？
>
> 我在脆弱的茎秆上
>
> 也有一个凌乱的大脑袋。
>
> 随风旋转。

1　出自华兹华斯诗作《孤独割麦女》（The Solitary Reaper）。

张为多萝西鸣不平（尽管是用现代英语），她将自己和多萝西——同为不受重视的作家、沉默的抱怨者，以及女性——放在了华兹华斯那可笑的自我以及喜欢那些关于春天的陈词滥调的"批评家"（张的术语）的对立面：

他们知道那古老的快乐，

那难以入眠的日常，

未来正在生长的黑暗图景，

每个都贴着水仙

或詹妮弗·张的名字。

诗中的"*Narcissus nobilis*"是水仙花的拉丁学名，而自恋（narcissism）可能就是诗人的问题所在。

兰斯顿·休斯（Langston Hughes）通常被年青一代视为代表性的美国黑人诗人，这并没有什么错，但这种描述是非常有局限性的：休斯也明白，没有哪一个人是单面的。他经常在诗歌中，通过假想的对话塑造许多人物。他的大部头诗《缓梦蒙太奇》（*Montage of a Dream Deferred*）经常因权威、客观的诗句而被引用（"当美梦延期到达，一切会怎样？"）。事实上，尽管蒙太奇交织了多种与众不同的声音，但发声的人物只用几句台词来传达自己的核心思想：例如，《比波普爵士男孩》（Be-Bop Boys）中的三行诗用伊斯兰圣城"麦加"（Mecca）与唱片公司"迪卡"（Decca）形成了押韵。休斯还创造了反复出现的角色，让他们有更多的空间来表达自己。例如，爱挖苦人、世故的阿尔伯塔·K. 约翰逊（Alberta K. Johnson）夫人不得不学会照顾自己：

> 他说，夫人，我发誓
> 我只想要你。
> 就在那时和那地，
> 我知道我们已经玩完了！
>
> 我告诉他，杰克逊，
> 你最好走人——
> 你的外头有人。

休斯同意这种对浪漫爱情的摒弃吗？可能同意，也可能不同意，问题不在于诗人怎么想，而在于我们从阿尔伯塔·K. 约翰逊夫人身上得到了怎样的印象，如她温和的傲慢、自信的言辞、反抗性和独立性等（曾说过类似话的男人也被她甩了）。

＊ ＊ ＊

我一直在描述人、角色、自我，以及（第一章中的）感觉和心境，就好像它们与苹果、刺猬、法律和民权一样真实。但你无法给灵魂、自我（或民权）拍照、称重。对最新哲学或文学理论涉猎较多的诗人有时会告诉你，根本没有灵魂、自我或民权这样的东西；"我"和"你"，也许还有"我们"，不过都是幻象，对人类行为和人类情感的最好解释牵扯到社会因素或系统，以及这些力量所渗透的身体。毕竟，当你写一首诗的时候，你是将已经被别人用过成百上千次的词语、短语、形式和思想组合在一起。同样，当你写一封私人信件、向某人求婚，或是为某人的公民权利辩护时，也是如此。

对一些诗人来说，这些历史并不重要：我们用新的方式把已有的东西整合起来，创造自己的生活和诗歌；我们只能从现有的可用资源中进行选择。但对于其他诗人来说，历史至关重要：它会误导统一的、特别的人物（以第一人称或第三人称）的塑造，使其无法发生，或只能通过剥离及哲学上的告诫使其成为可能。"人们可以看到诗歌在自我展现的重负下蹒跚而行，"英国思想家、诗人丹尼斯·赖利（Denise Riley）写道，"把它当作唯一的适当的目标。"在她那本关于散文和诗歌的杰出且充满挑战性的作品《自我的话语》（*The Words of Selves*）中，赖利表达了那种无法摆脱的感觉，即她并不是一个完全独立的人，因为是她的想法和感情找到了她（或"她"），而这些想法和感情早已在其他人的作品中出现：对自我的表述充其量是对材料的回收。对于她自己的诗，她说："我不好意思附上我的签名，因为我知道自己的诗就像别人的回声，这一点比在我的散文中更明显。"她感觉自己就像一个诗歌的回声室、一所学校："如果这种自我讲述中的断断续续的后遗症，成为诗歌本身的主题呢？"下面这首诗表达了赖利所想：

> 我能试试我的社会自我之歌吗？
> 长时间愤怒地扑腾着，听着自怨自艾的声音，扑通一声
> 我的喉咙一松——"但我们都是巴佛巴佛。"我抽泣着——
> 突然被共同体吸住了——"我们都长了疣粒。"

巴佛巴佛（*Bufo bufo*）是一种欧洲常见的蟾蜍。写诗并没有把她变成一个有自觉意识的个体，而是把她变成了一个笨拙的两栖动物，与其他动物无异。

经常感觉被漠视、被忽略，或在集体中受到不公正对待的人，可能会对我们读诗是为了真切感受到自己的存在以及自我的重要性提出异议：我们最不希望在诗歌中感到，没有人是真实的，自我并不存在。事实上，许多我们称之为抒情诗的诗以及相当多的现代诗歌，极力描述人（诗人、读者、虚构角色）的独特性、重要性和真实性，表明——正如诗人、散文家、说唱歌手凯尔·"关特"·德兰·米尔（Kyle "Guante" Tran Myrhe）所说——"当他们看穿你的时候，你仍在那里"。然而，即便你不是哲学家或（像赖利一样的）学院派思想家，你也会发现自己独特的自我——如果你有的话——不会一成不变，也不会无法言明。二十一世纪的诗人劳拉·马伦（Laura Mullen）将自己的诗歌比作沙地上的自画像，"完全被理解的梦，瞬间变得粗粝而模糊"。你也可能认为你的自我模糊不

清、忽隐忽现、不可理解，任何词语都无法表达。你可能会一时之间思绪万千。

你会发现某些诗歌中的人物及语言，将这种感受变得更加戏剧化了。有关威尔士传说的《威尔士民间故事集》（*The Mabinogion*，不早于十一世纪），为古早的诗人塔利埃辛[1]赋予了自我改造的力量，因此他能够表现出我们内心的多样性。以下英译来自 D.W. 纳什（D.W. Nash）：

> 我曾经是两滴。
>
> 我曾经是一颗闪亮的星。
>
> 我曾是书中的一个词……
>
> 我曾是竖琴的琴弦，
>
> 在水的泡沫中
>
> 为日子附魔。
>
> 我是火里的拨火钳。
>
> 我是树上的小树叶。
>
> 没有什么是我不曾是的。

这种不稳定感、对人心内部多样性的感受，以及这种种变化，也许会令人兴奋，也许会令人不安。如果你在塔利埃辛的诗歌中没有发现这种眩晕感，也一定会在约翰·贝里曼（John

---

1　塔利埃辛（Taliesin，约 534—599），六世纪吟游诗人，其作品流传至今。

Berryman）的现代升级版诗歌中找到这种感觉。在这些诗作中，贝里曼首先把自己看作一个人，然后把自己看作另一个人，直到我们明白，不断变化的自我才是他最佳的定义。下面是贝里曼《第二十二首梦之歌》（Dream Song 22）的开头：

> 我是一个不停吸烟的小男人。
>
> 我是一个比别人知道得多的女孩。
>
> 我是游泳池之王。
>
> 我很聪明，把嘴缝上了。
>
> 我是一个政府官员，一个该死的傻瓜。
>
> 我是个开得起玩笑的女人。

然而，这种一览表的形式，这种通过令人不安的开放式列表来塑造角色的方式，并不会让人感到困惑。在 C. D. 赖特笔下，这种写法变得迷人。她的诗作《个人信息》（Personals）结合了像贝里曼和塔利埃辛那样的"我是"（I am）列表，以及出现在每日报纸和每周报纸背面，免费分类广告之前的个人广告形式：

> 有些晚上我穿着衣服睡觉。我的牙齿
>
> 小而齐。我不头痛。
>
> 从 1971 年开始或以前，我就找到了一只长凳
>
> 在那里我可以平静地吃我的甜椒奶酪。

如果田纳西河对岸是阿肯色，

那么今晚我会在孟菲斯西部见你。我们会

过得很愉快。注意，没有铺沥青的软路肩很危险。

没有诗人能用这么少的音节来表现他们是谁、他们是什么样子、他们有怎样的感受。当然，我们不是心灵感应者，我们永远不可能知道这些，但我们也无法确定自己是否真的了解自己的生活，了解身边的朋友。不过，在真实的生活中，通过充满信任的一次次互动，我们能感觉到彼此之间的亲近，就像赖特诗中所表达的那样——尽管可能存在语言上的细微差别（她想拥有的不是一段美好的时光，而是一段"辉煌的时光"）。

其中的一些细微差别表明，我们对自我的描述不仅依赖声音和语言，也受到文化上特定的限制。赖特（在奥扎克长大，后定居在罗德岛）将当地的文化转变为有个人色彩的双关语。"软路肩"形容的是维护不善的道路，也是在形容赖特本人。这首诗后面出现的专有名词还有"本伯上将"（Admiral Benbow），这是南方一家经济型连锁汽车旅馆的名字。这样的细节——不仅包括汽车旅馆，还包括甜椒奶酪——就像你在打哑谜，只有那些亲密的人才能知道。这就是为什么这首诗和赖特的其他诗一样，会让很多读者感到瞬间的亲密，让人觉得诗的作者就是自己一直想要结识的人。

赖特的诗节奏快、细节丰富、富于创造性，就像威廉姆斯的《我的英国祖母的遗言》、华兹华斯的《水仙花》和休斯对阿尔伯塔·K.约翰逊的描写那样，赖特的诗也会想象一个人的自白（《水仙花》中的华兹华斯像是在自言自语）。诗人也会在动物和非人的事物——那些只能在诗歌、神话或幻想小说中说话的东西——中看到自己。赖利看到自己困惑而多变的样子，就像蟾蜍一样。从这个角度来看，将自己比作他物的自画像类诗歌之所以脱颖而出，仅仅是因为它们把最具象征意义的意象放在了标题里。欧洲最古老的对话型诗歌大多是谜语，让我们去猜测是什么在说话。盎格鲁-撒克逊语（古英语）中现存的大多数谜语都来自一份名为埃克塞特书（Exeter Book）的手稿。在保罗·F.鲍姆（Paul F. Baum）的现代英语版本中，第三十三个谜语这样开头：

我的头是　用锤子锻造的，
用锋利的工具切，　用锉刀磨平。
我把预先设定好的东西　放进嘴里。

答案是：一把钥匙。

盎格鲁-撒克逊风格的谜语至今仍在流传：中世纪欧洲文学的权威学者卡特·瑞沃德（Carter Revard）也在书写自己的奥萨格人与篷卡人[1]故事。他早期的诗歌就包含关于本土事物

1　奥萨格人（Osage）与篷卡人（Ponca）均为北美印第安部落。

的谜语，其中《鹰羽扇所说的话》（What the Eagle Fan Says）一诗的结尾是：

> 现在我轻轻地 在一个男人的左手中移动，
> 在舞步之上 太阳追随
> 伴着老歌 飞向天堂
> 在人类的呼吸中 我帮助他们飞升。

并非所有关于物体、植物或非人动物的诗都能让它们与我们对话。许多当代诗人乐于让动植物（尤其是动物）变为与我们截然不同的个体。然而，诗人越是努力赋予一个非人类的说话者以人格——一只会说话的海鸥、一把本地仪式中使用的羽毛扇、一个门把手——读者就越觉得自己在读一首特定人类的自画像诗。伊丽莎白·毕肖普的《大蟾蜍》（Giant Toad）就是一个纯粹而美好的例子，这是她由三部分组成的散文诗《雨季：亚热带》（Rainy Season: Sub-Tropics）的其中一部分。蟾蜍的演讲是这样开始的：

> 我太大了，太太大了，可怜可怜我！

> 我的眼睛肿了，疼。即便如此，它们是我唯一的美。它们看到的太多了，上面，下面。然而，没有什么可看的。雨停了。雾气在我的皮肤上滴落。水滴从我的背上滑下，从我下垂

的嘴角上滴下，从我的面颊上滚落，滴在我的肚子下面。也许我斑驳的皮肤上的水珠很美，像露珠一样，在渐枯的叶子上闪着银光？它们让我彻头彻尾地冷静下来。

蟾蜍觉得自己与世界格格不入，觉得外面总是在下雨，而自己总是很难看——这种现象在今天被称为"心理焦虑"（dysphoria）、"抑郁"（depression）或"现实感丧失"（derealization）。这种感到自己并不是真实存在的，不在自己身体里的感受，也正是赖利的后现代蟾蜍所表达的东西。但是，这些术语并没有充分说明这些情感是如何塑造角色的，也没有说明它是如何与其他让你成为现在的你，或让你觉得自己是一只巨大蟾蜍的特征相互作用的。为此，我们有了句子、隐喻、细节和诗歌。

有时，一个角色或一个拟人化的人格会驱动整首诗，通过某一个扩展的隐喻来表现角色的全部。拟人化的东西可能是真实且可以被仔细观察到的（如毕肖普笔下的蟾蜍），也可能是幻想的或科幻的。下面是简·叶（Jane Yeh）《论做机器人》（On Being an Android）的第二节和最后几行：

我是如何制造的：神秘的部件与开关。

5 岁：我会驾驶，铁人三项，医术，刺绣。

每个人都说外表不重要，只要你有

个性。

我的第一个迷恋的对象是一个 Roomba[1]，我把它误认为是一个人。

第二次迷恋的对象是：一个人，但还是别提了……

作为一个人，意味着整个世界都围着你转，就像

一块蛋糕。

作为一个机器人意味着你可以得到一些蛋糕，但你不能

吃掉它。

我不会调情，所以我们本地酒吧里的笨男人正在教我。

我脑袋里的闪电意味着脑力激荡要来了。

如果我对事情太较真，我的头发就会开始打卷儿。

当你的脖子里有一个定时器的时候，预测未来是很容易的。

说明书上说我的膝盖可以用作厨具。

每个人都羡慕我的人造皮肤，但没有人愿意

碰它。

叶的诗句十分有趣，它会让你觉得有代入感，但也会瞬间抽离。她那些独立的句子就像电脑程序里的几行字，像考试内容或自我诊断列表的一部分（英式英语中的"local"指"附近的酒吧"）。这种略带尴尬的情窦初开，表明这是一个处于青春期、正经历着少年烦恼的机器人。这些诗行对青少年，以及某些成年人来说，具有特别的力量。孤独症谱系障碍患者、像

---

1   指 iRobot 机器人吸尘器，其英文名称为"Roomba"，由美国 iRobot 公司生产。

我一样的跨性别者，或两种身份兼有的人（很多跨性别者同时也是孤独症谱系障碍患者）一直都觉得自己像机器人，或者非人类，但无法解释其中的原因。最终，我们可能会在一首描述这类人、这些"异类"的诗中看到自己，感同身受。

会说话的物体——锤子、蟾蜍或机器人——可能代表某一个人或某一类人；它们可能独立存在于每首诗中，一首诗一个物体，但也有可能，它们可以互相交谈，就像威廉·布莱克（William Blake）的《土块与卵石》（The Clod and the Pebble）所写的那样：

"爱不是为了取悦自己，
也不是光为自己着想；
但对另一个人可以牺牲
在地狱的绝望中建一个天堂。"

一块土块如此唱道。
被牛蹄践踏，
但是一块小溪中的卵石
在不远处歌唱。

"爱只寻求自我的满足，
把另外一个捆绑在欢乐中：
将快乐建在另一个人的丧失中，

在天堂里建一个地狱。"

　　真爱果真像第一节所说的那样无私吗？你想让你的爱人放弃一切，奋不顾身只爱你吗？你能为他、她或他们，做同样的事吗？你试过吗？作为角色和原型的土块认为，打个比方，如果你不让你的爱人忠实于你，那就不是爱。但这不是布莱克的想法，这是"土块"的想法，而且当然土块会这样想。不管它声称自己喜欢被踩还是试图抗议——就像贝蒂·弗里丹（Betty Friedan）《女性的奥秘》（*The Feminine Mystique*）中被压迫的家庭主妇——牛都会踩踏泥土。而一块卵石——不管小溪流过多长时间，它都不会改变形状（至少不会明显改变形状）——自然会有另一种观点：冷漠、铁石心肠、完全自私的爱人不会改变，也不会被打动。这两种爱都不会取悦布莱克诗中所写的爱人，甚至不会让爱人感到舒适，这可能会让你想象，爱人应该用尽一生来相互取悦、相濡以沫。就好像布莱克在写这首诗的时候，也指出了这种让事物说话的诗歌的局限性：人类比任何一种单一的旁白更灵活、更有陌生的新鲜感。

　　另一些诗人通过讲述自己生活中最独特或最痛苦的经历来描绘自己。这种诗歌有时被称为"忏悔诗"。罗马天主教徒会在只闻其声不见其人的忏悔室里，隔着铁网、格栅或隔墙向神父忏悔。严格意义上的忏悔诗［如批评家 M. L. 罗森塔尔（M. L. Rosenthal）所说］，想象的并不是向神父陈述罪恶，而是向精神分析学家讲述令人羞愧的人生秘密，就好像这些秘密能够真正说明你是谁。

像赖利一样的作家，基于政治和哲学依据，反对忏悔诗：如果我们想知道自己的生活出了什么问题，我们需要关注社会，而不仅仅是自身的经历。然而，这些在诗歌中被筛选、整理和重新编排的经历，可以为我们提供解决之道，因为如此多的生命都遭受了相似的伤害。你或许天然、本真，但也是被构建、教导、合成的，就像流行歌曲通过重新组合人工和声来营造一种真实、强烈的情感一样。事实上，你可以通过组合这些声音来表现你是谁。娜塔莉·夏皮罗（Natalie Shapero）的《冬伤》（Winter Injury），是一首由不相关的细节组成的自画像诗（想想赖特的《个人信息》），结尾处是不和谐的半韵，这本身就表现了夏皮罗的不安，她觉得自己被操纵，并不是她自己："我的旧爱对我不好。是我责任。/ 我喜欢的歌曲大多是誓言和掌声。"她没有听到，也不想听到自己的声音。

一个忏悔诗人——在诗作中以第一人称出现，讲述痛苦的个人生活故事——能够向我们展现宽广社会的约束，展现社会的许可与限制如何造就了我们吗？当然可以。布伦达·肖内西（Brenda Shaughnessy）的《如此多的合成》（*So Much Synth*），讲述了母性、少女时代的故事、亚裔美国人的身份认同，以及二十世纪八十年代加利福尼亚流行音乐的狂热，她将忏悔诗的模式从二十世纪五六十年代带到了今天。肖内西那一连串杂乱无章的对句——有时流畅，有时让人听来痛苦——将我们带回到诗人最糟糕的青春期岁月，展现了从生理期到性骚扰的各种主题。诗中提到了二十世纪八十年代的流行歌曲，以及作者高中时代的日记：

你不能无论身处何处总做自己。

我有一个令人惊奇的故事，关于我的，我将
强悍地住在湿丝绒的诗中：你想跳舞

我就请你跳舞，但恐惧在我们的灵魂里……
西蒙·勒·邦的声音渗透所有

那些新细胞，血淋淋的，正在成熟的，我知道
他的爱是如此之深。

西蒙·勒·邦是杜兰杜兰乐队[1]的主唱。乐队于1983年发表歌曲《有什么事是我应该知道的吗？》（*Is There Something I Should Know?*），肖内西于2016年创作的风格激进的长诗采用了同样的名字。这就好像诗歌的形式，以及诗中提到的表面上轻浮、做作（但实际非常感人）的流行音乐，能够表达真实感受及强烈的反叛精神，表达诗人希望自己当时看到并分享的一切。就像海斯的"美国十四行诗"及赖利的诗歌一样，肖内西直陈独特、充满个性的自我的方式，以及在诗中向我们展现

1　杜兰杜兰（Duran Duran）乐队，1978年成立于英国伯明翰，二十世纪八十年代红遍大西洋两岸。

的角色，是独特、典型、虚伪但真实的，令人尴尬且带有表演
性质：

> 我在揶揄谁？即使在我的私人日记里，
> 我在一个观众面前表演，没有别的观众。

> 固定角色像一个空房间，
> 尽管我根本没有戏剧经验。

> 我光明正大撒谎，把白日梦写成真事儿，
> 同时我又是无所不知而精美绝伦、

> 有史以来最糟糕的人。青春期
> 时非常绝对：如果坏，就坏到底。

> 避免被误认为泛泛之辈。
> 平凡就当一个无名之辈好了，

> 当然，被蚂蚁咬死要比这慢。

　　的确有很多人和我们拥有一样的感受，在青少年时期的
日记里会觉得自己是最糟糕的、最优秀的、最受伤的或最孤
独的——而这种真实的感觉也并非青少年所独有。在这幅脆

弱的少年自画像中，肖内西突出了青少年（也不仅是青少年）想要追求与众不同的苦恼；这一点也是她自身性格的一部分。

但想要与众不同有什么不对吗？在诗歌中表现自我，表现自己的感受及个性的野心，难道仅仅是对荣誉或名望的渴求吗？（比布伦达·肖内西早三百年的约翰·弥尔顿，就曾在诗中谴责自己对成名的强烈愿望，称其为"高贵心灵的最后弱点"。）想成为著名的艺术家、流行歌手、演员或诗人，是否一定意味着要与一个糟糕到不可救药的体系同流合污？如果说抒情诗和人物诗表现的是人，那么希望自己的诗显得与众不同或魅力非凡有错吗？你也许会夸自己的朋友漂亮，但你不会（我希望）详细地论证到底有多漂亮，只有邪恶的女巫才会花时间思考谁是最美丽的人。

那么，追问到底是什么让一首诗脱颖而出，或究竟哪首诗最好、最强烈、最美，这样有错吗？如果这个问题的答案看起来太简单，可以想想当代诗人凡丹娜·康纳（Vandana Khanna），在她眼中，自己的诗，以及其他人的诗，都像一个个独立的人：

我的诗带着棕色的皮肤和指甲下面的姜黄四处游走，它拒绝坐下来，拒绝保持安静，因为它是个女孩……我的诗歌不再试图"正常"，即使它在成长的过程中想要"正常"。现在，它可能会让你不舒服：你可能不得不把目光移开，或者在座位上稍微移动一下，你可能会假装没听到或"抓住"它，这没关系，因为我的诗格格不入。它会像房间里的疮一样显眼。它是异质的，它不会道歉。你不知道该把它放在哪个盒子里，它也不会出现在你"认可"的阅读清单上，因为它向你展示了一个与你完全不同的世界。

如果你坚持用一个单一的标准评判人物诗（和抒情诗），把它们像集市上的鸡或奥运会赛场上的花样滑冰运动员一样进行排名，你就无法跳出价值与美感的陷阱。诗歌不是集市，也不是花样滑冰（虽然我们会在第三章中了解到一些像花样滑冰那样评价体育项目的方式）。没有单一的标准，也没有单一的竞赛来决定什么应该保留并持续。你可以因为各种各样，有时甚至互相矛盾的原因，喜欢不同的诗歌，就像你可以喜欢各种各样的人。你还可以像我尝试的那样，寻找并仔细聆听两种不同的诗歌，一种诗中的内在角色，它所想象的人物，呈现出和你相似的面孔（对我来说，就像叶笔下的机器人和毕肖普笔下的蟾蜍），另一种诗中呈现的面孔是独一无二、前所未有的。有些诗突破常规、格格不入，或与古老的审美标准不相符；有些诗光彩夺目、自成一体；有些诗则带着异域风情。

* * *

所有这些类型的诗歌——塔利埃辛的"我是"列表型

诗歌、自画像诗歌、拟人化诗歌、针对创伤记忆的忏悔型诗歌——都从内部近距离地描绘了一个人物：你可以想象这个角色在思考或说话，想象自己与他们的肖像或其本人面对面交流。其他的诗则从外部描绘人物，借由一位可靠的观察者、一个亲密的朋友，或一群人的表述描绘人物。这类诗歌所描绘的人物通常已离世：诗是悼词，也是一种纪念，就像塞缪尔·约翰逊1782年那首克制的诗《论罗伯特·莱维特医生之死》（On the Death of Dr. Robert Levet）一样。请慢慢地读这首诗：

被困在希望的虚幻矿井里，
我们日复一日地辛勤劳作，
突然的冲击，或缓慢的衰竭，
我们的社会舒适感逐渐消失。

经过许多年的试炼，
眼见莱维特下葬；
乐于助人，清清白白，真诚，
每一个没有朋友的人都称他为朋友。

他眼神中仍充满了爱，
隐匿的智慧和粗粝的善良；
没有言辞的傲慢，否认

未加修饰的品德。

当昏厥的大自然呼求救恩，
盘旋的死神准备好了这一击，
他彰显了强有力的补救，
不张扬的艺术的力量。

在苦难最黑暗的洞穴里，
他那有益的关怀临近了，
在那儿，绝望的痛苦倾泻着他的呻吟，
孤独隐退准备赴死。

没有被冷酷的拖延所嘲弄的召唤，
没有被骄傲轻视的收获，
每天适度的欲求
每天的辛劳被供应。

他的美德在窄道上行走，
既没有迟疑，也没有空虚；
永恒的上主喜悦，
孤独的天才为它所用。

忙碌的白天，宁静的夜晚，

无法计数，不知不觉，悄然而过；

他的身体结实，他的力量彰显，

虽然现在他快 80 岁了。

没有剧烈的疼痛，

没有寒冷的腐烂，

死亡迅疾打破生命的锁链，

用最近的方式解放了他的灵魂。

理解莱维特对约翰逊的特别之处，有助于理解（在这首诗中）约翰逊对生活的态度。我们是为了希望而活但一无所获的矿工；生活是一种束缚、一次考验（"试炼"），能够经受住生活的人不是那些最热爱生活的人，而是那些决心无视细节，去实现上天赋予其使命的人。因此，约翰逊用像砖砌一样的诗行，及严格的新教赞美诗韵律，表达了自己的观点。我们知道莱维特医生就是这样一个人：粗鄙，没有受过正规教育，能力有限，即便在他所选择的职业领域也是如此。但他尽其所能帮助那些需要帮助的伦敦穷人，免费为其提供医疗服务。"孤独的天才为它所用"是莱维特治愈疾病和创伤的才能，就像福音书（《马太福音》25:14—30）中写到的才能或金钱一样——耶稣提醒我们不要埋藏金钱而要用其投资。像莱维特这样"乐于助人"（officious）的人可能会为了获得尊重而忙忙碌碌，但也可能会履行自己的"天职"（offices）[1]。在鸡尾酒会上，你可能十分渴望有人能把你从莱维特的"陪伴"中解放出来，但如果你于 1764 年在齐普赛得了支气管炎，你可能最想见到的人就是他。作为诗人和评论家，约翰逊喜欢归纳，喜欢用拉丁语词做归纳性的陈述。这种归纳的习惯也适用于莱维特：归纳引发简洁，就像莱维特只做重要的事一样，把想象中的细节一笔抹掉，一直忙碌着，直到死亡、上帝或最终的仁慈"释放他的灵魂"。

到目前为止，我向你们解释了阅读诗歌的两个原因——为了分享感受、发现人物——我也展示了读者长期以来熟悉的诗歌类型。我们对这些诗歌类型并不陌生，就像我们对流行音乐的了解一样。流行音乐中有力量民谣（power ballads）、俱乐部电音（club bangers）、"吹泡"[2]、流行朋克、电子音乐，还有分手歌、亲吻歌、慢速即兴演奏（slow jams），等等。有些音乐类型是由歌手的态度或意图来确定的，另一些则可以通过节拍、节奏、乐器来识别。就像流行音乐的类别一样（有电子赞美诗也有电子民谣），一首诗也可以归属于几个不同的类别。如果你问自己面前的诗属于哪种类型或哪几种类型，你会对诗有更深入的了解。是绝望的呼喊还是邀请，是葬礼挽歌还是庆祝新生之歌？是纯粹冥想式的抒情，还是非公开场合的自

1　"office" 有公职、官职之意，也有礼拜和祷告之意。
2　电音分支之一。"吹泡"（Trip-Hop）的英文名结合了 "Trip" 和 "Hip Hop"，最早出现在英国。

言自语？是一幅自画像、一幅描绘他人的简洁画像，还是一幅拟人的画像（雨滴和蟾蜍开口言说）？是在对听众言说，就像剧中角色所做的那样吗？

最后一类诗有着悠久的历史。这种十九世纪中叶出现的诗歌类型被称为戏剧独白诗，它想象一个角色对着在场的观众讲述，旁白能够帮助读者理解舞台上的人或其他东西。最著名的戏剧独白诗是罗伯特·勃朗宁（Robert Browning）的《我的前公爵夫人》（My Last Duchess，1842 年）。诗中的言说者是个漫画式的反派、一个狂妄自大的意大利伯爵，他因嫉妒谋杀了自己的第一任妻子。从他的独白中，警觉的读者逐渐意识到勃朗宁笔下的伯爵有多么邪恶。在之后的作品《男男女女》（*Men and Women*，1855 年）中，勃朗宁呈现出更内省、更以人物为导向，以及（在我看来）情感更丰富的戏剧独白。其中最出色的两个角色结合在一起，就像一枚巨大而精细的硬币的两面，是两个鲜活的人物，他们的生活及个性为现实、人物特征、性及艺术的本质和目的赋予了两种不同的色彩。

两个角色的独白分别代表，或者说模仿了文艺复兴时期佛罗伦萨的两位画家弗拉·利波·利比（Fra Lippo Lippi）和安德烈·德尔·萨托（Andrea del Sarto），画家的名字和诗的名字一样，不过在艺术画廊里，人们通常把前者称为菲利波或菲利皮诺·利比（Filippino Lippi），没有"弗拉"（"Fra"意为"兄弟"，而他是个僧侣）。勃朗宁笔下的弗拉·利波成了欢快甚至喧闹的绘画现实主义的倡导者。他喜欢观察、思考、描绘（有时也触摸）食物、饮料、人脸和身体，而且他很擅长观察这些。作为一个孩子，他必须：

> 但是，请注意，当一个男孩在街头挨饿
>
> 八年，因为运气好
>
> 看人脸色，知道谁会扔给他
>
> 他想要的那半串葡萄，
>
> 谁会咒骂踢打他让他痛苦……
>
> 为什么，他的灵魂和感觉都变得如此敏锐，
>
> 尽管如此，他还是学会了观察事物的表象，
>
> 这都是从饥饿而来的告诫。

当他还是个乞讨的孩子时，就学会了察言观色，因为如果他不这样做，就没有东西吃。出于同样的原因，他学会了珍惜：饥而食之，渴而饮之。弗拉·利波去修道院寻求食物和庇护，修士们在他小时候就收留了他，认为他会按照他们的期望长大。但修士们并不欣赏他的画，它太生动、太个性化、太感性了。他们对弗拉·利波说（在他不友好的解释里）：

> 你的任务不是装模作样地吸引人，
>
> 向易腐的泥土致敬，
>
> 而是翻转他们的命运，让他们忘记这一切，

忘记肉体的存在。

弗拉·利波为自己的绘画及勃朗宁诗中的细节层次和丰富程度进行了辩护。这首诗试图表达他所爱之人、渴求他所渴求之物、满足他试图满足的欲望（可能是对性的渴望），以及看他所满怀热情看到的东西，是怎样一种感受：

> 为何画家不能依次抬起他的脚，
> 左脚，右脚，迈出两步，
> 让他的肉体更逼真、灵魂更真实，
> 在各自的节奏内？最美丽的脸庞，
> 长老的侄女……主保圣人，如此美丽
> 你不知道它究竟意味着希望、恐惧、
> 悲伤或欢乐？美和它们不相称吗？
> 假使我已完全画出她的双眸，
> 我难道不能深吸一口气，赋予她生命的闪光，
> 赋予她灵魂，并将其放大三倍？

诗中的韵律及滔滔不绝的词句，也许能帮助你想象出文字所描绘的那张脸、那具身体。"这个世界对我们来说不是污点，"利波继续说道，"也不是空白；它是强烈的，是好的：/我的血肉就是意义。"对利波来说（对勃朗宁也是如此），热情地描绘或描述任何事物、任何人，并注重其独特性，就是在

帮助我们热爱上帝所创造的世界。

安德烈·德尔·萨托，这个人物以及以他名字命名的诗，是相对于利波喜剧的悲剧，是对利波饥饿、欢愉和饱足循环的不满。安德烈的看法也许是错的——事实上，在他生命的大部分时间里，他一直在对自己说谎。然而，就像弗拉·利波一样，他让我们诚实地思考诗歌是如何描绘人物的，以及一首以人物为主题的诗——在这里是另一种戏剧性的独白——有何种可能。它可以向我们介绍或熟悉或陌生、或相似或迥异的人物，介绍他们的内心生活，他们的性格、特质、偏执的想法和隐藏的动机。

安德烈的昵称（及勃朗宁的副标题）是"完美的画家"，这不是说他无可指摘（他确实存在问题），而是说他的画没有技术缺陷。弗拉·利波也是一位天才技师：他的画色彩斑斓，充满了对生活的热爱。安德烈并不爱他的生活。他告诉自己，他爱着妻子卢克雷齐娅（Lucrezia），但后者并不爱他，也从未爱过他——她爱的是安德烈凭借艺术天分挣到的金钱。安德烈渐渐明白，没有远见和灵魂的艺术天赋是远远不够的。"这一切都很容易！/没有素描、没有研究，那是很久以前的事了：/我实现了许多人一生的梦想。"然而，他告诉卢克雷齐娅（当她装扮好一个人出去赌博，用她飘逸的长裙蹭脏了他画上未干的颜料时），安德烈觉得自己连那些技艺和知识平平的画家也不如：

他们体内燃烧着更真的上帝之光，

在他们那充满痛苦而停转的大脑里，

心灵或者其他任何别的都在激励

这位缓慢直率的工匠的双手。

虽然他们的作品向着地面下沉，但我深知，

他们多次到达了一个对我关闭的天堂。

　　带有怒气的独白继续着，将诗人对艺术本质及目的的深刻反思与自怜及未得到回应的讽刺融合在一起，直到那句至今仍然常被引用、被误解的感叹出现——"啊，一个人的探索应远远超出他的所能 / 不然要天堂何用？"与其说安德烈在鼓励我们，不如说他在鼓励自己，他承认自己永远无法到达天堂，热情会给予也会得到回报的天堂。他满足于人世上朽坏的、自欺欺人的回报——用绘画赚钱，用绘画留住卢克雷齐娅。

　　安德烈的自嘲，他的细腻的笔触，都在温和、安宁的诗句中有所体现。他谈到艺术，谈到卢克雷齐娅"我的灵魂听到的低音，就像一只鸟 / 捕鸟人的烟斗，跟着陷阱"。她捕获了他的心。但她的阴谋诡计却超出了他无法离开的房子之外，超出了勃朗宁所塑造的安德烈的情感空间之外。

　　人们常常将安德烈视为一个沉溺于自怜的可怕人物，而弗拉·利波则是勃朗宁为其艺术辩护的代表。不过，注意到勃朗宁笔下两位画家的读者，看到的不仅是两个丰满、鲜活的人

物 —— 一个欢愉而充满热情，另一个一败涂地 —— 也能够看到两首不同的诗。它们运用艺术技巧，展现我们为何关照他人（在诗歌、小说和现实生活中），也展现了艺术的价值。

毕竟，安德烈的思考与后来诗人的思考是一致的，或者说安德烈的思考具有预见性：这些诗人想知道自己有哪些诗是可取的，自己工作的意义是什么，自己是否浪费了生命。现代诗人华莱士·史蒂文斯（Wallace Stevens）在其生前最后几首诗的其中一首中问道："我想知道，我是否活得像一具骷髅，/作为一个不相信现实的人，// 一个和其他人一样拥有骨架的人。"这样的疑惑和悲伤 —— 与其抽象天赋分不开的疑惑和悲伤 —— 造就了史蒂文斯，正如赫雷拉的喋喋不休和毕肖普的犹豫不决造就了他们一样，他们的语言也印证了这一点。休斯笔下的约翰逊夫人用每一个音节告诉我们她是谁。安德烈流畅的语言，就像他的绘画风格（"一切都是银灰色，糟糕透顶"）一样，同样反映了他是谁。

我们已经看到了几种不同的描绘人物的诗歌形式，有些是真实的，有些是想象的，有些隐晦，也有些明明白白地反映了诗人的观点。但你不必为这些人物去读所有的诗，你也可以读其他的诗或一些同类诗，寻求别样的乐趣。我曾说诗人不是花样滑冰运动员，如果你用分数来衡量他们，那你就错了。但是，诗人又和花样滑冰运动员、控球后卫及画家（像弗拉·利波和安德烈那样）有相似之处。他们都用夜以继日的劳作来展现自己的技艺，如果你愿意，你可以发现并欣赏其中的技术、形式和不同模式。在一开始的时候，你可以忽略这些技巧或认为它们是理所当然的，但如果你花在诗歌上的时间很长，你就能学会辨识这些技巧，通过观察它们的形式和技巧，你可能还会发现更多的诗歌，并发现更多欣赏诗歌的方式。

第三章　形式

　　你看篮球或者花样滑冰吗，或者两样都看？你是否会不只为了填饱肚子而做饭，而是兴致勃勃地用三十种食材来尝试新的花样？在你最喜欢的音乐家或乐队中，有不仅在独创性或表现力上出类拔萃，还因其高超的技术、演奏的速度和技巧而一鸣惊人的吗？你喜欢编织吗，你爱好编织的朋友给你展示过他们的作品吗？

　　如果以上任何一个问题的答案是肯定的，那么你已经知道了该如何享受技巧，如何欣赏并喜爱那些通过富有挑战性的形式来表现技巧的作品。任何值得一读的诗，都在某种程度上被赋予了形式。即使在最庞杂、最独一无二或有明显即兴创作特征的作品中，也存在长短句的模式，反复使用或漏掉的词语，甚至短促和悠长的换气。然而，大多数时候，当你因为一首诗娴熟的技巧、独特的形式让你惊呼"哇"或"我都不知道语言可以这样"而非"相当深刻"或"这首诗写的就是我"的时候，你希望找到便于谈论或识别的模式，例如，你看到的是重复单词的叠加、极其复杂的语法，或一整个韵律系统。

　　除技巧外，别无他物的诗似乎极容易又极难：它们就像内部空空如也的精巧贝壳，（用丁尼生的话来说）是一种"可悲的机械练习"。但我们会因为华丽的外壳而欣赏某种动物，也会因技巧而欣赏某位诗人——就像因他们的心灵而欣赏他们一样。我们欣赏他们在限制之下，在规定什么能做、怎么做以及什么时候做的条条框框下，完成作品的方式。这一点就像我们欣赏运动员或音乐家一样。

本章将探讨这些或新或旧的"限制"，以及在这些限制下出现的形式。其中有一些，例如头韵诗行（重复辅音词头），会出现在诗歌中的特定时刻，就像篮球比赛中的一次传球或一次投篮。而其他一些，如十四行诗，则规定了整首诗的形态，就像花样滑冰的一整套动作。"我们填充已有的形式，"弗兰克·比达特写道，"通过填充，我们改变了旧的形式，也改变了自己。"因技巧和形式——在我们所熟悉的一些旧有形式的内部和外部——而读诗，是为了了解形式如何与思想、人物和情感相互作用，并了解随着时间的推移，形式本身是如何发生变化的。

本章首先从整体上对技术进行了一些思考。之后我们来看看那些依赖押韵的短诗、因押韵而创造出的模式和对称特征，以及那些不仅展示了形式之美，也通过它们所包含的论点来进行思辨的诗歌。我会介绍一些沉醉于形式感，抛弃了与自然之物相似性的诗歌，以及将形式美与自然很好地联系在一起的诗歌。

形式有其自身的历史。我们会看到古代欧洲及亚洲一些地区的诗歌押韵形式，也会看到那些墨守成规的诗人及那些敢于突破的诗人。有些诗人把形式看作炫技，也有些诗人把形式看作一种神秘的仪式、一种精神上的逃避。这些诗歌表明，任何一种形式的过去都无法预测它的未来，一部分乐趣在于观察诗人如何运用形式，另一部分乐趣在于观察诗人在道德驱动下如何看待（有时是反抗）形式的历史。最后，我会总结现代诗人所创造的新形式，及其技术张力和形式上的满足：一种是省略元音；另一种是从音节数中生成数学和音乐模式，展现出其独一无二的复杂性。

* * *

善于使用形式的诗人就像在玩一个游戏，而"玩"意味着必须遵守之前存在的游戏规则：引用视频游戏设计师、哲学家伊恩·博戈斯特（Ian Bogost）的话说，诗人可以"抓住并非精心设计的对象、事件、情境或方案（如十四行诗），然后把它们当作精心设计出来的"。限制越多，规则越严格，游戏就越精彩。当你因诗中的人物而读诗时，几乎是把它们当作真实存在的人；而当你因形式而读诗时，你会把它们当作诗人可以玩的游戏。而游戏——出色的形式感与创造力相结合的产物——需要规则，就像博戈斯特所说的"用新的方法……让系统运作起来"。我们乐于看到诗人在规则之下做出一些我们认为没有人能做到的事情，只有这个诗人，在这首诗中，才能

做到 —— 无论这些规则是像篮球比赛规则之于运动员或奏鸣曲之于古典钢琴演奏家一样熟悉，还是由这位诗人刚刚创立。

博戈斯特补充说，（至少在一定程度上）"我们添加的限制越多……结果就越有趣"。一首三行诗的所有诗句都以同一个词或同一个韵结尾，会很有趣；一首三十行长诗的所有诗句都用同样的韵，或以同一个词、以同形同音异义词结尾，会更有趣、更吸引人 —— 只要它饱含感情，而不是，或不仅仅是为了炫技。如果一首诗并不包含重要内容，除了形式之外没有其他可取之处，那么你就不太可能重读它了。相反，如果它听起来有分量 —— 形式恰当、情感恰切、充满热情 —— 那么诗人就很了不起。这些诗中的形式，就像量身定做的一样，形式越严谨，诗就越引人入胜。只有一小部分诗是这样，但它们各有风采。

观察诗歌的技巧，首先意味着关注特定语言的特性。罗伯特·弗罗斯特说"诗是在翻译中丧失的东西"，很多人认同他的观点。一些中世纪的阿拉伯学者声称，真正的诗歌只能用阿拉伯语写成，只有这种语言所蕴含的节奏和形式才是美的。然而，实际上，所有语言都允许书写者和说话者创建形式，有些形式在许多种语言中都是可能的，而有些形式仅在一种或几种语言中才会出现。在许多较老的英语诗歌和一些新诗中，最显著的形式往往通过韵脚或整体效果（如共用元音或共用辅音）体现，即使它们不出现在诗行结尾，也会形成韵律。

因此，韵律和它的近亲为我们提供了很好的契机，去思考诗歌技巧及诗人如何在限制之下发挥专长。弗罗斯特那句著名的俏皮话说,(无格、无韵的)自由诗就像没有网的网球,一旦你看到自由诗有规则,它就会分崩离析。T. S. 艾略特有同样近乎尖刻的说法,"自由诗并不存在",但他的话要有力得多,因为他指出,不押韵或者没有格的诗必须建立某种其他的形式。在英语中,押韵和格律是最古老、最容易看到的逐行形式及技巧。本章的前半部分将探讨诗人如何用韵,这不是(我想用一支大的红色记号笔来强调这一点)因为押韵对于精湛的形式来说必不可少,而是因为学会了识别押韵的方式、韵律种类及韵律音效,能够帮助我们在总体上认识诗歌的技巧。在本章的后半部分,我们将接触其他更新的形式。

下面是我最喜欢的当代诗人之一——爱尔兰诗人大卫·惠特利(David Wheatley)描写的一处墓地,墓地位于他所居住的灰暗、阴云密布的苏格兰城市阿伯丁:"灰色框住了我们的生,也框住了我们的死 / 谁在花岗岩上放下鲜切花,仿佛那块石头 / 才是我们一直尊敬的东西。"尾韵或元音韵("gone""stone""along")组成的三重奏,被置于一个由重复的声音、单词和首字母("gr""wh")组成的更大的矩阵之中。唯一不匹配的词是"切"(cut):生者与死者之间的隔绝(cut off)。

惠特利想要表达、想要言说,他寻求的是与阿伯丁多石的城市景观相契合的一种庄重的表达方式、一种冷酷的倾听。欣赏惠特利的诗,(至少对我来说)主要是欣赏他的声音模式。

下面是惠特利的另一首诗《记忆》（Memory）：

> 你的逝世的云
>
> 近又近飘过
>
> 一只鸟的影儿
>
> 无鸟曾飞

云从头顶掠过，人们逝去，幸存者被带到低地。惠特利的"低"（low）和"飞"（flew）是半韵，他的双关语和谐音突然出现，促使我们追问自己听到了什么，错失了什么。

这些诗行中的声音模式及对技巧的密集展示，是我们首先注意到的东西，就像我们在流行歌曲中听到的副歌一样。其他诗歌中的声音模式可能需要多次阅读才能显现出来，特别是如果包含这些模式的诗有情节的话。不过，只要我们再回头看看它们是如何运作的，就能发现这些模式。想想兰斯顿·休斯1926年的《十字架》（Cross）一诗：

> 我的老父亲是白人，
>
> 我的老母亲是黑人。
>
> 如果我曾诅咒我的白人老父亲，
>
> 我就收回我的诅咒。

> 如果我曾诅咒我的黑人老母亲，

并希望她下地狱，

我为这个邪恶的念头感到抱歉，

如今我祝她万事如意。

我爸死在一幢漂亮的大房子里。

我妈死在一个窝棚里。

我不知道我会死在哪里，

我既不是白人也不是黑人。

　　最后一行将我们带回这首诗的开头（一种有时被称为"回环"的结构）：标题给出了这个问题的答案。这个言说者，一个种族的"混血"（cross），会在十字架（cross）上死去，就像另一个不平等结合的产物耶稣一样，因我们的罪而死（也让灵魂脱离了地狱）。休斯把他的三节四行诗与"三位一体"相对应：在说明性的对句之后，连用了三个"人"（man），休斯笔下黑人与白人的孩子作为言说者，在三节中给了我们三个诅咒、三个愿望、三个"死"或"已死"的例子，最后得出结论，"我既不是白人也不是黑人"。对他来说，既是白人又是黑人比耶稣既是神又是人更难吗？也许是的。休斯提及的只是人。你可以因为诗中对种族制度的批判而喜欢这首诗，也可以因优雅的形式感而喜欢这首诗，两者就像休斯的"双刃剑"，直指社会。

　　休斯再造了民间四行诗（folk quatrain），惠特利则重新塑造了独立的对句。这两种形式一直为英语诗人所用，至少可以追溯至乔叟（他将四行诗从欧洲大陆带到了英国）。这些诗人在并非自己创立的规则下写作，其他诗人为了自己一次性使用，创造了复杂的形式。在第二章中，我们认识了"戏剧独白之王"罗伯特·勃朗宁。他也在短诗中练习了维多利亚时代的格律艺术，创作出热情洋溢的诗歌，其重点在于对声音的运用。其中最著名的一首诗的开头是："哦，在英格兰，现在是四月了！"另一首较少被引用，但（在我听来）更令人兴奋的是《我的星星》（My Star）：

关于那颗星，

我只知欣赏

（像灿烂萤石）

它能放光芒，

一会儿变红，

一会儿变蓝；

以后我的亲朋

也都欣赏它，

我那颗红蓝变化的星星。

后来，那颗星，如悬空花鸟，不再闪光华，

朋友们只好欣赏该星之上的塞塔，

那塞塔即使是他们的全世界又于我何干？

我的星却向我把灵魂开放，所以我爱它。[1]

当然，这是一首情诗，人们一般认为是罗伯特·勃朗宁为妻子伊丽莎白·芭蕾特·勃朗宁写的。两人曾私奔到意大利，他们之间的情书，以及伊丽莎白在《葡萄牙人的十四行诗》（*Sonnets from the Portuguese*）中所写的爱情，成就了维多利亚时代最伟大的爱情故事之一，一个拥有幸福结局的爱情故事。但是，《我的星星》这首诗中的乐趣，以及人们不断重读它的原因，并不在于爱情故事本身，而在于韵律和节奏的丰富变化。重读这首诗的感觉，就像听钢琴家用一只手演奏3/4拍，而另一只手演奏7/8拍，或看一名篮球运动员不停地靠背后传球助攻队友投进边线三分球一样。

勃朗宁闪展腾挪，直到他的目光和我们的耳朵落在他描述的那颗星星、那颗不停变化的星星的长诗行上（"萤石"指云母，或一种可以使光线偏折的矿物）。随着诗行扩展，诗人从一个有难度的"格"移动到另一个更有难度的"格"，形成大致的四部分诗句（da-da-DA，da-da-DA，da-da-DA，da-da-DA，专业名词为四步扬抑格），我们的注意力被吸引。然后，就在你认为勃朗宁在天堂和大地之间，在星与星之间，在他与其他人宏大但不够多彩、不够独特的爱之间，通过对比，建构了他明快的爱情诗歌时，勃朗宁又改变了节奏，进入了第三部

1　殷宝书译。

分。最后一行诗不是四个韵脚，而是五个韵脚，不是 da-da-DA 而是 da-DA（不是抑抑扬格，而是抑扬格）。这就是勃朗宁让"星"驻足与他相处的方式。

美自身就是它存在的理由。这句话不是我说的，而是拉尔夫·沃尔多·爱默生（Ralph Waldo Emerson）说的。如果你了解爱默生，你可能会想知道为什么会在这里提到他，因为爱默生并不想让人们关注技术本身，用他的话说，组成诗歌的"不是韵律，而是韵律构成的观点"。他自己的诗有时因缺乏润色而受到责难。然而，爱默生本人在美国诗坛留下了对美和形式最伟大的辩护之一——《紫陀萝花》（The Rhodora）：

在五月里，海风刺穿我们的寂寞

我发现树林里一个潮湿的角落

有新鲜的紫陀萝花，展开它无叶的花朵

取悦干沙漠与迂缓的小河

那紫色的花瓣落到池塘里

使那黑水也变成艳丽

红鸟或许会到这里来将它的羽毛洗濯

向花求爱——这花使它自惭形秽

紫陀萝花！如果哲人问你为什么

在天地间浪费你的美

你告诉他们，如果有眼睛是为了要看的

那么美自身就是它存在的理由：

与玫瑰争艳的花，你为什么在那里？

我从来没想到问，我从来也不知道，

但是我脑筋简单，我想着

把我带到那里去的一种可能，把你也带去了。[1]

　　爱默生从对句开始，然后转到四行诗，仿佛他一旦找到值得仔细观赏的东西，就会放慢脚步。他还沉溺在假装一朵花会说话的古老诗意传统中。最著名的"让花说话"的诗使用的是玫瑰，也许还误用了。例如，埃德蒙·沃勒（Edmund Waller）的《去吧，可爱的玫瑰》（Go, lovely Rose）和罗伯特·赫里克（Robert Herrick）的《致少女，珍惜青春》（To the Virgins, to Make Much of Time），用花邀请年轻女性答应年轻男性的求爱，因为少女的美像花的美一样不会长久：无论你如何努力保存，花都会枯萎，所以应该分享或将它给予他人。爱默生不会这样使用他的花，他不想用它来做任何事，不想赋予它任何超越自身的意义，除了单纯地呈现外没有其他更强烈的动机，想象一种不可预知的"力量"造就了紫陀萝花、玫瑰、红鸟、海和作家，这种力量也在行进的诗行中传达出声音的美感。

　　美是它自身存在的理由，无须申辩。有些诗人明确地提出要捍卫美，并捍卫美的近义词（漂亮、迷人、华丽、吸引力）——这些词通常带有女性化、软弱、无用或娘娘腔的内

<hr>

1　张爱玲译。

涵。安吉·埃斯特斯（Angie Estes）就致力于捍卫这种观念，从巴洛克雕塑到高级定制服装，再到诗歌和化妆品，她呈现出声效复杂、极具工艺性和炫技手法的独具匠心的作品。恕我直言，这些技巧，有时也非常性感。埃斯特斯突破性诗集《我们的家》（*Chez Nous*，2004 年）中的第一首诗是《真实的忏悔》（True Confessions），这首诗写的是二十世纪四十年代的电影明星丽塔·海华丝（Rita Hayworth）。以下是这首诗的开头部分：

我永远拉不上拉链。
也许这代表着什么，
你觉得呢？
我认为魅力本身就是
诱惑，暴跳和
闪光，诱惑是一只汤勺，
在谈情说爱，因为我的苏格兰爱情中，
我曾经在那里看过
金雀花扭曲的山丘，
拉开拉链，
让一汪寒冷的蓝色湖水
进入其间。

在海华丝引文结尾出现的问号，引出了埃斯特斯一串内部押韵的词。在那里读慢一些（或非常缓慢地重读），确保你听到了那种文字游戏，那种声音从一个词滑到另一个词的方式。"魅力"（glamour）在古英语或苏格兰方言中也指咒语、错觉或魔力，"魅力"就是（埃斯特斯继续写道）：

> 一种苏格兰语法的变体，
> 带着沙沙作响的情绪和欲望。
> 这就把我们带回到拉链上，
> 为什么我们要把拉链拉上，
> 每个齿节向另一个齿节攀爬，
> 就像词语爬上句子，像衣服试穿
> 它银色的缝合线。

埃斯特斯使用明显的双关语来暗示所有事物都是诱惑物，拉链可以开合的衣服是令人愉悦的，就像诗一样。参差不齐的自由体诗句打断了一些不太可能被打断的词，如"to"，就像拉链的开合一样，能够让语言变得更性感。

埃斯特斯诗中平衡且精细的声音模式，及自我意识的愉悦，正是对有形、可见的世界中令人惊奇部分的模仿。它们是诗歌之外那严酷、混乱、令人沮丧的生活的对应物，我们可以在罗琳·尼德克（Lorine Niedecker）那些节奏异常紧凑的诗歌（押韵的或不押韵的）中找到很多这样的模式。尼德克一生的大部分时间都在威斯康星州阿特金森堡的一个湖边小镇上度过。她的母亲并不关注她的写作，也听不清她的话。尼德克写给母亲的纪念诗，有着母亲一生中都无法聆听的丰富声音，就好像她在最后，安静地向母亲展示了诗歌所能做到的事情：

树枝上的雪就像她疼痛的耳朵里
那些棉织物般的绒毛。
暴风雨后，在耳聋的愤怒中，我们能谈谈爱吗？

作为我缺席的父亲那神情恍惚的妻子，
她为我们而辛苦工作——用眼睛了解我们。

现在，通过雪融化前保护植被的方式，
我们了解她。

非标准拼写的"忧惧"（distrait）意为"心烦意乱"，但也可能是"忧虑""陷入困境"：在不同的含义及尼德克的尾韵中，我们看到"雪"（snow）、"知道"（know）、"现在"（now）和"聋"（deaf）、"愤怒"（huff）、"妻子"（wife）的相互作用。这是一首寒冷的挽歌——雪保护了一些植物，也冻结了另一些植物——但整体来说，它是一首恰切、优雅的挽歌：韵脚遍布整首诗，就像雪覆盖了芦苇和树叶，就像年老时的死亡覆盖了令人沮丧的人生。我们可以在家庭戏剧表演时读这首诗，因为尼德克已经勾勒出了人物形象。但我们也能够品味出尼德克在每一个辅音中营造出的悲伤与优雅，并极尽其用。

并不是所有的诗歌技巧都是为了让诗人脱颖而出，或因与众不同的美而赢得赞誉。有时，就像餐桌礼仪、大学录取资格或标准化考试一样，技术能力或技术水平表明诗人属于或理应属于某一个群体，就像一种证明或一次试镜，有可能有失公平。

我们所了解的菲利斯·惠特利（Phillis Wheatley，1753—1784，和大卫·惠特利并无关联）是第一位出版诗集的非裔美国诗人，也是第一位因诗歌而广受关注的非裔诗人（不是第一个写诗的人）。但是，当读者带着对黑人或美式写作方式的期待来读惠特利的诗时，往往会感到诧异甚至失望，因为惠特利的诗歌（至少一开始是这样），在声音和感觉上，和数百位英国诗人的优秀作品或杰出作品一样，使用了那个时代最常见的形式——结构对称、行末停顿的十音节押韵对句，并在每一行中交替使用轻声：

当第一支铅笔画出造物之美，
会呼吸的形象栩栩如生，
这些前途如何给我的灵魂带来喜悦，
一个新的创造如何冲到我的眼前？
然而，了不起的青春！追寻每一条高尚的道路，
都在不朽的光辉中守护着你的热望：

让画家和诗人的火，

加诸您的铅笔，与您的诗句合谋！

这些诗句（其格律被称为五步抑扬格）出自惠特利的《致年轻非洲画家 S. M.》（To S. M., a Young African Painter）。它们是对那个时代许多旁观者发现了年轻画家的赞扬，其中也表现出你在十八世纪的许多作品中可以找到的技巧，如（一般来说）每行有两个名词，中间有一个可以让人喘息的空行（或音顿[1]），每一个对句中都有清晰、完整的观点，音色一致，语言优雅，韵律规整且完美无瑕。

但因为描述的是一个非洲画家，并且出自惠特利之手，所以诗中的意味更加复杂。菲利斯·惠特利从小就被波士顿的一位主妇买下收养，并接受了严格的古典教育，在她十几岁的时候，她的读者怀着废奴主义者的同情，安排她去了伦敦，惠特利作为诗人的资质得以滋养。惠特利在英国出版的《关于各种主题的诗》（Poems on Various Subjects，1773 年），不仅证明了她作为一个个体，可以自信而娴熟地用那个时代认可的形式写作，也证明了一个被奴役的非洲血统的美国黑人，可以做到这些。惠特利所掌握的清晰的诗意技巧——预示了一个世纪后 W. E. B. 杜波依斯提出的"有才华的十分之一"（Talented

---

1　音顿指诗行中间的停顿。

Tenth)[1]——证明了非裔美国人可以与其他人分庭抗礼，并拥有自己的主题。

当然，并不是所有的诗歌形式都是押韵的。再者，并不是所有的诗歌形式都与声音有关，也不是所有的诗歌形式都是独一无二的。如果你写过感谢信、公文、五段式考试论文或遗嘱，你就已经知道如何书写、匹配和识别书面的文体形式了。每一种诗歌形式，如十四行诗或十八世纪的对句，都能唤起人们对词语和语言的特定期待。这些形式中的每一种都可以成为一种有效的约束或模板，无论是为了严肃的模仿，还是为了讽刺和歪曲。例如，邓恩尖刻的诗作《遗嘱》（The Will），既模仿了遗嘱，又对其进行了恶搞，因为他认为自己已经死了，是分手毁了他。以下是六节诗中的第五节：

> 给丧钟下次为之鸣响的人，
> 我赠以医药书；我的道德规箴
> 亲笔手卷，我送给疯人病院；
> 我的青铜古币，留给缺短
> 食物的人们；给那些在外邦异域
> 　穿行的人们，我的英语。
> 爱神您，通过使我爱那人——
> 　她认为她的友谊是合适的赠品

1　美国社会学家、非裔美国人 W. E. B. 杜波依斯（W. E. B. Du Bois），曾在著作中提出"有才华的十分之一"的概念，根据这一概念，百分之十的黑人将接受大学教育。

给年轻的恋人——使我的赠礼显得如此不相称。[1]

"Physic"的意思是医学（medicine）；"Bedlam"指疯人病院。邓恩把礼物都送给了那些不需要它的人，就像他把自己的心献给了那些欺骗他并拒绝接受他好意的人一样。在文字上坦诚自己似乎没有意义，因为他此刻拥有的一切都没有了价值：因为失去了"友谊"，他觉得自己的才华毫无用处，世俗财产也变得毫无意义，他已经没什么东西可以给予朋友的了（如果他还有朋友的话）。这首诗的力量来自戏仿遗嘱与真实遗嘱之间的张力，也来自构成邓恩诗歌遗嘱的那些分句之间不断升级而愈显荒谬的关系。

但是这份遗嘱不会被依法执行，也不会像威廉·布莱克的《羔羊》（The Lamb）中所描写的那样，由牧师表演儿童和宠物之间那种温柔的教义问答，就像基督教主日学反复使用的问答一样："小羊羔，是谁创造了你？/你知道是谁创造了你吗？……小羊羔，我将告诉你，/小羊羔我将告诉你！"基督，上帝的羔羊，创造了真正的羔羊，就像祂同时创造了孩童一样。至少，诗中的这个孩子是这样认为的。这种从实际的教义问答中衍生而来的教义问答诗，逐渐形成了自身的文学传统，并对布莱克之后的诗人提出了形式上的挑战。以克里斯蒂娜·罗塞蒂的《上山》（Up-hill）为例：

---

1 《约翰·但恩诗集（修订版）》，傅浩译，上海译文出版社。

道路总是蜿蜒而上吗？

是的，直到最后的尽头。

白日的旅程会花费一整天吗？

从早到晚，我的朋友。

可有夜晚休息的地方吗？

会有住处打发漫长黑夜。

黑暗不会在我面前藏起它吗？

你一定不会错过那间客栈。

　　和休斯一样，罗塞蒂的结论十分有力。她一直在问并且回答一个孩子有关成年和死亡的问题，她给了与她基督教信仰多样性相符的最冰冷的答案。人生就像爬山，不管天气如何，整日都是如此。生活会变得越来越艰难，直到你最终死去。在死之前也不得喘息。天堂，或只是死亡的最伟大之处，并不是让你所有的朋友起死回生，也不是让你搭上更好的过山车，而是它最终为我们提供了庇护或休息，就像"漫长黑夜"那个长句所表达的那样（这种态度与塞缪尔·约翰逊关于莱维特医生的诗相似）。天堂里的时日黑暗而和缓，就像呈现它们的三个重读音节一样缓慢，比问答的诗行和关于生命的总结还要短暂。

　　这种教义问答的形式一直延续到了二十一世纪。将其作为一种形式，是在探讨它们为何葆有力量，也是在探讨这种力

量 —— 问题、答案，一个接一个的结论，导向一个更大的结论 —— 如何与优雅的形式相伴并焕发出新意。想想二十一世纪诗人卡丽·埃特（Carrie Etter）所写的一首名为《生母的教义问答》（A Birthmother's Catechism）的诗：

> 你怎么让他走的？
> 带着无私、眼泪和自我厌恶，
> 你怎么让他走的？
> 一位护士拿来了药丸为了断掉母乳，
> 你怎么让他走的？
> 谁会把鸟笼挂在小树苗上？

埃特的《想象之子》（Imagined Sons）讲述了一位母亲的经历，她在十七岁时生育并遗弃了自己的儿子，《生母的教义问答》（几首同名诗中的一首）表达了我们的期望，即我们关于生活提出的问题会随着时间的推移而改变，并且会得到令人满意的答案。但对于这位生母来说，这两种期望都不成立。

诗歌中的模式，一旦你发现了其实现方式 —— 匹配的韵律、重复的词、句法或语义预期 —— 就像已被做出的判断，已被回答的问题，早已被写好但你并不知道的故事结局。它们看起来就像魔法，像那些非语言形式，如舞蹈、歌曲、占卜者观察星象、古代寺庙的建筑一样，让人感觉神奇：它们试图展现诗歌内部的构造、诗人描述的情况、语言，或整个宇宙。

　　这并不意味着所有诗人都在施展这种魔法。有些诗人坚持认为技术只是技术，他们在精神上并不比出色的木匠和裁缝更有力量（也许更少）。在这些诗人看来，他们诗歌中的模式并不反映自然的任何目的或样貌，而是帮助我们理解自然和社会并没有明确的形态，或它们都不取悦我们，也并不是为了让我们满足。现实世界混乱不堪，而诗歌是整洁的，它们应该与现实不同，这也就是我们拥有诗歌，以及要在诗歌中追求简洁形式的部分原因。"除了人类的创造，"理查德·威尔伯（Richard Wilbur）在《致罗马的新火车站》(For the New Railway Station in Rome) 一诗中打趣道，"天堂之门上还能写些什么呢？"像威尔伯和埃斯特斯这些诗人，用技巧表现"智慧和觉醒"、理智和意识，用技巧掌控一个原本无法控制的可怕世界。

　　其他诗人则倾向于施展"魔法"。诗人、园丁、神秘主义者、烹饪作家罗纳德·约翰逊（Ronald Johnson）一生的大部分时间都在写一部名为《方舟》(ARK) 的长诗，这是一部没有情节和故事的长达一百节的诗歌作品。约翰逊将长诗中的诗节称为"房梁"和"尖顶"（仿佛这部作品是一座大教堂），它们既是盛放圣物的载体（像圣物"约柜"一样），也是对诺亚方舟的模仿。《方舟》中最好的部分听来令人兴奋且结构紧凑，在语言本身的结构、在协调的韵律及平行的辅音中，隐藏着令人愉悦的秩序。在观看七月四日独立日的焰火时，约翰逊看到了其中映射的很久以前发生的事：

许多年过去了

焰火结束了

最后的气

全地之先

难以置信

无可比拟

约翰逊不仅在声音及所见之物中，也在字母及文字的形体中发现了秩序，"错综复杂"。他最常被提及的"光束"[1]部分，以一组视觉双关语开头，这些双关语也表明，无论如何，这个世界终究是我们的家园：

earthearthearth

earthearthearth

earthearthearth

earthearthearth

earthearthearth

earthearthearth

地球就是我们的家、我们的艺术之心——只要我们的

1　"光束"与上文的"房梁""尖顶"一样，是《方舟》中的不同部分。

耳朵懂得倾听这些艺术。你可以拼读出约翰逊的诗句，地球（earth）、耳朵（ear）、艺术（the art）、聆听艺术（hear the art）、心（heart），或将其理解为包含着其他类似的信息——就像永存的精神一样，诗人想要揭示的东西总比字面上表达出来的要多。

学者赫伯特·塔克（Herbert Tucker）同意约翰逊的观点，认为总体上，诗歌发挥作用的方式就像魔法一样。（塔克认为）诗人把超越了"理性边界"的文字，当作"诗歌的天然使命，用以表达无法表达之事，言说无法言说之物"。诗人想要展示被神秘事物控制的感觉，施展咒语，或坠入咒语的深渊。你会发现那些精心设计韵律，以便匹配其咒语的诗人。在约翰·济慈《夜莺颂》（Ode to a Nightingale）的开头，夜莺的歌唱让济慈陷入晕眩、产生幻觉，或是他先出现晕眩，然后才听到了这首歌：

我的心在痛，困顿和麻木
刺进了感官有如饮过毒鸩
又像是刚把鸦片吞服
於是向列斯忘川下沉

并不是我忌妒你的好运
而是你的快乐使我太欢欣
因为在林间嘹亮的天地里

你呵，轻翅的仙灵

你躲进山毛榉的葱绿和荫影

放开了歌喉，歌唱著夏季 [1]

    仙灵（dryad）是树林女神或森林仙女，列斯是一条神话中的河流，它的水会让死去的灵魂忘记自己的过去。济慈眩晕了，他沉醉于夜莺的"快乐"，感到自己身在他处，夜莺的歌声——在济慈精巧的诗节中得以体现——将他带到了天堂般的冥府。歌声触发了深层的情感，尽管这些情感无法被赋予视觉形式，但通过"快乐"的对比，诗人可以想象夜莺生活的地方，那个充溢着甜美歌声的空间（"林间""山毛榉的葱绿"），他宁愿将此情此景保留在自己的脑海中。

    济慈和其他有着华丽技巧的诗人，如乔治·赫伯特、安吉·埃斯特斯有着某些一贯的目标；他也会和——例如《魔戒》的作者及粉丝一样——追求其他一贯的目标及效果。他对魔法和逃离很感兴趣。当济慈用六个诗节追寻夜莺的歌声时，他发现快乐不可能永远伴随他，他终将回到自己的生活和人类的历史中去，在那里，纵然夜莺的歌恒久不变，人和社会也在时刻发生着变化（济慈后来把自己比作《圣经》中的露丝，她永远离开了自己的出生地，或许会想念那里，禁不住落泪，"站在异邦的谷田里"）。

1　查良铮译。

带着愉悦读这样的诗——这些精妙、情感充沛、充满自我意识的迷人的诗——沉醉于精心的设计，就像置身于温室或植物园。这首诗痛苦地揭示出我们对魔法的幻想，我们想要逃离的愿望，以及不可能完全逃离的事实：我们存在于时间之中，呼吸着地球上的空气，我们需要食物（即使不吃小麦）。我们不能只是且总是生活在一个神秘、魔幻、不可见的世界里。但是，我们可以通过诗歌的描述去想象这个世界，甚至亲自游历一番。

济慈的诗在今天看来虽然美丽但已老旧，很少有当代诗人愿意模仿它。热衷于魔法的现代美国诗人（包括约翰逊），最不可能模仿古老的英国诗歌。如果你只对现代诗歌一知半解，那么你可能会怀疑过去的大部分形式是否已被废弃。但如果你涉猎得多了，你会看到这些形式随处可见，其中许多都是绝好的形式。尝试去喜欢更多的诗歌类型及形式，并因诗人如何运用这些形式而感到兴奋，意味着去学着识别诗歌之外的形式，比如遗嘱或问答。这也意味着要去学习、辨别一些旧有的形式规则。

英语诗歌中最具辨识性、最常见的古老形式是十四行诗，在前面几章中，我们已经或多或少地接触到了一些。标准的十四行诗有十四行，通常（根据结构或韵式）分为八、六或四、四、四、二两种编排形式，一行中有十个抑扬格音节。莎士比亚写了一百五十四首十四行诗，几乎所有诗的韵牌都是A-B-A-B，C-D-C-D，E-F-E-F，G-G。从那以后，几乎每一代诗人都有各种不同的韵牌。写十四行诗，或使用任何已有的形式写诗，本身就证明了你是人类共同体中的一员。现在的十四行诗作者没有一个能说自己是首创。然而，与所有的传统形式一样，作家可以批判或讽刺地看待十四行诗的历史，也可以带着恭敬或谨慎。他们甚至可以在不使用这些形式的情况下，玩转形式及它的限制。在凯瑟琳·瓦伦特（Catherynne Valente）的奇幻小说《飞越精灵国度的女孩》（*The Girl Who Soared over Fairyland and Cut the Moon in Two*）中，女孩遇到了两个用纸做成的马戏团演员：

"啊，原谅我们，我们当然还不认识你。"男孩子说。他高大的身体上布满了大段的文字，每十四行有个痣。他从头到脚都是十四行诗，他的头发是五颜六色的缎带书签。一个复杂的折纸望着九月的眼睛，他折叠、舒展，最后形成一张友善的瘦脸。

"但我们觉得已经认识各位了！"女孩叫道，她的身体是温暖昂贵的金箔旧信纸，优雅的书法字覆盖了她全身，包括她兴奋的脸，她的杂技演员服装，她的红色火漆封蜡长发，邮戳像雀斑一样盖在她肩膀上……"我叫情人节。"她说着，伸出瘦削的手。

"我叫五步格诗。"十四行诗男孩说。"我们就是啦。"情人节和五步格诗伸出大拇指举过肩头，指向秋千台柱子上钉的一个标牌。牌子上用鲜红的字写着"天空邮局：长翅膀的文字和飞行的幻想！"文字旁边有金色的小翅膀生动地扑腾着，"想"连着尾巴，"天"则画成横杆……

五步格诗笑了。光亮的黑色墨水文字组成他的上唇：一想起你的爱使我那么富有。他微笑的下唇是手写体，正好写完下半句：和帝王换位我也不屑于屈就。[1]

斜体字是莎士比亚第二十九首十四行诗"当我受尽命运和人们的白眼"的结尾。如果这是你第一次接触十四行诗 —— 对瓦伦特的许多读者来说确实如此 —— 你对它有怎样的印象？十四行诗会表现友谊与爱，它们很有趣但也很正式，它们代表五音步与瓦朗蒂娜的结合、古老格律形式与浪漫或情爱吸引力的结合。很长一段时间以来，它们都在耍把戏 —— 表现出像空中飞人一样的真正技巧 —— 但它们仍然可以年轻而富有活力。在瓦伦特看来，读十四行诗就像在看杂技。特别是当你刚开始认真阅读时（瓦伦特笔下的女主角十三岁），你会发现十四行诗很有趣。

当你能够辨认十四行诗、学会了如何使用这种形式，也知道了这种形式的历史以后，你会如何利用十四行诗呢？十四行诗的作者可以在诗歌中捍卫这种形式，许多人也确实这样做了（华兹华斯甚至写了一首不太巧妙的十四行诗，开头是"别轻视十四行诗"，后面还写道"莎士比亚／用这把钥匙开启了

1　摘自《飞越精灵国度的女孩》，王爽译，湖南文艺出版社。

心扉"）。但十四行诗的作者也可以攻击十四行诗的形式及其显赫的权威历史。特伦斯·海斯在其创作生涯中偶尔会写十四行诗，其中最著名的是收录在《流行逻辑》（*Hip Logic*，2002年）中的技巧之作《十四行诗》（Sonnet）。这首诗将同一行诗重复了十四遍——"我们把西瓜切成笑脸"。海斯十四次重复利用了种族主义的刻板印象，即将美国农村黑人与西瓜联系在一起，并嘲讽、假设所有十四行诗都说着或意味着同样的内容。海斯让人想起从前学校里的惩罚，不听话的孩子被要求一遍又一遍地抄写同样的内容，仿佛我们从别人那里、从十四行诗那里、从黑人诗人那里或从他身上学到的，就是这种不真诚的重复。他还以另一种极具挑战性的形式，提到非裔美国作家保罗·劳伦斯·邓巴（Paul Laurence Dunbar）1896年的著名抒情诗，"我们戴着微笑和谎言的面具"（We wear the mask that grins and lies）。

2018年，海斯出版了一整本十四行诗集，每一首都有相同的标题，"为我的过去和未来行刺者写的美国十四行诗"。海斯的十四行作品反映了因名声带来的沮丧（承担义务而耗尽了他的时间，使他变得孤立，也无法给他带来平静），也对特朗普领导下的美国进行了强烈抨击。海斯的"美国十四行诗"也用更密集的音韵编排取代了传统的韵律形式，通常不受行尾的束缚。其中一首批评"无法区分黑鸟和乌鸦"的评论家："你不知道 / 如何描述你自己的脸。你对着镜子咕咕地说着 / 嘴巴因那些胡话变得扭曲。"另一首十四行诗则指向那些谎话连篇、言语毫无意义的政客："破烂国家，垃圾演讲。无数的夸耀 / 绊住我们的脚趾。无数的谎言碎片 / 我们的手肘、眼球，我们的鼻子、否定，悲苦和惊叹。"一连串的开元音及这些重复中近乎炫耀的意味（"无数"这个词在十四行诗中出现了八次），表明这是一个感到厌烦的公民，以及一个在文字方面有专长，因此增强了道德权威性的作家：一个能像这样写作的人都知道文字的力量。

现代十四行诗（包括海斯的十四行诗）几乎都有相同的行数，一旦你开始阅读，就会知道它在哪里停止——尽管你可能不知道诗人会怎样处理。其他固定的形式创造了诗节及其他要素，以便诗可以达到任何长度，而挑战及技术上的成就，就在于诗人如何在一首特定的诗里重复使用某些元素，同时让诗节的形式有所区别。在叙事诗《唐璜》（*Don Juan*，1819 年）的第一部分即将结束时，拜伦勋爵，或诗中的叙述者告诉我们他想讲的是怎样的故事：

> 我这一篇诗是史诗，我想把它
> 分为十二章，每一章要包括
> 爱情呵，战争呵，海洋的风暴呵，
> 还有船长，国王，以及新的角色；
> 其中穿插的故事要有三起，
> 并仿照荷马和维吉尔的风格，
> 我正在构制着地狱的全景，

好教这一篇史诗不徒负虚名。[1]

"荷马"（Homer）与"徒负虚名"（misnomer）相对，拜伦用这一节 [在意大利语中被称为八行诗节（ottava rima）] 来解释他的"史诗"诗体。但拜伦是在开玩笑，他的幽默及略带讽刺的意图体现在韵律中，向我们展示了一个有趣的人，他对自己正在收集的语言的声音，对作为声音组合的诗节的关心，远胜于他对船长、国王、爱情、战争及自己处境的关心（或让我们关心）。拜伦最著名的押韵诗是多音节的，这并不是巧合：这种形式的押韵会产生特殊的噱头或喜剧效果。[多音节押韵曾被称为"阴韵"，而单音节押韵，如"船"（boat）和"大衣"（coat）则被称为"阳韵"。]

你会乐于看到一些形式以我们熟悉的方式被很好地呈现，或看到它在一位诗人笔下被反复精巧使用：《唐璜》就呈现了数百个顶级、夸张且幽默的押韵范例 [最有名的例子是用"才气"（intellectual）与"怕老婆"（hen pecked you all）进行押韵[2]]。你也会乐于看到诗人从旧有的形式中剥离出新的形式，使其焕发生机。在英语中，八行诗节节奏很快，所有的押韵都很突出，常常被用于叙事作品或喜剧，这一情形，直到叶芝意识到自己有足够的能力使它变得严肃、富有思考之后才有了

1　查良铮译。
2　出自《唐璜》第一章，"不过，请凡是娶了才女的告诉我：说真的，你们是否都很怕老婆？"（查良铮译）

转变：

> 小时我们也有许多漂亮玩具；
>
> 一种漠然不屑于责备或夸赞，
>
> 贿赂或威胁的律法；使往日冤屈
>
> 像阳光下的蜡一般融化的习惯；
>
> 酝酿那么久，我们以为比所有
>
> 未来日子都长寿的公众意见。
>
> 我们有过多美好的想法啊，因为
>
> 我们以为最坏的恶棍流氓已绝迹。[1]

这是叶芝诗歌《对世界现状的思考》［最终版本的标题为"一九一九年"（Nineteen Hundred and Nineteen）］第一节中的诗句，该诗是对第一次世界大战的大屠杀及盎格鲁－爱尔兰战争的回应。这是一个押韵很有力量、让你无法忽视但又毫不张扬的诗节。拜伦着迷于韵律，叶芝却隐藏了大部分韵脚，只突出强调了结尾的"thought"和"out"[2]。相反，能够表现作者愤慨的，是他所使用的词汇的变化：描写平静、乐观、充满自由主义色彩的过去时，用到的词源自拉丁语，且冗长（"舆论成熟"）；而描写如坠地狱的当下时，选用的都是单音节词（"美

1　摘自《叶芝诗集（增订本）》，傅浩译，上海译文出版社。

2　原诗最后两句为"O what fine thoughts we had because we thought/That the worst rogues and rascals had died out"。

好的想法""最坏的""死绝")。

　　叶芝在早期一首名为《亚当所受的诅咒》(Adam's Curse)的诗中写道，诗歌技巧就像化妆品，应该让它归于无形："一行诗也许花几个时辰，/ 但假如看来不像瞬间的灵感，/ 我们缀缀拆拆也都属枉然。"[1]但叶芝并不总是想让读者将押韵或其他的诗歌技巧视作自然、毫不费力，且多数时候隐于无形的。有时，他想让我们知道这是一件费工夫的事。这在叶芝的力作《对困难重重之事着迷上瘾》(The Fascination of What's Difficult) 中有所体现，这首诗最初发表于 1913 年，当时叶芝正忙于管理备受争议的都柏林剧院。以下是这首诗的全部内容：

> 对困难重重之事着迷上瘾
>
> 已经使我血脉中元气干枯，
>
> 把自发欢乐和自然满足揪出
>
> 我的心。我们的马受惊有因，
>
> 它似乎不曾具有神圣的血统，
>
> 不曾在奥林匹斯山踏云奔腾，
>
> 而得在鞭打下发抖、流汗、卖劲，
>
> 好像拉着铺路的碎石。我诅咒
>
> 必须以五十种方式排演的戏剧、

1　摘自《叶芝诗集（增订本）》，傅浩译，上海译文出版社。下同。

与每个无赖和白痴的镇日战争，

以及剧院的业务、人事的管理。

我发誓在黎明再度回转的前夕，

我要找到那马厩，拉闩开门。

在艾比剧院（叶芝是联合创始人之一），叶芝不得不作为委员会的一员，审批剧本，管理预算，聘请导演，监督布景设计师和服装设计师，参与宣传活动——基本除了写诗以外的每一件事都要做，而恰恰是写诗让他名声大噪，开始了这样的工作。你可以把这首诗解读为叶芝对现在所说的"彼得原则"（1969 年的一本商业书籍让它有了名字）的疲惫抗议：如果你在工作上做得足够好，你就会一次又一次地被提拔，直到你最终从事一份并不适合你的工作。

你也可以把它当作一首关于工作的诗，关于那些有形的和无形的、令人愉悦的和枯燥乏味的技巧的诗。从某种角度来说，做好"剧院的业务"很难，因为他不得不与难搞的人打交道（如演员），写十三行韵牌为"abb acc add aeea"的诗也很难，但叶芝可以充满活力地完成，甚至带着嘲讽的喜悦，邀请你一同分享这一感受。这首诗看起来就像一首十四行诗（但它不是），它的主题始终如一，也和十四行诗一样不会在中间改变关键的韵脚。（海伦·文德勒在她那本评论叶芝形式的颇具说服力的著作中，注意到了"隐含的十四行诗结构""丢失的第十四行"，及对欧洲大陆的挖苦——因为原本来自希腊的珀伽索斯[1]，"已在爱尔兰安了家"。)

　　叶芝采用的结构也类似于另一种意大利诗歌形式，即但丁《神曲》所采用的三行体（terza rima），aba bcb cdc ded。这种形式出现在英语中时，总是在暗示但丁的炼狱之旅（我们已经在雪莱的《西风颂》中看到了这种形式的端倪）。不过除此之外，叶芝并没有完全使用三行体，就像他没有完全参照十四行诗一样：他的韵牌并不是 aba bcb cdc，而是一直回到"a"的韵律上来（difficult、colt、bolt）。三行体的元素，暗示着作为剧院经理就像身处炼狱，区别只在于他并不会真正到达地狱。叶芝持续且有力的反复——以"ult"和"olt"结尾的声音不断重复，当你以为已经结束时，它们又会再次出现——模拟了在商业上的坚持，对"剧院的业务"和"人事的管理"的坚持，叶芝努力（正如诗中所言）把它们看作一种挑战，而非阻碍。经营一家剧院始终在消耗诗人，磨碎了他的零部件，让血液从他的身体中流出——所以他在诗中把自己想象成一棵树，把血液想象成树的汁液。它还让马变得步履蹒跚，不得不像"拉着铺路的碎石"一样——而且还不是普通的马，是缪斯女神的飞马珀伽索斯。在引入了这些形象后，叶芝继续抱怨——当经理真是糟透了！——继而回到他的文学形象上来，并找到了解决方案：他要退出（虽然他并没有真的这样做），或至少要发誓退出（正如他在诗中做的）。"我发誓"（大多数

1　珀伽索斯（Pegasus），有双翼的飞马，被其足蹄踩过的地方有泉水涌出，诗人饮之可获灵感。

中层管理人员发誓），"我要找到那马厩，拉闩开门"，将带翼的飞马从束缚中解放出来，让它逃离更多的工作和苦差事。

三行体是一个很好的范例，它不仅富有挑战，还展示了不同语言之间的区别：觉察到这种形式带给我们的愉悦，意味着注意到了某种特定语言的魅力并从中找到了乐趣。大多数翻译但丁的现代诗人（已有数十位）都会发现他的三行体诗与英语诗歌的隔阂很大，其中一位名叫约翰·查尔迪（John Ciardi）的诗人写道，"在意大利语中，说一切都能押上韵只是略微有些夸张……押韵不是问题。但在英语中，它是一场灾难"。不过，在适用于英语的短诗中，与其说三行体的形式是场灾难，不如说它是高难度的花招、一个巨大的挑战。叶芝自己在人们普遍认为是他创作的最后一首诗中接受了这个挑战，这首诗也是他唯一一首完全以但丁形式所写的诗。

和《对困难重重之事着迷上瘾》一样，叶芝的最后一首诗想象一个非常有才华的人在做一份并不合适他的工作。但叶芝的《得到安慰的库胡林 [1]》拒绝颂扬诗歌、贵族、冷漠、暴力甚至非凡的技巧，相反，他追求的是权力的对立面，是高贵（或男子气概）的对立面，这与叶芝晚年的谦逊反思一致。死去的爱尔兰英雄、勇士、国王库胡林发现自己死后生活在一群"似鸟"但不会飞的生物间。其中一个生物在诗的后半部分告诉他，他应该加入这些类鸟生物的行列，"做一件尸衣"：

1　库胡林（CuChulain），凯尔特神话中爱尔兰太阳神的儿子，一位伟大又嗜血的英雄。

"现在我们得歌唱，尽量唱好听，
但先得告诉你我们是何等人物：
全都是被亲属屠杀或逐出家庭，

任其在恐惧中死去的有罪懦夫。"
它们唱起来，却无人类的曲和词，
虽然全都一起做，一切如故；

它们改变了嗓子，有了鸟嗓子。[1]

这些永远在织衣、悲伤得很平静且只作为群体工作的懦弱的鸟，是奉行个人主义、充满忧思、好战且超越人类的国王的对立面。通过叶芝营造的错综复杂的关系，词语超越了韵律，产生回响或"变成"了其他词，"kindred"（亲属）变为"human"（人），"home"（家庭）变为"human"（人），"human"（人）变为"common"（如故）。安静的三行体体现出一种近乎顺从的艺术、一种超越野心的方式，形式完全与内容相匹配。

但丁或许会想到后来的诗人们会改写他的三行体，用以描述死后的世界，但他没有想到《西风颂》或《得到安慰的库胡林》，也没有预料到海斯在《忧郁特伦斯》（The Blue Terrance）中采用的布鲁斯与三行体的合奏。诗人能够改写最古老、最传

1　摘自《叶芝诗集（增订本）》，傅浩译，上海译文出版社。

统的形式，赋予其当代性，特别是描述文艺复兴时期的意大利所无法感知的人、地方或经历。在今天仍在使用的任何一种古老的欧洲诗歌形式中，我们都可以发现这种改写。这也正是优秀的英国诗人佩兴斯·阿格巴比（Patience Agbabi）在做的事，她在 2000 年出版的诗集《变形矩阵》（*Transformatrix*）中，采用了被称为六节诗（sestina）的难度极高的三十九行形式。"给我一个舞台，我就在上面剪裁，"阿格巴比宣称，"给我一张纸，我就在上面表演。"阿格巴比（她并不是唯一一个）从现代表演诗歌中发现了完全兼容叶芝或莎士比亚诗歌形式的节奏、韵律及主题。她的诗集中有七首六节诗，其中一首讲的是一个名叫莱拉的女孩（"莱拉"在希伯来语和阿拉伯语中意为"夜晚"），她——

　　控制黑暗……
　　仿佛她是黑暗的公主
　　使王子黯然失色，把一个世纪的时间
　　缠绕在她的无名指上。

　　这本独特的诗集中还包含了尼日利亚非洲未来主义宣言《UFO 女人》（UFO Woman，发音为 Oofoe）及用尼日利亚裔英国移民英语写成的独白 [《巴法的妻子》（The Wife of Bafa）]，这是阿格巴比对乔叟《坎特伯雷故事》诸多改写的第一首。

比十四行诗或六节诗还要矫饰的形式也会趋向于创新，它让你惊奇的不仅是一个新诗人用一种形式做了什么，还包括诗人如何赋予这个形式（不管它源自白人群体还是源自欧洲）与其产生源头相去甚远的效果。组歌（canzone）是源自中世纪普罗旺斯的一种极具挑战性的形式，十一行诗节会重复使用行尾的一部分单词。雷金纳德·德韦恩·贝茨《里根时期的浑蛋》（*Bastards of the Reagan Era*）的开头就遵循了普罗旺斯组歌的所有规则。而贝茨 2016 年的诗 [其韵律部分归功于年长的美国诗人尤瑟夫·科曼亚卡（Yusef Komunyakaa），部分归功于嘻哈音乐中抑扬格式的不规则性] 也不可能更早了：

黑

洞现在是街区。钢铁

吞食男人，吐出黑

眼圈的他们，吐出黑睾丸的他们。

里根的诅咒可能是真的，

黑鬼们自己敲诈自己，

带着黑脸跳舞。

在审查之下，巧克力城红色，

沥青红。

"巧克力城"是当地对主要由非裔美国人组成的华盛顿特区的昵称。在他自己以及组歌最艰难的时刻，贝茨将这种欧洲的形式带到了他所在的城市。

在现代英语中存在的有些形式上的挑战——那种会让你惊呼"哇"或"啊哈"的韵文形式——并非源自欧洲。"加扎尔"[1]一词最初指古阿拉伯语中的一种体裁，一种单韵的情诗，当它被传到另一种伊斯兰文化及另一种语言——波斯语中时，这个词才开始表示一种固定的形式，即每个对句句法独立（每个对句自成一体），与前一对句行末的词或短语押韵，并在最后的对句中出现诗人的名字或笔名。诗人鲁米（Rumi）十分擅长这种形式。二十世纪六十年代末，出于对乌尔都语诗人米尔扎·加利布（Mirza Ghalib）的敬意，美国著名诗人阿德里安娜·里奇开始创作她的加扎尔，这些诗的两行诗节从一个主题跳到另一个主题，就像加扎尔英文直译的意思一样[2]。不过，她并没有遵循波斯语、乌尔都语的规则。在此后大约三十年里，其他用英语创作自由韵律加扎尔的诗人都参照了里奇的诗歌规则。

后来，克什米尔裔美国诗人阿迦·沙希德·阿里（Agha Shahid Ali）被激怒了。他从小就熟知乌尔都语的形式，曾翻译加利布的诗歌，二十世纪九十年代末，他试图向美国人展示这种形式的魅力。他将加扎尔介绍到美国的尝试，说明了诗人和读者如何学着欣赏、寻找并超越一种古老但仍有新鲜感的

1　加扎尔（ghazal）是一种古老的诗歌形式，可以追溯至七世纪的阿拉伯半岛。它通常由五至十五个对句组成，对句相互独立，但在主题上抽象地联系在一起。加扎尔的结构要求严格，与彼特拉克十四行诗相似。
2　"加扎尔"指用言语向所爱之人表达爱，与所爱的人交流爱的话语。

形式。在他生命的最后五年里，阿里整理了一系列论辩素材：一部由多人整理的"真正的加扎尔"诗集《令人着迷的分裂》（*Ravishing DisUnities*），及一本他用严格的波斯-乌尔都语形式创作的加扎尔诗集《今夜叫我伊斯梅尔》（*Call Me Ishmael Tonight*，2002 年）。

这些加扎尔延续了阿里一直表现的主题：家乡克什米尔遭到的军事破坏，他与其他美国诗人的友谊，自身在几种文化中的浸润（尤其是伊斯兰文化 —— 尽管他不是东正教的信徒），对朋友强烈的有时甚至带有情欲意味的依恋，失去家园的感受。此外，他的加扎尔会在非重读音节（如"into"和"slew"）上押韵，呈现出带有南亚口音的流利英语，这对那些只会说一种语言的美国人来说是意料之外的：

当大天使们在圣言的命令下，杀死了我的话语……
我走了一条通往信仰悲国的最短的路，

宽恕我吧；我们会永远孤独吗？
我从来没有孤独过，我会对我的言辞懊恼……

你也一样，沙希德，这将是彻底的诀别。
你会从你中出来，然后进入我的话语。

你可以在今天的许多诗集中看到加扎尔，就像看到十四行诗一样。它们以不同程度的形式书写，带有对这一形式含义的不同感觉，但有一点是共通的，即它是一种成就，其创作——既是创作，也是游戏——带有限制之下的愉悦。塔非亚·法伊祖拉（Tarfia Faizullah）的《杜果自画像》（Self-Portrait as Mango，另一种自画像，就像我们在第二章中看到的那样）用加扎尔有力回击了对亚裔美国人的种族成见。重复出现的形象和词语强化了她的坚持和愤怒，并将她与这种形式的地理起源地联系在一起：

> 她说，你的英语很棒！你在我们国家待了
>
> 多久了？
>
> 我说，吮一口杜果吧，贱人，反正你以为我只吃杜果。
>
> 杜果。
>
> 像我这样的边缘人非常精通的东西，对吗？
>
> 难道
>
> 杜果不就是赢得拼字比赛和亲吻白人男孩吗？
>
> 杜果
>
> 不是诗中裹着罩袍的占位符吗？但这只，
>
> 我要把它切成片，放在她的喉咙里，是一只
>
> 杜果，
>
> 它记得虫蛀的丛林，河更黑的
>
> 口渴。

法伊祖拉尖刻的加扎尔，连同诗中被拒绝的刻板印象，很好地诠释了诗人莫妮卡·尤恩所谓的"预期形式"（proleptic form）。这种形式是诗人对已想到且想要避开的指责或假设的辩护，在法伊祖拉这里，"假设"是指一个明显的南亚诗人，相比那些白人诗人来说，用英语写作时会更不自在、更没有美国风格，或更没有资格写诗。"杧果"一词的反复出现，抨击了那种认为南亚人或伊斯兰文化圈中的人，在某种程度上都是相似的，就像盒子里的杧果一样的观点。法伊祖拉对自己身份的自觉（更不用说她的讽刺意味），使她比那些漫不经心的种族主义提问者所期望的更强悍、更犀利。她的加扎尔打破了一些"真正的加扎尔"规则，对句之间是连贯的（传统的加扎尔对句必须相互独立），而且不押韵，只是重复了表面的单词。

加扎尔并不是美国诗人创造出的唯一一种独特、古老、非欧洲的诗歌形式。现在看来，俳句似乎是适合初学者的领域，然而，托尼亚·福斯特（Tonya Foster）华丽有时甚至令人迷惑的《高等法院蜂群》（*A Swarm of Bees in High Court*，2015 年），就像是美国迟来的俳句形式的典范。她写的并不是完全传统的俳句（关于季节的自由吟诵和即兴创作）。相反，她的大部分作品只使用俳句的形式（通常是三行，每行的音节数分别为五、七、五）作为近似的诗节。任何一页、任何一首诗、任何一个诗节，既可以相互独立，又可以加入一个更大的、非叙事的单元："仿佛灵魂可以 / 从囚室里，从杂乱的房间里，/ 被拣选出来。"

这种相互关联的形式符合福斯特对纽约的感觉，在那里，一切都是相互联系的，授粉、中产阶级化、鸡尾酒配方、恨与爱："红色代表红钩蜂醉饮樱桃杀菌剂口味的鸡尾酒，/红色代表标记着买入和归属于野蛮之人的遥远空间"（这里的"红钩"指布鲁克林的社区，每行十六个音节，与俳句的体例近似）。远眺窗户的窗户就像一位诗人，想要看穿一切，成为亨利·詹姆斯（Henry James）那样众所周知，且没有什么可以失去的理想作家：

看

和被看

就是居住在老街区的生活；

看

和被看

就像莫名熟悉所有的回望。

在福斯特模棱两可的话语中，几乎所有东西［如"街区"（blocks）］都可能是双关语——拥有两种意味。福斯特的诗歌单元可以像乐高积木一样被拆解和重组，它们描绘了一个有着多种不确定性的城市，而不是只讲宏大的故事。它们也可以讲述小的故事，每页讲两个：

他睡着了，

在他告诉她

他曾是怎样的男孩，和他爸的拳头之后。

他是一场

她无法进入的睡眠，一段

不能持续也无法放松的小憩。

与兰斯顿·休斯一样，福斯特知道哈莱姆区既是人们居住的地方，也是美国黑人的象征——不管哈莱姆区的居民是否希望如此："在哈莱姆区，她无法 / 让观光巴士停下来 / 无法不让它在自己的思绪中徘徊。"和休斯一样，福斯特也明白，经济既是情感的基础，也是情感的制约因素，甚至对那些只想玩耍的孩子来说也是如此："黑人女孩，/ 在我（你）们的皮肤上玩耍——/ 土地征用权。"如果你在寻找依靠绝妙技巧让古老形式焕发生机的作品，喜欢那种并非根深蒂固源自欧洲或白人群体的诗歌形式，那么福斯特的作品对你而言的价值就是无法估量的，它们会给古老的，但已经国际化、跨文化的形式带来新的魅力。

我一直在展示诗人如何接受已有的限制，如何用它们进行新的游戏，如何通过使旧有规则焕发出新意来获得乐趣。我们中的很多人，尤其是过了三十岁的人，都会在学校里收获一种印象，认为诗人不得不在传统的约束、形式、规则（无论是西方的还是非西方的）和没有规则的自由诗之间做出选择，我们也被告知，要将现代与打破传统框架、具有鲜明革命性的全新样式联系在一起。

误引一句《星球大战：最后的绝地武士》（*Star Wars: The Last Jedi*）中卢克·天行者的话："那句话中的几乎每个字都是错的。"我们生活在一个新形式层出不穷的时代，所谓"层出不穷"，是指它们似乎无处不在，所谓"新"，是指由一个人或一群人在二十世纪或二十一世纪完全创新而成。现代加拿大引发最多讨论（也最畅销）的诗歌之一是克里斯蒂安·博克（Christian Bök）的散文诗集《尤努亚》（*Eunoia*）。以下是"E"章中的句子：

束缚，这些句子压制自由言论。文本删除选定的字母……毫不留情，反叛者兜售这些论断，即使那些烦躁的同伴认为规则只是"纯粹的垃圾"。人们憎恨新的诗句，然而，叛逆者坚持着，从不退缩、从不沮丧，甚至在质疑者质疑激烈的言辞时，他们也毫不在意。每当我们看到这些摘录的句子时，都会感到困惑。当我们发现精巧的结构——字母 E 的突然重复时，我们嗤之以鼻。我们奚落，我们嘲笑。

博克的文学"反叛"使用了一种名为漏字文（lipogram）的文学形式，在这种形式中，作者会避免使用一个或多个字母，在"E"章中，作者会避免使用除 e 以外的所有元音字母。

（"A"章中只使用元音 a，以此类推。）这是一种为了好玩、为了炫技而发明的技巧，相比那种在英语中很自然的技巧（如叶芝的押韵方式），它更像一种数学游戏。

漏字文是从法国传到加拿大和美国的，主要源自法国的作家团体乌力波[1]（OULIPO，法语 Ouvroir de littérature potentielle，意为"潜在文学工场"）。和漏字文一起的还有其他数字形式，如滚雪球，其单词或音节的数量逐行增加，第一行有一个，第二行有两个，第五行有五个：

sun

you stun

with your gun

aimed at no one

sol

crisol

o frijol

grito bemol[2]

---

1 乌力波是一个由作家和数学家组成的国际写作团体，该团体的成员将自己定义为一群"试图从自己亲手建造的迷宫中逃出的老鼠"。它由法国诗人、作家雷蒙·格诺（Raymond Queneau）和数学家弗朗索瓦·勒利奥内（François Le Lionnais）创立于 1960年，至今仍活跃于法国乃至世界文坛。乌力波成员围绕"限制"这一基本概念，共同探讨存在于作品中的再创造的潜在可能，并通过尝试新的文本结构来激发创造力。
2 该诗的前半部分为英语，后半部分为西班牙语。英语部分大致翻译为"太阳 / 你昏迷 / 带着你的枪 / 不瞄准任何人"。

这些用两种语言写作的例子（西班牙语——而非翻译——的部分，意为"日/坩埚/或豆子/降半音呼叫"）来自乌拉扬·诺伊尔（Urayoán Noël），他还在他的诗《美国》（UNITED STATES/ESTADOS UNIDOS）中使用了另一种乌力波的形式——字谜链：

STEADIEST NUT

SEDATED UNITS

SAUTEED TINTS...

OSO DESNUDISTA

NUDISTA SEDOSO

TISÚS ONDEADOS

SUDANTE SIDOSO

（最后四行翻译为"脱衣舞熊/柔滑的裸体主义者/波浪状的纸巾/流汗的艾滋病患者"[1]。）诺伊尔认为，不仅是关于美国的概念，而且是用来创造美国的词语本身，在不同的语言中都有不同的感觉。

最初的乌力波作家——包括小说家伊塔洛·卡尔维诺——想让文学突破传统，更像一种游戏，乌力波的实践、发明或技巧吸引了美国诗人用其表达严肃的内涵，诺伊尔就

---

1 该诗的前三句为英语，后四句为西班牙语。前三句大致翻译为"沉着的坚果/镇静的单位/炒过的颜色"。

是其中之一。凯西·帕克·虹（Cathy Park Hong）将漏字文用在了带有极强政治色彩的西部边境寓言《O 的民谣》[1]（Ballad in O）中。在这首诗中，"勇敢的牛仔与牛角缠斗，/ 悲惨的失业工人计划着抢劫 // 罐罐黄金，发狂的暴民嗜血"，他们全部"蜂拥而至 / 把骗子罩在坚固的木桩上"。由字母 O 造成的距离、疏远，及它带来的令人镇静的效果，使得诗人能够缓缓慢地聚焦在古老西部被绞死的暴徒会是什么样子。

这种形式的整齐系数或者说震撼值很高：有人用一个元音写了一首诗！这得有多酷？我也能做到吗？然而，除了这些反应之外，乌力波形式及类似的形式，通过炫耀、创新及刻意的形式，呈现了其他形式，如十四行诗所没有的用途。我们已经看到了弱化韵律、流畅韵律的诗节及双关语 [如罗纳德·约翰逊的"地球"（earth）与"炉膛"（hearth）] 似乎能够颂扬，或至少确认了语言自身拥有的力量：诗人可以很自然地利用它们，就像风车运行，或像淘金的矿工把它从土壤中挖掘出来一样。相反，漏字文这样的乌力波形式，是我们在改造文字，而非自然地寻找语言中本身就有的东西——它们不可避免地、有意识地带有人造痕迹。这些形式对诗人有着特殊的吸引力，他们想要我们去质疑任何被我们视为自然的事物，质疑学校、工作场所和家庭的形式，是否也是人为的、可以改变的。

继乌力波群体之后，其他令人印象深刻的诗歌形式纷纷

1　该诗使用的单词均带有元音 o，如"bold cowboys lock horns, /forlorn hobos plot to rob // pots of gold, loco mobs drool for blood"。

出现，当代诗人创造了它们。其中一些依赖技术，就像科特尼·拉马尔·查尔斯顿（Cortney Lamar Charleston）的《拼写检查质疑黑人生活的意义》（Spell Check Questions the Validity of Black Life）所写，智能手机误解了黑人生命的重要性——就像白人社会误解了他们一样。查尔斯顿的每一节诗都以一部智能手机的纠错开头，它错误地"更正"了一个死在白人或警察枪下的美国黑人的名字：

（特雷沃恩·）马丁 [1]：你的意思是牵引吗？[2]
是的，以私刑 [3] 的方式，第一项
典型的美国运动，已在年青一代中
重新站稳了脚跟——不穿长袍，
不犯规，不吹哨。

直到最近（这种形式有了其他的倡导者），还没有人写过智能手机自动纠错的诗歌，不管是关于黑人生命重要性的还是其他任何事情的。其他形式，如金铲（Golden Shovel）[4] 诗歌，已经迅速流行起来。特伦斯·海斯在 2010 年出版的诗集《没头没脑》（*Lighthead*）中，以两首诗介绍了金铲。金铲诗中所

---

1 2012 年 2 月 26 日晚，在美国佛罗里达州的桑福德市，乔治·齐默曼射杀了十七岁的非裔美国高中生特雷沃恩·马丁。后齐默曼被指控谋杀，但以正当防卫为由被无罪释放。
2 指将"特雷沃恩"（Trayvon）纠错更正为"牵引"（traction）。
3 私刑特指美国独立战争期间白人对黑人的就地审判。
4 金铲原为美国女诗人格温德琳·布鲁斯诗作中一个台球厅的名字。

有的行尾词，都取自二十世纪中叶伟大的芝加哥黑人诗人格温德琳·布鲁克斯（Gwendolyn Brooks）[1]的诗（任意一首），因此，金铲诗的诗行和布鲁克斯用到的单词一样多。海斯的第一首金铲诗名为《金铲》，其行尾词来自布鲁克斯的代表诗作《我们真的很酷》（We Real Cool），其标题就是布鲁克斯诗作的副标题"金铲里的七个人"（七个青少年在台球厅玩耍）。海斯用布鲁克斯在文化及诗学上的遗产，替代了那些更艰涩的文学族群及其文学遗产，使它大受欢迎：

> 当我小时候，爸的袜子套在我的胳膊上，我们
> 在黄昏游荡，直到找到真的
>
> 男人该去的地方，充血且半透明，很酷。
> 他的微笑是镀金的符咒，
>
> 我们在酒吧椅上的女人中漂流，除了难以接近
> 我们什么也没能留下。这是一所学校，
>
> 但我还不懂的学校。

1　格温德琳·布鲁克斯是第一个获得普利策奖的美国黑人女诗人，在美国诗歌界举足轻重。她深受黑人艺术运动的影响，是黑人女权主义的支持者，她的作品大多探讨现实问题，如种族歧视、社会不公等。

不是酒吧，不是原生家庭或家人，也不是布鲁克斯《我们真的很酷》中的台球厅，布鲁克斯的诗，是一所更高级的"学校"。在其他诗人也开始创作金铲诗后，芝加哥高中教师彼得·卡恩（Peter Kahn）让它变得更为普及了，2017 年，卡恩与人合编了体量很大且备受关注的金铲诗选集，许多资深诗人及高中生都被这种形式、这种"学校"吸引。

海斯的另一种形式源自报纸上的字谜游戏。这些诗出现在海斯的诗集《流行逻辑》中，其行尾词是由一个单词的标题中的字母组成的［如标题为"刺猬"（hedgehog）的诗，其可供选择的行尾词是"边缘"（edge）、"注意"（heed）、"上帝"（God）］。就像漏字文一样，一些最初听起来轻浮或武断的形式，可能很快就会变得严肃起来。海斯的其中一首字谜诗"隔离"（segregate），讲述了一只小树蛙想去上学的故事：

女孩们渴望用一个吻改变他；男孩们

渴望

在篮球场上见到他。但是校长向他问好

用一句"滚出去"。一名保安

拿着催泪

瓦斯。一些老教师挤在门口

像迷糊的鹅。

"你属于沼泽，而不是我们的学校！"他们怒了。

但很明显，冷血的两栖美国人

并不同意。

这是一个关于青蛙和王子的技巧或笑话，当然，它不仅仅是一个笑话，关于种族隔离，关于那些试图在一夜之间改变种族主义制度的人会有多沮丧，关于身先士卒，关于废除种族隔离制度的先驱者经常被告知或被要求，当周围的人都狂热起来的时候要保持"冷静"。在海斯的诗中，你会发现所有这些暗示，不管你是否了解这种独创的形式。

其他诗人也接受了这种形式的挑战。莫妮卡·尤恩的诗集《黑地》（*Blackacre*，2016 年）中有一首名为《被绞死之人的遗嘱》（Testament of the Hanged Man）的诗，它想象一个人被肢解、被大卸八块：

其次：一个男人

正垂挂着（仍有知

觉），被诱惑，像

顺从的

奥德修斯，被绑在桅杆上，

寻求无经验的

知识：一次测试

（或一次嘲弄）

尤恩的结尾词"嘲弄"（tease）只使用了"遗嘱"（testament）一词中的字母，证明了种族间的疏离和它的"接缝 ——/ 无形的网"。在诗的结尾，尤恩的形式化为严格的五步格诗，宣称"我把这片可怜的土地 / 送给渴望品尝这块大理石肉的人"。尤恩的诗关于自我憎恶，关于与自己的欲望保持距离是何种感觉，同时也回顾了（就像《黑地》中的其他诗一样）中世纪法国诗人、小偷弗朗索瓦·维庸（François Villon）的自传体诗《遗言集》（*Testament*）。尤恩沉醉于多种形式限制 —— 字谜、短诗节、五步四行体诗 —— 也像邓恩的《遗嘱》一样，符合遗嘱的诗意需要。正如尤恩的许多诗一样，要满足如此多的限制、符合如此多强加的或固有的要求所带来的难度、情感强度和张力，本身就变成了诗歌所包含的感受之一。

在这一章的结尾，我将谈到现代诗人所发明的形式中的乐趣、限制及大师般的技巧，这些形式能够从严格且明显有些武断的限制中，生发出令人新奇的愉悦。同样，它们也是当代逐渐发展的形式 [从埃斯特斯到大卫·贝克（David Baker）等一大批诗人]，不过在这里，我要谈谈诗人玛丽安·摩尔。在摩尔最好的诗歌中，约有一半会在押韵的同时使用音节（计算音节而非节拍或韵脚的诗行）。由此产生的诗节 —— 常在"of"或"an"这样的单词上中断或押韵 —— 看起来支离破碎、参差不齐，或类似于将一种违反直觉的模式（就像通过一个科学模型）强加在一个根本原则与我们的直觉不相符的世界上。你必须有耐心，要比平时更仔细地观察，看看什么规则真正适用。

摩尔以这种方式达成的第一个伟大成就是《鱼》（The Fish，1918 年）。正如摩尔的许多诗一样，这首诗的标题也是一个句子的开头，接着就是正文：

鱼

涉过
黑玉似的水面。
一只鸦蓝色的蚌，不断
适应着灰堆；
张开又合拢，像

一把
受伤的扇子。
藤壶镶嵌在波浪的
边缘，无法
隐藏起来。因为太阳的

光轴
如同旋转的玻璃
劈开水面，射进岩石的
缝隙 —— [1]

---

1 倪志娟译。

不管你是否注意到了它们重复音节的方式，这些在"the"和"an"处断行的诗句，以一种全新的方式被分割开来：每一完整诗节中的诗行，都由一个、三个、十一个、六个和八个音节构成。在这种模式下完成八个诗节（摩尔的某些音节押韵诗节还要更为复杂），本身就是一种成就，与她同时代的现代派诗人，如埃兹拉·庞德和 T. S. 艾略特，也承认了它的独创性。

摩尔的名词短语，就像想象中在阳光照耀的波浪周围及波浪之下的海洋。它们当然是美丽的，但也容易破碎，以意味着再一次伤害的方式破碎。这种伤害与"铁"、与沉没的船只（摩尔描述的可能是沉船）、与"外部世界 / 虐待痕迹"联系在一起，也标志着《鱼》是对灾难甚至海战的回应，着眼于沉船所代表的破碎的美与崩塌。随着诗行的推进，这首诗明显带有暴力特征，我们得知"裂缝"已经"消亡"，并且经历了某种程度的破坏，也许是海底地震。摩尔的哥哥约翰在第一次世界大战期间是一名海军牧师，这首诗可能也想到了他所面临的危险，当然，它的色彩和关键部分试图向我们展示一个美丽而多样的海底世界、一个被破坏的世界、一个战争中的世界。

摩尔对技术的大胆尝试及错综复杂的语言，如果出于自身考虑，也是一种带有讽刺意味或全心全意的自我保护的方法，就好像巴洛克奏鸣曲中的每个颤音或金属吉他独奏中的每个花样，是对信任的表达或战胜恐惧的胜利。你可以在摩尔最美丽的诗歌之一《纸鹦鹉螺》（The Paper Nautilus）中发现这种信任和复杂性，它一开始就抨击了那些希望妻子能给他们"下午茶

般安慰"的"通勤者"（绝大多数是男性）。很快，这首诗就
变成了摩尔对所有母亲（包括她自己的母亲）的公开致敬，对
母亲和所有母亲形象所给予孩子的，未被承认的付出和竭尽全
力的保护的公开致敬。在这首 1940 年完成的诗歌的后半部分，
标题中的鹦鹉螺——

　　一只忠实于九头蛇的螃蟹咬住，

　　阻挠了他的胜利，

　　密切

　　照看的蛋

　　孵出来，它们自由时也解脱了壳，——

　　它白色的窝巢上

　　留下了裂纹，白而细密的

　　爱奥尼亚似折痕

　　如同帕特侬神庙中马的

　　鬃毛线条，

　　四周的胳膊

　　彼此缠绕，仿佛它们知道

　　爱是唯一的坚强堡垒

　　足以信赖。[1]

1　倪志娟译。

这就是这首诗的结尾。整首诗有五个重复押韵的诗节，其中"succeed"（成功）与"freed"（自由）押韵，"of"与"love"押韵。但这首诗自成一体的感觉，它的封闭感和完成度并不依赖押韵：最后一行没有一个韵。摩尔依赖句法，依赖句子相互作用并建立在彼此之上的网络，就像鹦鹉螺的连续的腔和卵囊一样——这种动物和许多人类母亲一样，为自己的后代，为它必须保护的东西，为了最终会离开它的孩子（如果一切顺利），努力付出。

摩尔的诗行相互环绕、相互交叠、彼此支撑，就像鹦鹉螺的细胞、卵囊或马的鬃毛一样。摩尔还回应了十九世纪奥利弗·温德尔·霍姆斯（Oliver Wendell Holmes）的著名诗作《洞穴里的鹦鹉螺》（The Chambered Nautilus），这首诗的结尾澎湃昂扬："为你建造更富丽堂皇的大厦，哦，我的灵魂……直到你最终获得自由！"霍姆斯强调信心、自我完善、超越旧有的角色和外壳，而摩尔则赞扬对他人的耐心关怀。摩尔并不是古典美学的敌人，但她想为她自己、为她的母亲或为所有的母亲复原古典美学，而不是将它局限于美人、英雄或男性。这些诗行，就像善良的母亲，或不仅仅承载着骑手的神马，即使是缺陷也会让它变得美丽，这是她那令人费解、不断迂回的句子给人的整体印象的一部分。

限制催生了创造，创造能够激发喜悦。那些自成一体的形式，那些让诗人向我们展示难度的形式，驱使着诗人去发现：摩尔精心设计的音节是如此，叶芝的八行体或查尔斯顿的"自动纠错"也是如此。约翰·阿什贝利曾经将六节诗的写作比作"骑自行车下山，踏板推着你的脚前进。我想让我的脚被推着行走"。但形式和封闭的限制，就像自行车的踏板一样，有时也会成为障碍。如果你在诗歌中追求的是完全的自由、在艺术或生活中的不断反抗，你可能会排斥我在这一章中讲的形式及形式中的乐趣——无论诗人的政治观点如何。你可能会同意墨西哥激进思想家、诗人埃里韦托·叶佩兹（Heriberto Yepez，他更喜欢用加删除线的方式来写自己的名字）的观点。以下是叶佩兹 2017 年诗集《跨国战场》（*Transnational Battlefield*）中的诗句：

> 形式是为了抵御那些
> 庸俗的、大众化的、爆炸性的、不受欢迎的力量。
> 形式永远站在敌对一方。
> 作为诗人，我们站在了错误的另一边。
> 诗人们，环顾四周，
> 你被形式的防御力量包围了。
> **请忘掉形式吧！**
> —— 用炸弹 ——

叶佩兹似乎在主张或示意进行一场永久性的革命，反对形式的重复，反对理性秩序、可预测语言、任何形式限制的建立和延续。

很少有人想读一首除了扔炸弹之外什么都没有的诗。那些生活在文字炸弹中的人（不是我），或经历过文字正常秩序瓦解的人，最后通常会成为某个安全地方、某种可预见秩序，甚至"形式"的口头捍卫者。但这并不意味着采取任何形式都可以。我们不需要选择明确的、预先存在的形式，也不需要选择自成一体的诗歌类型（像摩尔、海斯、尤恩和叶芝所做的那样），我们可以尝试做一些更隐晦的、不那么清晰的、更开放的事情。我们可以选择的不是清晰的技术形式，而是故意制造的困难，那些模仿混乱或让人无法理解、不知它们如何组织在一起的诗歌。我们将在第四章中看到一些这样的诗，看到喜欢它们、寻找它们的理由。

第四章 难度

在第三章中，我们看到诗歌不仅能打动我们，而且一旦我们将其视为技术和技巧的展示，它还会让我们感到愉悦或震惊，我们也能在诗歌的游戏中，在它们对形式的运用、对技术问题的解决中，分享并发现乐趣。在这一章中，我们将看到诗人们如何及为何给我们提出难题，为何一些诗人会写下没有连贯意义的诗 —— 无论我们解开这些诗歌的意义难题是多么困难。它将向我们展示晦涩难懂的语言如何同样可以是明晰且令人愉悦的，以及诗歌中一些无意义或反意义的语言如何帮助我们在诗歌之外的世界中辨别荒谬、虚伪或谎言。

第三章中那些在技术上令人眼花缭乱的诗歌，以及我们欣赏这些诗歌的方式，都让我们将之与将娴熟技巧视为美的形式进行对比 —— 从莫扎特的奏鸣曲到西蒙·拜尔斯（Simone Biles）的竞技体操。但是，本章中的诗歌，可能更像具有挑战性且难以解读的现代舞，从十二音技法曲调到噪声摇滚那种不和谐的现代音乐风格，抽象的绘画和雕塑，非叙事的戏剧或表演艺术，以及冥想、超级马拉松等种种对身体常规进行的挑战。有时，这些难懂的诗也会让人觉得像是半加密的代码、低语、隔墙敲出的暗号，以及只有内部人员才能知晓的刺激仪式的邀请。有时，它们也表明某些哲学研究或冥想练习的难度——因为其中的奥秘不能（也不应该）被进行直白的表述。在其他一些时候，这些难懂的诗更像政治抗议，是直接的行动：那些为了表明传统观念、现有制度及简单理解如何导致现状，而一切不应该再继续下去的阻断交通或截断州长电话线的示威行动。这些古怪而富有挑战性的诗横亘在道路中间，提出反对意见，拒绝合群。

难度、诗的模糊性、诗人只向小圈子或少数精英表达、有些诗歌天然不可被理解，所有这些观念似乎都很现代——属于二十世纪现代主义的一部分——但它们的历史其实更久远。我将从两百多年前那些难以理解的、具有挑战性的、罕见的诗歌开始，接着探讨诗歌难度的原因及种类。我们将看到模仿乐器演奏的诗，能够从哲学、性等多种角度进行阐释的诗，攻击日常语言的诗，以及把自己描绘成难以捉摸的代码，供朋友们分享的诗。我们会看到难度来自（或模仿）它所使用的多种语言的诗，以及因存在、情感而非语义上的难度而变得难以理解的诗——与其说难以阐释，不如说难以接受。在这一章的最后，我会提及一位通常不被视为前卫或令人费解的诗人，以及一首总结了诸多原因的诗，这些原因解答了为何难度赋予一些诗歌的不仅是不可替代的能量，还是反抗糟糕观念和糟糕社会的方式，因而有理由存在。

* * *

1921 年，T. S. 艾略特自负地宣布，"在我们当下的文化体系中，诗人必须是令人费解的"[1]，因为现代生活本身同样难懂且令人困惑。认为新诗应该比散文难度更高，严肃诗歌对大多数读者来说更具挑战性的观点似乎始于二十世纪，当时被称为高度现代主义者的作家（艾略特、埃兹拉·庞德、弗吉尼亚·伍尔夫、格特鲁德·斯坦因），试图用新的方式与散文观念划清界限。不过，在一段时间内，有些诗似乎很难懂。艾略特在《玄学派诗人》（The Metaphysical Poets）一文中阐明了他对邓恩及邓恩同时代人的观点。作为十九世纪早期最受欢迎的诗人之一，拜伦曾在 1819 年的诗中抱怨威廉·华兹华斯变得令人难以理解：

华兹华斯写了篇冗长的《漫游》，

（印在四开本上，大约不下五百页）

为他新创的体系的博大精深

提供了范例，教圣人也难以理解；

这是诗呀——至少他自己这么说；

对，等有一天天狼星祸害到世界，

也许是的。谁若是理解它，就准能

给巴别的通天塔又加高一层。[2]

1　出自艾略特 1921 年的文章《玄学派诗人》。
2　出自拜伦长诗《唐璜》，查良铮译。

154

大多数读过《漫游》（*The Excursion*）的读者都觉得它确实很难读懂，几乎所有人都认为它太长了。更早期、更有影响力的华兹华斯——那个喜欢水仙花的人——本身就是一种挑战。华兹华斯和柯勒律治的《抒情歌谣集》（*Lyrical Ballads*，1798年）主要是关于农民和乡村场景的诗，它所使用的平实语言因其一目了然的简单，似乎带有突破性或令人不安，就像把查克·贝里的单曲放在了法兰克·辛纳屈和纳京高[1]的歌单中一样。他朴素的语言似乎是一场文学革命：华兹华斯关于农民及其他底层人物的全新写作方式，出于他对法国大革命的同情——他和他的朋友们一开始支持法国大革命，后期转向反对。华兹华斯认为，农民和其他乡村人物比城市里的人更适合作为诗歌的描写对象，他们更接近自然，更接近真实生活的本质，更接近（如他所说）"人所说的真实语言"。

然而，当威廉·华兹华斯描写他自己的内在本性、他自己的想法时，确实会变得很复杂。1798年，他和妹妹多萝西沿着分隔英格兰和威尔士的瓦伊河进行了一次远足。他们在一座名为丁登寺的修道院遗址以北几英里处，停下来观赏风景，华兹华斯将那时写的诗称为《1798年7月13日游览瓦伊河，在离丁登寺几英里处赋诗一首》，从那以后，这首诗以带些误导性的名字《丁登寺》（*Tintern Abbey*）为人熟知。这首诗的开头很清晰：

1　查克·贝里（Chuck Berry，1926—2017），美国黑人音乐家、吉他演奏家，摇滚乐发展史上最有影响力的音乐人之一。法兰克·辛纳屈（Francis Sinatra，1915—1998），美国歌手、演员，格莱美终身成就奖获得者。纳京高（Nat King Cole，1919—1965），钢琴演奏家、男中音，主要音乐风格为爵士乐、流行乐。

五年过去了，五个夏天，加上

长长的五个冬天！我终于又听见

这水声，这从高山滚流而下的泉水，

带着柔和的内河的潺潺。

——我又一次

看到这些陡峭挺拔的山峰，

这里已经是幽静的野地，

它们却使人感到更加清幽，

把眼前景物一直挂上宁静的高天。[1]

在这之后的诗句就变得奇怪了。五年前（这首诗还在继续），华兹华斯带着极度的忧虑沿着同一条河岸行走，"与其说是 / 追求所爱的东西，更像是 / 逃避所怕的东西"（他刚从后革命时代的法国回到英国）。但在 1798 年，情况就不同了。因为年岁的增长，因为有他聪明的妹妹陪伴，因为远离了许多自己无法掌控的事情，华兹华斯可以更达观地看待事物。他已经——

学会了

怎样看待大自然，不再似青年时期

不用头脑，而且经常听得到

1　王佐良译。

人生的低柔而忧郁的乐声

不粗厉，不刺耳，却有足够的力量

使人沉静而服帖。我感到

有物令我惊起，它带来了

崇高思想的欢乐，一种超脱之感，

像是有高度融合的东西

来自落日的余晖，

来自大洋和清新的空气，

来自蓝天和人的心灵，

一种动力，一种精神，推动

一切有思想的东西，一切思想的对象，

穿过一切东西而运行。所以我仍然

热爱草原，树林，山峰，

一切从这绿色大地能见到的东西，

一切凭眼和耳所能感觉到的

也像想象创造的。[1]

　　"自然"似乎会看顾他，但如何看顾呢？威廉·燕卜荪抱怨这些诗行在语法上没有意义。"很难说哪些东西比其他东西更加'高度融合'，"他思考道，"人生的乐声是否和存在一样是不确定的……有些事物可能只存在于诗中提到的自然物中，

1　王佐良译。

结束于高天之下，万物的运动和精神也并非像其他事物一样与自然相融合，它们是在人类头脑中活跃的事物。同时，它们也与这些事物类似，因此华兹华斯要么感觉到了它们，要么体会到了它们的感觉。"灵活的无韵诗 [blank verse，不押韵的五音步诗行；不要把"无韵诗"与"自由诗"（free verse）弄混了]能够让华兹华斯延展、思考并探索自己的想法，给燕卜荪《朦胧的七种类型》提供了一个虽然尖刻但很好的例子，说明诗人如何从语义含混不清的诗行中获得想要的效果。

其他评论家对诗人更为敬重，但仍不同意他所表达的东西，这或许证实了燕卜荪的观点。其中一些评论家专门研究了长期被忽略，但现在已被充分证实的事：当华兹华斯本人离开法国后，他的法国情人安妮特·瓦隆（Annette Vallon）和他们的孩子还留在那里。我最喜欢的华兹华斯研究专家、耶鲁大学学者杰弗里·哈特曼（Geoffrey Hartman）认为，上面几行诗歌中的自然，教会了华兹华斯如何冷静下来，向他展示在不需要遮掩或逃离日常生活的情况下，依然可以获得宗教体验。但这并不是本书提到这些诗行的原因。在这里提到《丁登寺》这首诗，也不是因为它在两百年后，仍然是英语世界中影响最广泛、最深刻的诗歌之一——尽管这也是事实。

相反，我们之所以提到这些诗句，是因为我们很难明确它们的含义，而且即便如此，很多人也会发现这些诗行鼓舞人心、令人兴奋、拥有抚慰力量。艰难的解析并不指向唯一正确的答案（就像填字游戏那样），那些潜在的答案，它们交叠及各自独立的部分，是你通过阅读这首诗能够得到的。宽泛的答案赋予这首诗在很多读者（我自己也是）看来的温暖和力量。多萝西·华兹华斯对《丁登寺》的记忆也是如此。几十年后，多萝西在病重时，写了一首名为《病中思绪》（Thoughts on My Sick-Bed）的短诗，讲述她记忆中的那次散步。当她想起"瓦伊河的绿色堤岸，/ 想到你先知般的话语"时，她"感觉到了以前从未感觉到的力量"。这首诗带有某种启示和预言的意味，其中那些极度个人化、极其重要且值得传颂的东西，具有相当的难度或不可言说性，因而无法被准确表达。

这种意味、这种不可言说的精神困境，是我们称呼某个作家或某种态度为浪漫主义时的其中一种意思——无论这位作家是否（像华兹华斯和拜伦一样）生活在浪漫主义时期（从 1789 年法国大革命到约十九世纪三十年代）。从华兹华斯到拉尔夫·沃尔多·爱默生再到沃尔特·惠特曼，从艾米莉·狄金森、赫尔曼·梅尔维尔再到哈特·克莱恩（Hart Crane），你都可以追溯到这种浪漫主义的态度。克莱恩曾在二十世纪二十年代尝试写像 T. S. 艾略特那样有挑战性的诗，但要更乐观、更富有同性恋特征。在克莱恩短暂的一生中，曾有编辑不止一次地答应出版他的诗，只要克莱恩能在一封信中将这些诗解释清楚。其中一首是《在梅尔维尔墓前》（At Melville's Tomb），这首诗的开头写道：

> 远离此岸，溺死者骸骨堆叠如骰子，
> 如遗留于海底的使团，常为他所见。

他目睹，掷出数字的骰子砸向
灰蒙蒙的沙岸，尔后痕迹消失。

沉船飘过眼前，不曾鸣钟，
死亡的馈赠如花，那花萼托回出
散落的一页书，苍白的象形字，
那些蜿蜒于贝壳回纹上的凶兆。[1]

在这里，大自然本身就像一首难懂的诗，它有流动的复杂符号、精神力量及令人难以分辨的意义。如果哈特·克莱恩在几十年后寻求类似的语言效果，他可能会给这些诗贴上迷幻的标签。尽管如此，我们还是可以在一定程度上理解它们。被大海的破坏性、随机性裹挟而走的人，既是馈赠（"遗留"），也是通向海底非人类世界的使者，在他们死后，大海将他们的骨骼暴露出来，他们的骨骼像骰子一样白（第一枚骰子是由骨头刻成的）。梅尔维尔笔下的埃哈伯船长大概就是执行这种任务的人[2]。花萼（花瓣之下的部分，繁殖力之所在）与危险的漩涡具有相同的螺旋形，漩涡可能会杀死水手（没有丧钟为他而鸣），水手的尸体也一去不回。克莱恩的诗引发了这样强烈的解读，与此同时，它呈现出一组极端的秘密符号，其全部

1　马雁译。
2　在赫尔曼·梅尔维尔的长篇小说《白鲸》中，埃哈伯船长为了追逐并杀死白鲸莫比·迪克，最终与白鲸同归于尽。

含义无人知晓。

克莱恩在创作时，要一遍又一遍地听七十八转的管弦乐唱片，其他诗人则直接模仿音乐，试图抛弃语义表达，就像乐器不需要文字一样。弗雷德·莫滕（Fred Moten）的诗有时会被归为这一类：这位博学诗人的作品提供了大量的参考资料，但它似乎也能与描写、叙述、阐释和解答保持一定的健康距离，迎接纯粹声音形式的挑战，就像奥奈特·科尔曼（Ornette Coleman）和艾丽斯·科尔特兰（Alice Coltrane）这样的爵士乐创新者将自己的表演转向更为抽象的表达而非注重传统的旋律一样。莫滕的诗也能让人感觉它在试图描述自己，向我们描述声音在词语中的游移：

让它去吧直到它再次回来。它应该是
挂在墙上的东西，当它被弄碎又重组的时候，
那些地板上的东西会呼唤自己。当它再次回来的时候，
它应该已经消失，直到它完全消失以后，
才能准备回来。[1]

2014年同一本诗集《感觉三重奏》（*The Feel Trio*）中还写道：

1　该诗的主要特色是通过英文词语的连续使用而营造的特殊效果，因此附上原文。原诗为 "let it go till it comes back again. it should be something/on the wall, something on the floor should call itself when/they break it down to put it back up again. when it comes/back again it should be gone till it's all gone again and/ready to return"。

我们在阿尔卑斯山的自动点唱机上研究局部声带，弯曲，
琴弓

被吹奏，卡住，移动，马哈哥尼城的断裂，在

九月，在亚拉巴马州，嗓门对着夜总会舞台的

大草原歌唱，乐音渐渐消逝。外面，你吸进他们的气息，这座

桥就是，这座桥就是一堆骨头，这一切的重量都

在呼吸，这座干涸的桥上这阿尔卑斯山的刺耳刮擦声正在

编织。

第一首散文诗只用了最常见的词，似乎描述了词语自身
的进程，那种声音在旋律中移动时所形成的句法形态。第二
首与之类似，但也混合了一系列对音乐作品及音乐形式的参
考，特别是贝尔托·布莱希特（Bertolt Brecht）和库尔特·魏
尔（Kurt Weill）创作的，出自歌剧《马哈哥尼城的兴衰》（*The
Rise and Fall of the City of Mahagonny*）的"亚拉巴马之歌"
（又称"亚拉巴马之月"）。音乐的引用（尤其是反复提到的
"桥"，既指军队行军通过的桥梁，也指歌曲中的桥梁音乐[1]）表
明，我们将听到的诗歌视为一种音乐的流动，在音调的高低起
伏中传达着热情和恐惧。我们必须放弃寻找散文的意义，从而
理解这首诗。

读弗雷德·莫滕就像在听复杂的音乐，读罗斯玛丽·沃

1　"bridge"一词在歌曲中指桥梁音乐或桥段，是衔接不同音乐的乐曲形式。

尔德罗普（Rosmarie Waldrop）就像在学习艰深的数学。沃尔德罗普成年后，随她的丈夫、诗人基思·沃尔德罗普（Keith Waldrop）从德国移居至美国，他们一起经营着颇有影响力的出版机构"燃烧甲板"（Burning Deck）。作为布朗大学的教师，他们鼓励、鞭策了三代或苛刻、或灵活、或富有反抗精神的作家，不仅让他们接触到英语中的现代主义，还让他们接触到更有挑战性的法语及德语世界中的现代主义者，如沃尔德罗普翻译了其诗作的埃德蒙·雅贝斯（Edmond Jabès）。几乎她所有的诗（像雅贝斯一样）都使用了成段的散文，诗中每一个单独的句子都有自身的意义，但诗句与诗句之间的跳跃，却在挑战我们的理解能力。沃尔德罗普在一篇名为《直抵抽象》（Driven to Abstraction）的散文诗中写道：

我们认为语言是理所当然的，就像我们坐下和哭泣一样。我们把不熟悉的言语当作口齿不清的咕哝声。像是从沙袋中过滤出来的。

一束探照灯光发出声明。

威廉·詹姆斯说，世界秩序与我们的主观兴趣如此格格不入，以至于我们无法想象它是什么样子。我们必须打破它。将之变成历史、艺术、科学，或者只是普通的瓦砾。只有这样，我们才有家的感觉。

这种不确定的语言也许能帮助我们想象一个完整的世界[威廉·詹姆斯（William James）可以帮助我们，我们还会再次提到他]。沃尔德罗普曾写道，"我在每首诗的中心留出空白，以便穿透"。这些无法理解的时刻对于她的散文来说，就像诗句间的断行一样：它们告诉我们，作为读者，我们可以停下来然后返回，我们可以参与到决定世界和世界中的词语中来。这种类型的诗歌，要求或请求我们短暂停留并回顾，重新评估我们从中感受到的东西，从而鼓励我们回顾、重新评估并批判那些我们自以为理解或接受的语言方式——从效忠誓词到处方药标签。沃尔德罗普在《直抵抽象》中还写道：

　　虽然空间尺寸的概念与空间秩序的概念并不冲突，但连续的概念（轰炸？）与时长的概念（美军的驻扎？）彼此冲突。

　　坦克进入讨论，绝对时间崩塌的例证。

　　我们只讲自己的语言。它体现了人类思维与逻辑的普遍形式。

　　我辗转难眠。就像许多女人一样。

　　在这里，每个句子都改变了下一句或上一句在细心读者脑中穿透的方式。是否存在一种"逻辑的普遍形式"（不受性别、身体和历史的影响）？战争会像逻辑一样永远与我们同在吗？"连续"（succession）指一些事物跟随或应该跟随另一些事物，那么空袭之后应该发生什么，说战争能够成功又意味着什么？

　　这种特殊的难度——把不相容的句子并列在一起，描写不真实的东西，讽刺一切，试图质疑所有或任何真理——可以激起愤怒，也可以表现挫败。另外，它可以告诉那些被共识抹杀的人；那些不被主流观念认可的人，那些被轻率概括和不恰当建议（"一切都会好起来的""睡个好觉""上帝保佑美国""人人都爱雷蒙德"）排除在外的人，他们并不孤单。

这种对散文意识的积极抵制往往在散文诗中发挥得最好，它们的章节或段落并不依照诗行的内在停顿和断裂而设置，而是提供了连续性。莫滕和沃尔德罗普的散文诗，连同今天的许多前卫派诗，都有一个共同的现代祖先，不是艾略特（他通常喜欢规则），也不是克莱恩（他不想与过去有任何尖锐的决裂），而是格特鲁德·斯坦因。她的第一本重要诗集《软纽扣》（*Tender Buttons*，1914 年）由散文的段落组成，听起来大多是这样：

一个盒子。

从温情中产生红，从蛮横中产生迅速相同的问题，从眼睛里产生探索，从选择里产生痛苦的牛。因此秩序就是那样一条是环形的灯火辉煌的大道就是某种使人联想到一根别针的东西，它令人失望吗，不，叫人分析而且奇异地审视一种精美的材料是非常基本的，让一种绿色不显示红色而再次显示是十分重要的。[1]

---

1 《软纽扣》，蒲隆译，作家出版社。

这里到底发生了什么？斯坦因的第一批读者毫无头绪（这本书收获了一些充满疑惑的评论）。在她的一生中，她并不是作为诗人而出名，而是因如下一些身份出名：沙龙组织者、一些更受欢迎的作家（如欧内斯特·海明威）的巴黎导师、现代主义画家（如巴勃罗·毕加索）的资助者，难以捉摸但不算艰涩的散文书——尤其是《艾丽斯·B.托克拉斯自传》（*The Autobiography of Alice B.Toklas*，1933 年）的作者。1946 年斯坦因去世之后，特别是二十世纪六十年代之后，对于一些在世的诗人来说，斯坦因成为存在主义式难度的榜样，拒绝阐释。

《软纽扣》可能是阅读此类作品或研究斯坦因这一侧面的最好入口。如果它不对你的胃口，很可能听起来都差不多。但如果你喜欢并耐着性子读下去，你会看到斯坦因不同作品之间的差异，以及《软纽扣》中"实物""食物"和"房间"三个部分之间的差异（前两个部分有许多短段落，"一个盒子"就是其中之一）。你还会知道至少有四种不同的方式来解释斯坦因的奇特之处，然后你可以用这些方法解读喧嚣的当代诗歌——如沃尔德罗普和莫滕的作品——它们都源自斯坦因，或呼应着斯坦因的作品。

第一种方式可以将她的写作看成一种文字立体主义。斯坦因对文字的处理，就像毕加索对绘画的处理一样，用违反直觉的视角，从侧面、从后面、从矛盾的视角出发看待物质世界（以及其中的人），就好像此前从未有人看过一样。在斯坦因的一生中，她第一批认真的读者倾向于用这样的方式看待她，这使得"一个盒子"在某种程度上，像是试图描述一个真正的盒子，也许是一个面包盒或帽子盒。也许它有红色的衬里，装着白色皮革制成的东西（"痛苦的牛"），也许是帽针或一品红（绿色和红色）。从盒子里拿出东西或打开礼物的过程似乎很"基本"，很简单、很初级。我们必须仔细观察这一行为及盒子本身，打破我们日常命名和归类的习惯，重新审视它。

没有人能证明"一个盒子"描述的不是打开一个真实存在的盒子，但需要解释这个动作，可能并不符合每个人的口味。斯坦因的其他读者，因为她早期的心理学背景，把她看成一位试图重新塑造的诗人——不是塑造盒子、玫瑰或牛，而是塑造构建本身，那种在人类头脑中发挥作用的期望和归类。斯坦因曾就读于巴尔的摩的一所医学院，不过她并没有毕业。十九世纪九十年代，她与哲学家、心理学家威廉·詹姆斯一起在拉德克利夫学院工作，当时詹姆斯正在进行心理学实验，其中一些实验涉及自动写作（automatic writing）。斯坦因可能很早就和詹姆斯一样，对我们不知道自己知道的东西，对大脑如何使用我们不太清楚或不能识别的内容感兴趣。如果我们试图识别或终止大脑对世界进行分类的方式会怎样？我们还会觉得什么是熟悉的，什么是奇怪的？由此写出的句子会有潜在的含义、韵律、情绪吗？她那难以解析的诗句抑制了感知心理学，让我们了解自己感受和思考的方式，不仅在于思考和感觉本身，还要反过来询问每一种感觉意味着什么。这种类型的句子能帮助我们注意到（如詹姆斯所言）"'如果'的感觉，'但是'的感觉和'被'的感觉"吗？

难怪这种写作不仅被称为"立体主义"，也被称为"实验性写作"，它就像一个心理学实验。你能理解这一点吗，那这个呢？你确定你不是在强加自己的假设吗？这种阅读方式可能会引导我们——就像沃尔德罗普那样——重新思索我们对各种与斯坦因的诗歌相去甚远的事物的假设。斯坦因在政治上并不激进，但在二十世纪七十年代及以后，那些在政治上激进或想要变得激进的当代诗人，在斯坦因的实验中发现了一套技巧，它看起来很适合左派政治，因为它训练我们去质疑一切。斯坦因的诗向我们展示了如何表达，怎样才有乐趣，比如你可以问"什么"或"等等，那个词在那里做什么"或"这个词并不是你认为的那个意思"，如果你说它代表红盒子，或许你也可以说它代表资本主义。这些诗人用斯坦因式的行动解构、挖掘或拆解其他更普通的语言——竞选公职的候选人语言、广告语言、新闻语言——的运作方式。如果你认为（一些左派政治诗人仍然这样认为）个人、权利、义务、独立见解都是一种有毒的幻觉，或一种看待集体利益的不良方式，那么斯坦因对说话者，及对特定人物和现实情况的不信任，可能显得尤为有用。

然而，你会发现斯坦因的很多作品、《软纽扣》中的很多作品，包括"一个盒子"，都有一致的主题，它们描述各个角色所做的事——尤其是性。一个里面是红色，装着一些针状物的盒子；一个引发爱人好感，或危险或粗鲁的东西；通常秘不示人或被藏起来的东西；一旦你发现后，就想要一次又一次触碰的东西：那会是什么样的东西呢？你什么时候会碰这个东西呢？为什么一位二十世纪早期的女同性恋作家会选择用充满挑逗的、精心设计的密码来描写这些事物呢？

这些问题本身就是答案。它们并不符合斯坦因的所有诗歌。约翰·阿什贝利最喜欢的《冥想诗节》(*Stanzas in Meditation*)，就需要进行抽象和哲学的解读。另外，斯坦因的长诗《提腹》(*Lifting Belly*) 显然是关于情色的描写：

> 吻我的嘴唇，她吻了。
>
> 再吻我的嘴唇，她又吻了。
>
> 一次一次又一次地吻我的嘴唇，她吻啊吻。
>
> 我有羽毛。
>
> 温柔的鱼……
>
> 提腹可真奇怪。
>
> 我来说说它。
>
> 选好葡萄干，那么葡萄葡萄就好了。

斯坦因的很多诗歌中都有比《提腹》更难读懂的性，但一旦你知道了该怎么做，就不会那么难了。之后的《软纽扣》（随便举出另一个例子）中有一首名为《一种垫子里的材料》(A Substance in a Cushion) 的诗。这首诗（比"一个盒子"长得多）的其中一部分这样写道："起老茧的是硬化留下的什么将会柔软呢如果对到场了多少男人就要来多少姑娘真有兴趣这会改变吗……一片景象一片完整的景象和一点儿哼唧嘎吱造成了一种修剪，那样一种甜美的歌唱般的修剪而一件红东西不是一件圆东西而是一件白东西，一件红东西和一件白东西。"[1]这就像一本反复经过谷歌翻译之手的性爱手册，然后在一个特殊的聚会上被大声朗读，在那里（再次引用斯坦因的话），"众人被邀请跳舞"。

到目前为止，我们一直在研究那些很难确定其含义的诗行、句子，以及完整的诗。那种决意确保你知道诗句意思的诗，常常被称为"封闭性的"诗歌；相反则是"开放性的"诗歌，诗中的短语或句子让你绞尽脑汁，不确定它们意味着什么或有多少意味。封闭性或开放性不仅是诗行或诗句的专有属性，例如，在漫画书中，如果你知道书中会发生什么，那它就是封闭性的，而如果你需要猜测，它就是开放性的。如果你读完整首诗，它像一个盒子一样在结尾被盖上了盖子，那它就是封闭性的（叶芝就希望自己的诗歌如此）。相反，如果一首诗的结尾不像结尾，那它就是开放性的，或没有那么强的封闭性：它会给你一种或好或坏的感觉，就好像作者的思绪还在来回摆荡，而你必须决定如何最好地解释它的混乱。

和其他艺术作品一样，诗歌也有不同类型的封闭性。十四行诗有很强的封闭性，像经典侦探小说一样以情节为导向

---

1 《软纽扣》，蒲隆译，作家出版社。

的叙事形式也是如此，只有——也只有——当你知道故事结局的时候，它才会结束。维多利亚时代经典的"无意义诗"（nonsense poems），如刘易斯·卡罗尔的《无意义的话》（Jabberwocky）或爱德华·李尔的《混杂之书》（The Jumblies），即便它们的关键名词毫无意义，但仍在押韵诗节中表现出强烈的音韵封闭性及情节上的强封闭性（《无意义的话》就是一个传统的成长故事）。它们的形式和声音如你预期，虽然其含义或故事本身并没有。

其他想要打破读者预期或扩展读者预期的作家，或许会将严谨的封闭性（押韵或固定情节所表现的那样）视为敌人，视为将你锁在门外而不是邀请你进入的东西，视为斯坦因"舞会邀请"的对立面。对于这样的作家来说，具有极强开放性，难以建构、难以阐释（或已被阐释）的艺术——引用海湾地区诗人林·何吉尼安（Lyn Hejinian）1983 年的演讲《拒绝封闭》（The Rejection of Closure）中的话——"邀请读者参与，反对作家在读者之上的权威，以及以此类推，在其他（社会、经济、文化）层级中隐含的权威。"

在很多时期，我们都可以发现那种令人震惊的开放性（或难以建构或永远令人困惑）的文本。如果我们仔细查找，不去想作者可能的目的，我们甚至可以在古典时期找到它们。现代读者可以在古希腊的文本片段中找到它，其作者并没有打算让文本在现在结束的地方结束，但留存至今的文本遗失了中间的文字或思想。现代诗人有时也会或间接或直接地模仿这些片

段 [如埃兹拉·庞德那首诙谐的三字诗《莎草纸》（Papyrus）]。如果你看看更近一些的诗歌，就会找到更多这样彻底开放的文本，这些文本的最后几行并不会让你说出太多的"哦！"或"就是这样！"或"好吧，谢谢你"或"什么？"或"这就完了？"。何吉尼安的长诗《我的生活》（*My Life*，1980 年首次出版）由许多互不相关的句子组成，在某种程度上，每个句子都和她有所关联，要么是与她生活过的地方相关，要么是与她生命中不同时期的心理状态相关。这本书的第四十章（每一章代表她生命中的一年）反复出现了许多难以阐释的表达，其中包括"至于我们这些喜欢被震慑的人"和"我把我的名字写在他的每一本书里"。许多句子本身就像甜蜜的童年记忆或完全可以被理解的年轻人的焦虑。然而这种把句子串联在一起的模式，让我们既无法预测它会在哪里结束，也无法预测接下来会出现怎样的句子、怎样的内容。至少对我来说，何吉尼安的《我的生活》和它的续篇 [基于同样原则创作的诗集《我的九十年代的生活》（*My Life in the Nineties*）] 有着阅读和重读的乐趣，因为作品中清晰性和不可预测性的游戏，以及不知道如何将作品视为一个整体与识别其各部分分离、重组、开放（甚至能在其中看到自己）的平衡。

* * *

权威文学批评家乔治·斯坦纳（George Steiner）曾把文学

难度分为四种类型。第一种是偶然的，类似于填字游戏：一个有固定答案的谜题，一个有罕见含义但你可以理解的词，一种可能对我来说可以理解，但你并不能理解的文化背景。并非所有这些难度和文化背景，都与高雅文化、历史精英和教育特权有关。"都在你的围裙上，傻瓜，克制的射精，/ 砂囊放逐，庄稼，说吧，庄稼，/ 你的砂囊脖颈——男孩，这种方式就是我所说的知识"——这就是胡安·费利佩·赫雷拉一首名为《鸡血乡镇》（Chicken Blood Townships）的十四行诗的结尾，几乎可以肯定，这是一首关于餐厅非法雇用员工的诗，你可能会自觉意识到这一点，但也可能不会。

第二种难度是斯坦纳所说的"形式"，即我们知道一个句子的字面意思，但不知道该如何理解。它是一个笑话吗，还是一种试探性的言论、一种实验，或是一种讽刺？第三种是斯坦纳所说的"策略难度"，是一位作家试图创新或与一群人对话的结果：格特鲁德·斯坦因的陌生化或许是个很好的例子，无论你认为它是立体的、情色的，还是两者兼而有之。有些诗人甚至着手去创造一种有难度，甚至对大多数潜在读者来说难以理解的风格，以便面向少数群体，向他们言说，让他们理解或表达对他们的支持；这些诗人基于事实的难度，表明有些人内心深处的自我、隐藏最深的真相及日复一日的经历，如何及为何对他人来说是难以理解的。一些跨性别诗人，如卡里·爱德华兹（kari edwards）和科迪 - 罗斯·克莱文顿斯（Cody-Rose Clevidence），倾向于用这种方式来定义跨性别诗歌，把它定义为顺性别者或许永远无法理解的东西。（这些诗人表明）跨性别者及非二元性别者的内心世界是新颖的、奇特的、专业化的，就像科幻一样，带有来自另一个现实世界或来自未来的概念。克莱文顿斯希望创造一个"在全息图中孤独的透明半机械人"，一个"细胞基质中的完美人物……核心是化学驱动的社会性"。[其他跨性别诗人，如阿里·巴尼亚斯（Ari Banias）和乔伊·拉丁（Joy Ladin），则看重可接受性和清晰性。今天的跨性别诗人有很多明显的、易理解的表达方式，尽管我还记得我们没有的时候。]

斯坦纳的第四种难度是他所称的"本体论难度"：我们在理解一首拥有本体论难度的诗时所遇到的困难，反映了诗人自身在理解一个不公正、不可理解的顽固世界时所遇到的困难。"本体论难度，"斯坦纳写道，"让我们面对关于人类语言本质、重要性的地位及建构一首诗的必要性和目的等有待解决的问题。"斯坦纳给出的例子是保罗·策兰（Paul Celan）晚期诗歌中几乎无法解读的语言，他的复合词、非词及断裂的诗节，反映了他作为犹太人大屠杀的幸存者及用德语写作的罗马尼亚裔犹太诗人的艰难生存状态。"在每首诗中，"策兰自己写道，"现实被彻底扼杀了。"策兰几乎在所有方面都是极端的，斯坦纳的分类在一定程度上是一种权力游戏，一种表明其他类型的难度（如斯坦因和爱德华兹的诗歌难度）相对于策兰密集、阴郁、无法解读的作品来说显得不那么重要的方式。然而，分类还是有意义的，与其说它是诗歌的种类（就像水果、蔬菜、谷物、肉类等食物分类一样），不如说它是你可以在诗中发现的特质（就像维生素 A、维生素 B_{12}、维生素 C 等维生素一样）。

你可以在当代西海岸诗人莱·阿曼特劳特（Rae Armantrout）的作品中找到这四种难度，她的作品中有含义模糊的背景；写的短语可能出自同一个说话者，也可能不是，可能带有挖苦意味，也可能没有；脱胎于一个致力于继承斯坦因遗产，政治激进，延续其他后现代主义的团体；反映了我们理解彼此、理解社会或理解物质世界时无法消除的困难性。阿曼特劳特的短诗常常想象一种对不完美模式及我们已有的糟糕理解的徒劳、无止境或不完美的抵抗。她近期一首名为《守旧派》（Old School）的诗的其中一部分是这样的：

把弦绷紧
一些类似
点的东西会在模型中
重现……

吸气
就是呼吸
而后窒息。没有人
想要如此。

第一节提到了物理学家的超弦理论，该理论认为，除了三个熟悉的空间维度（上下、前后、左右）之外，还有额外的维度，它在亚显微镜下像紧绷的弦球一样盘绕着。同一节对"模型"的挑战可能是形式的，也可能是策略的：你认识的人当中，有谁（如一个高中生）似乎因其他人的抱负、因社会中的成功案例而感到不安吗？你认识那种因怀有抱负（对社会或职业的期望）而扼杀了余生的人吗？这样的人可能会说，"没有人想要如此"。但阿曼特劳特并不仅仅反对某一特定的机构（如学校）。她还用粗糙、原始、多次出现的不和谐断行（如在"类似"和"点"中间断行）表达一定程度的抗议，抗议那种规定了该如何生活的整体"模型"。这样的反对意见会怎样呢？事情会改变吗？阿曼特劳特用了物理学中另一个双关术语（能量守恒）总结道："只有无人倾听 // 是守恒的。"

斯坦纳的四种分类就像燕卜荪的《朦胧的七种类型》一样武断：很可能有六种，或十五种分类。更宏大且几乎不容争辩的观点是，存在着各种有吸引力的难度，每一种都能让一些读者喜欢上一些类型的诗（而排斥其他的诗），如果我们能分解这些类型，我们就可以谈论更多的诗，以及读者喜爱它们的原因。另一种难度可以被称为具有表现力，或带有侵略性：造成这类诗歌难度的，不是困难的数学问题（你可以解决）或困难的哲学问题（可能没有解决方案），也不是因为音乐难以被演奏，而是人性的困难，是令人难以接受（或试图令人难接受）的同伴、朋友、同事或敌人。

这种难度与强劲爵士（skronky jazz）、先锋派噪声、某些嘻哈音乐及大量朋克摇滚有某些相似之处。你可以在莫滕的诗中发现端倪，在约翰·尤（John Yau）的诗中找到许多例证。尤的《布莱克日历上的胡言乱语》（Ravings from a Blacke Calender）是一首十一小节的诗，主要由被评论家称为单行诗（monostichs）的一行诗节组成。以下是开头的几个小节：

1.

安全别针穿过你的嘴唇
要比把钉子钉进你的右眼好。

2.

与其停在邻居的院子里，
不如踩你祖先的坟。

3.

我为着火的大脑创造了一个字形。

4.

我把脑子里听到的声音抄下来，
那份完美的抄本就夹在我的腋下
当我想让人们远离我的时候。

第四小节的开头听起来很天真。但尤随后改变了自己的观点，认为他所创作作品的晦涩及难以接近才是重点。没有人能完全理解那个大脑，也不必去理解——它正处于兴奋状态。

这种带有侵略性的难度，可以变成对整个世界的攻击，对迄今为止所有社会生活和语言的激进反应，类似于喷枪或火箭筒。阿曼特劳特和何吉尼安是二十世纪七十年代末那群充满争议的作家当中的两位，这些作家有时被称为语言诗人（language poets），这一名称源自另外两位诗人查尔斯·伯恩斯坦（Charles Bernstein）和布鲁斯·安德鲁斯（Bruce Andrews）在纽约出版的杂志《语＝言》（*L=A=N=G=U=A=G=E*）。这些作家似乎不再像过去那样，其中一些人（如阿曼特劳特）的作品，与过去几个世纪最具挑战性的诗歌有着某种美丽的相似性（阿曼特劳特经常被比作狄金森）。但所有的语言诗人都致力于现代主义的怪诞、改革或政治上的激进，将注意力放在了格特鲁德·斯坦因身上。他们中的大多数人想用难懂的语言抵制对权威的服从，抵制那种轻率的、情绪化的、导致美国人死于越南战争的语言（如"捍卫民主"）。其中一些诗人在其后期的作品中，将攻击或讽刺作为主要的基调，如安德鲁斯的长篇散文诗《我没有任何纸张，所以闭嘴吧，或称社会浪漫主义》（*I Don't Have Any Paper So Shut Up; or, Social Romanticism*，1992 年）。他写道（我随手摘录几句）："摇下那些带着专利许可的，泥浆自慰产出的热乎乎的蛋""一只无名无毛的火鸡——油罐车让寡妇放松下来，取出内脏对他来说太好了"。

难读、古怪、夸张、混乱的诗，并不一定总是怒气冲冲的。被阿里尔·格林伯格（Arielle Greenberg）和拉拉·格林那姆（Lara Glenum）收录在选集《滑稽娱乐》（*Gurlesque*）中的二十一世纪诗人，用奇特、令人困惑和混乱的诗，达成带有游戏色彩且公开的女权主义目标：她们想从父系社会、历史或男性强加给女性的预期、生育和责任的重负中，解放女性。正如格林伯格和格林那姆在引言中所说，"滑稽娱乐诞生于黑纱女巫服装和磨旧的银色亮片中间，夹杂着粉色的芭蕾舞裙撑、天鹅绒独角兽绘画、舞台摇滚民谣、彩虹闪光贴纸和自残……'不'就是'不'，浑蛋。'是'才是'是'"。滑稽娱乐诗早于——但也包括或类似——如今网络上并未出版过诗集的诗人的诗作。广义上的滑稽娱乐诗人，既包括我们已经看到的诗人，如赫拉·林赛·伯德和布伦达·肖内西，也包括更多迷茫的、令人振奋的、敢于突破的诗人，如切尔西·米尼斯（Chelsey Minnis）："有时为了设置下一个时间步长[1]，我不得不呕吐、晕厥。否则时间就会像口香糖一样变成剧烈的偏头痛，/我想穿有凹槽的袖子，成为一个可爱的人，举止得体……当一个海泡沫姑娘真不容易。"

这是一种奇怪、夸张、愤怒的态度，也是一种感受、一种被激怒的欲望的写照——换句话说，一首诗可以因为它的挑战而受到赞赏，也可以像抒情诗、像把特定情感用语言表达出来的努力一样被欣赏。难懂的诗也可以是抒情的；同样的现代诗人，既会因其古怪和对既有传统的挑战吸引一群读者，也会因其作品中的抒情特质和情感深度吸引另一群读者。

这种双重吸引力有助于解释约翰·阿什贝利——没有人

1　时间步长，物理学概念，指前后两个时间点之间的差值。

认为他是民粹主义者，也没有人认为他的诗含义明确——为何能够如此长久地保有知名度。二十世纪七十年代，阿什贝利几乎将美国所有诗歌奖项收入囊中。在那之后的几十年里，他一直是美国最受推崇、最常被模仿的诗人之一，尽管（或者因为）初学者很难理解他的诗歌，也无法明确其中的散文含义——谁对谁做了什么，在哪里，为什么。读一首典型的阿什贝利诗歌，意味着要沉浸在一组不断变化的代词、摇摆不定的指示词及模棱两可的暗示之中，这些暗示让人感觉或束缚或解放，就像迷宫、行驶中的汽车的尾部，或一个令人不安但愉悦的梦。在《正如我们所知》（*As We Know*，1980 年）中，他写道：

> 我们所看到的一切都被它穿透了——
> 远处的树梢和它们的尖顶（如此
> 单纯），楼梯，窗户上不变的闪光——
> 被那不算恶的恶刺透，满是窟窿，
> 不神秘的浪漫，不生活的生活，
> 礼物不在此处。

我们不知道"它"指的是什么。阿什贝利在句法上的闪烁其词，模仿了我们自身目标的模糊及自身思维的不精确性：感觉你的生活不属于自己，而你似乎身在别处，意味着什么。你可以将这些借口视为表达以上想法的方式，或对视觉符号的研究（像克莱恩一样），或一种低调的、连续的挑逗，或一种联结，这种联结带给诗人和读者的，是共同关注及令人愉悦的不确定性和永恒的开放性所带来的持续的乐趣。正如阿什贝利在《火车从海中升起》（Train Rising Out of the Sea）一诗中所写，他的闪烁其词"有一定的作用，尽管是抽象的作用 / 它的存在是为了防止你被拖上岸"。在同一首诗中，他羞怯地希望"我们可以成为朋友"。

像米尼斯、安德鲁斯、尤和阿什贝利这样的诗人，可以要么富有表现力（他们向你展示了成为他们是什么样子，过程有多么困难；他们难懂、混乱、放纵，或常常愤怒），要么不带个人色彩，就像那些研究共享语言、共享世界项目的创造者一样。罗德里戈·托斯卡诺（Rodrigo Toscano）的《震慑斯普林菲尔德的爆炸》（*Explosion Rocks Springfield*）坚持认为，在我们看来，作品的挑战性不在于作者本人，也不在于我们的感受，而在于它（非常隐晦地）描述的事件本身。这本书包含六十六首诗歌，或者说是文本，每首诗都有一个相同的标题——《周五晚上，斯普林菲尔德的瓦斯爆炸将一家日托所旁边的脱衣舞俱乐部夷为平地》（The Friday Evening Gas Explosion in Springfield Leveled a Strip Club Next to a Day Care）。其中一些文本，让我们质疑政府和社会价值的评估、分区、有偿或无偿的工作和劳动（托斯卡诺也是一位劳工活动家）、集体责任、法律与执法，及人的财产与住所："那天晚上，瓦斯对布鲁克林绿点镇的那对褐色砂石建筑做了什么？"其他一些文本更为奇诡：

> 为何闲入鼓怪的空想？
>
> 轻期五，星曲四之后的饥荒，轻期六之前的冲突，
>
> 总是这样。
>
> 那里怎么怎么怎么怎么怎么怎么怎么怎么样了？
>
> 逃
>
> 在随机模式 —— 为什么？[1]

　　如果你非常努力，也确实可以逐字逐句地理解这类写作的意思，但你很有可能会漏掉重点。与米尼斯一样，托斯卡诺被判入狱也引发了人们的强烈抗议，这是一种反击根深蒂固的荒谬权力的方式，一种残酷的黑色幽默，是抗议活动中流传的笑话（托斯卡诺参加了占领华尔街运动）。对我来说，一次性欣赏太多这样的诗歌是很困难的 —— 浅尝辄止即可，之后我只想读济慈的诗 —— 但我也很高兴知道这些诗确实存在。

　　托斯卡诺的分区、斯坦因的盒子、克莱恩的大海：每一个诗人都殊途同归，试图利用难度来帮助我们缓慢而痛苦地重新审视自以为知道的东西，以便发现不公或被忽视的美。

　　不管是出于喜爱还是试图改变，让世界再次变得荒诞的目

1　原诗为 "Why doink in croinky foinkiness?/Priday, the dearth after Pirsday, the fray before Paturday,/always./How goes PSHSHSHSHSHSHSHSH in there?/Escapes/In random patterns—for?" 该诗故意用错字来表现一种混乱无序的感受，中文翻译也采用了错字。

标至少可以追溯到一个世纪以前：俄国现代主义称之为陌生化（ostranenie）。华莱士·史蒂文斯将这类创作——现代诗歌充满难度的创造——视为天使的工作："我是地球必需的天使，"史蒂文斯一首诗歌中的灵魂说道，"因为，在我的眼中，你再次看到了世界。"

诗人不仅可以将那种缓慢的关注力、那种重新聚焦的怪异，倾注在美的事物或社会问题上，还可以倾注在诗歌的组成部分上：墨水、纸张、字母、字母的一部分，以及作为物理符号的单词。e. e. 卡明斯（e. e. cummings，他喜欢把自己的名字拼成小写）在二十世纪声名鹊起，一方面是因为他写了那些迷人的情爱诗，另一方面是因为他的语法变形（如"he sang his didn't he danced his did"），还有部分原因是他把印刷和出版领域的内容融入了他的诗歌。他最著名的一首诗重新排列了"蚱蜢"（grasshopper）一词中的字母，以暗示一种混乱、兴奋、跳跃的动作：诗的开头是"r-p-o-p-h-e-s-s-a-g-r"，然后继续兴奋地写道"rea(be)rran(com)gi(e)ngly"，这样的句子又延续了超过十四行。

其他诗人则利用印刷、版式和活字印刷的形式，呈现出更深层次的挑战。克雷格·桑托斯·佩雷斯（Craig Santos Perez）首次引起人们的注意，是因为他写了很多关于关岛（他长大的地方）动荡历史的长诗。目前在夏威夷大学任教的佩雷斯并没有放弃对历史的忧患意识，但他磨砺了自己的创作工具、扩展了创作疆域。你必须放慢速度，认真阅读，把英语当作你还没有完全掌握的语言来阅读，以便理解他的新诗中所有由两个字母组成的碎片，其中还夹杂着这座岛屿上的祖先的语言 ——
查莫鲁语：

(i tinituhon)

˘

fu ll br ea th in gm oo
nw he re do is la nd sb
eg in sp ir al ti me wa
ve co nt ra ct io ns ar
ri va l3 0m in ut es ap
ar t " ha ch a" th ea lp
ha be t, ac on st el la
ti on of bo ne ho ok so
ri gi n " hu ng ga n" so
un dm ea su re sa mn io
ti cf lu id is 90 %w at
er sh ou ld [w e] go to
th eh os pi ta l

把成对的标记转换为单词的艰难过程，会让人立马联想到学习阅读一门新语言的艰难过程，意识到自己即将成为父母的艰难心理过程，以及怀孕和分娩过程中呼气、吸气的艰难生理过程。在太平洋及遍布全球的海洋中的"岛屿"位置，使人联想到胎儿在子宫含盐的羊水中的位置，在那里，没有人是一座岛屿，或者说，每个人都曾是一座岛屿。独立存在的查莫鲁语就像一座座岛屿，如同关岛本身处在英语帝国的海洋中一样。"I tinituhon"的意思是"开始"，"hacha"是数字一，"hunggan"是查莫鲁语中表示肯定的几个单词之一。奇异的排列方式，与词语形式不匹配的双字母结构（就像成对的父母），就像在说我们中的很多人（特别是那些没有多少社会特权的人），发现我们想在我们和我们子女的生活中创立的模式，与我们实际拥有的模式是多么不匹配。

佩雷斯写了一首很难读懂的诗，其中讲述的经验在认知和情感上都是艰难的：为人父母，看着你的伴侣分娩。当我们试图谈论这些诗歌时，就会发现其中的挑战，不是因为它们的含义难以解读，而是因为它们揭示或探究了诗人、我们自己或我们的文化中那些难以表达、难以承认的部分。这样的诗歌和经验，就是华兹华斯在其著名诗作（不是《丁登寺》）的结尾所说的，"无法用眼泪表达出的深刻思想"。

对于新西兰诗人詹姆斯·K. 巴克斯特（James K. Baxter）来说，这些难度——不是语义上的，而是精神上的难度——是所有真正文学的核心。"诗歌，"他在1964年写道，"从人们内心的混乱中诞生，这是我们周围有序的世界所不需要的……一个人必须放弃所有现成的答案，才能进入诗歌开始的黑暗地带。"尽管他酗酒、内心分裂、有复杂的家庭背景，但在某种程度上，他是这个国家重要的诗人。1968年，巴克斯特感受到神谕，告诉他要远离旧生活、学习毛利语，并在旺格努伊河畔一座名为耶路撒冷的修道院旁的偏远之地建立一个公社。他真的做了所有这些事情，并且写了很多关于此事的诗，直到 1972 年油尽灯枯去世。这些诗人——至今在新西兰仍受人尊崇，但在世界其他地方却寂然无名——在他们（大多）不押韵的十四行诗和对句中，写到了艰苦乡村生活的物质困境，为几十位好心的嬉皮士提供庇护所、食物和照料的实际困境，知道自己在祖先窃取（可论证）的土地上，用帝国语言写作、思考的精神困境，以及巴克斯特苛刻、反律法主义的左翼天主教信仰所带给他的情感困境。

其中一首题为"Te Whiore o te Kuri"（意为"狗尾巴"）的十四行诗，写到了当我们意识到我们自己、我们的朋友和我们的生活方式最终会结束时，我们能为他人承受（或拒绝承受）的身体痛苦。以下是它的第四小节：

雨下了一整天。现在水槽满了。
沿河而下的路会变得湿漉漉的

然后开始打滑。赫里维尼告诉我
特阿图阿警告他，河岸即将决堤，

所以他离开了推土机，转移了同伴。
他们跑到安全的地方，河岸确实决堤了

悄无声息，八十吨泥土和巨石，

将他一直埋到腋窝。他的腿依然发青，

大石头就在那里裂开，门闩也从骨头里穿进去，

但他可以在上面行走。雨水从屋顶的洞里滴下来

溅在厨房里，炉子后面的木板上，

洒在弗朗西的床脚。在云盖之外

我听到了末日鸟鸣，

总有一天，我们所理解的世界将会终结。

赫里维尼和弗朗西都是人名，但特阿图阿（Te Atua）不是，它可以是基督教的上帝，或耶稣，或任何一种强大的精神，可能庇佑着我们，也可能让我们听命于命运。这些描写他们、描写巴克斯特神谕的不押韵的十四行诗，之所以被划入难懂诗歌的行列，不是因为诗中难以理解的内涵（像斯坦因那样），而是因为它直截了当地指出了我们生活中难以接受，甚至难以否认的部分。巴克斯特想要像赫里维尼一样吗？他能拯救他的朋友、他的公社或文化本身（不管那意味着什么）吗？你能吗？我们都依赖我们无法控制的东西，从蓄水池或水库的水位到道路的通行能力，再到陌生人的善意，总有一天，其中一样东西会耗尽。如果我们凭借力量、信任或时间为他人冒

险，我们就会把自己置于危险之中，而且我们可能根本救不了他们；这首诗很难解读，因为当世界末日——或对此而言的专制政府出现时，我们很难知道该怎么办。雨滴（raindrops）、鸟鸣（birdsong）与反复出现的硬辅音（hard consonants）相匹配（"tanks""wet""shift""tons"中的t，"drips""lid""cloud""droning""Armageddon""understand"中的d）；巴克斯特封闭的六步格诗把最难的部分都讲清楚了。

到目前为止，我们已经看到了各种各样的难度——友善的、吸引人的、带有攻击性的、幻想的、带有情色意味的、令人兴奋的、艰涩的。然而，所有这些诗歌都有相同的对立面，是对同一事物的回应：那种古典、通透、易于理解的诗，那些邀请我们在第一次阅读时就能全部理解，欣赏它表面上完美的（如餐桌礼仪般完美的）形式，且假定在诗歌邀请我们进入的世界中，问题已经解决或已经有了答案的诗。二十世纪，很少有美国诗人比年轻的阿德里安娜·里奇更能理解那种优雅、理性、通透、古典及形式的完美。里奇1951年的诗《在巴赫音乐会上》（At a Bach Concert）几乎毫不掩饰地阐明了这样一个信条：诗歌风格应当展现一个合理的社会，一种恰如其分、一切各就其位的生活方式：

　　形式是爱所能给予的终极礼物，
　　我们所渴望的一切，我们所遭遇的一切
　　都是必然的重要结合。

过于慈悲的艺术是半吊子的艺术。

只有这样的骄傲能够抑制纯洁

抑制被出卖的，太过人性的心。

这些诗行不仅说出了阿德里安娜·里奇当时的确信，或她想用自己的技巧让自己相信的东西，也说出了许多学生和年轻作家在二十世纪五十年代的大学（及其他学校和宗教场所）里学到的东西，以及许多人今天仍然在学习的东西。艺术的存在是为了呈现一种可理解的、美好的秩序；悲剧是最高级、最聪明的故事；最大的美德是自制；如果我们不符合已有的诗歌、家庭、学校或工作的形式，如果其他人无法理解我们是谁、我们想要什么或我们想成为什么人，我们的艺术就应该帮助我们隐藏或改变。

这里又要引用卢克·天行者的话：那句话中的每个字都是错的。至少，里奇后来否定了这些观点。这些笃定的决断，以及她对女权主义和酷儿解放的成熟担当，催生了一些诗歌，这些诗歌追求强烈的清晰性，旨在向其他人展示她的斗争感受。然而，其他的诗则努力描绘她自己内部的分裂，推翻或摧毁那些确实曾给她带来伤害的传统的、延续至今的、被认为是稳定或固定的生活及写作方式。你可以在 1970 年的一首诗中看到这种困扰，这首诗以邓恩诗歌的名字命名——《赠别：不许伤悲》（A Valediction Forbidding Mourning）：

我漩涡般的欲望。你冰冷的嘴唇。

语法反过来攻击我。

被迫写作的主题。

符号的空洞。

他们给了我一种延缓伤口愈合的药物。

我想让你在我离开之前看看：

如死一般重复的体验

定位痛苦的批评失败

巴士里海报上写着：

我的出血已止住。

在满是塑料花圈的墓地里的一株红色植物。

最后一次尝试：语言是一种名为暗喻的方言。

这些图像没有光泽：头发、冰川、手电筒。

当我想到一幅风景时，我想到的是时间。

我说去旅行，我是指永远。

我可以说：那些山是有意义的

但除此之外，我不能说。

做一些很普通的事情，用我自己的方式。

从采用了抑扬格的开头到有力、节奏不规则、各自独立的诗句，这首诗里的每一处都暗示着拒绝。里奇拒绝接受同时代作家（他们的前辈将邓恩视为榜样）接受的传统，那种邓恩所代表的传统——复杂的形式、诗歌的封闭性、顺性别者的爱情和婚姻、历史和精确性，以及永远都有所指的复杂意义。在邓恩的作品中，告别词就是再见，而里奇向心爱之人告别——她永远不会回来——也向描写她以往更传统生活的写作方式告别。

对于这首诗中的里奇来说——此时她还没有以女同性恋的身份示人——许多力量、结构和社会组成部分都在共同作用，打压她或像她一样的人（女性、妻子、母亲、女作家）。因此，一种摆脱所有这些结构的解放是必要的——它可能听起来不和谐、混乱，就像一连串的连击和语义爆发，并不像邓恩或里奇的早期诗歌那样连贯。这是一次破坏，但它有方向，试图"远离"：远离"被迫写作的主题"，这里的"主题"意味着"道德"和"大学论文"（耶鲁大学仍然有一门写作课程叫作"日常主题"）；远离文学爱情的空洞符号；远离男性产科医生和妇科医生的处方；远离善意的丈夫和朋友；远离如里奇 1978 年的文章标题所说的"强制异性恋"；远离已有且早已根深蒂固存在的阅读方式和生活方式（里奇和我从小被灌输的生活方式）。

这些生活方式伤害我们，然后向我们兜售治愈的药膏；它们将我们打散，然后试图卖给我们胶水。你可以把里奇的告别词看作具有表现力的、咄咄逼人的诗，就像尤那样；看作像沃尔德罗普一样对认知习惯的挑战；看作阿什贝利那样的秘密联盟形式；或一份邀请，邀请你出发，逃离那个造就了邓恩、圣诞节、孤立的核心家庭[1]、不平等的婚姻、对同性恋的恐惧和女性神秘感的社会和传统。这种逃离"很普通"——人们总是辞职、离开或分手——但也很独特，"用我自己的方式"。它必须以强硬的方式完成，以碎片的形式，呈现一系列难以组合的片段，呈现对连贯的、有凝聚力的意义的艰难逃离。

有些讽刺的是，里奇不仅将邓恩视为她的文学来源，也将他视为目标，因为邓恩本人（正如我们在第一章中看到的）也可能代表着对既定观念的反抗，对性或宗教的解放。但这似乎不是邓恩之于里奇的意义，不是他的诗提供给她的语境。所有的文学传统、所有的诗歌，都是在某种语境、某种情形下出现在我们面前的——在这本书里、在一次考试中、在一本诗集里、在一本破旧的平装书里、在某个人的 Instagram 上。批评家们试图把诗歌从不合时宜、不讨喜的情境中，从那些诗人被误解的方式中解救出来，但我们不一定总能做到这一点；有时甚至不应该这样做。

那是因为读诗，就像读其他任何东西一样，发生在历史进程之中；在我们读这首诗之前，我们只是我们自己，我们属于，或想要属于一个在阅读之前就已经存在的群体。这就是

---

1 核心家庭指由一对夫妻及未婚子女组成的小家庭。

一首对某个读者来说很难的诗——因为使用了不熟悉的技巧，或有时间及地域的限制，听起来不太对，或包含了西班牙语、毛利语、科学术语——对另一个人来说却很简单、很自然的原因。当你欣赏、推荐或抱怨许多诗歌难懂时，请记住这样一条真理。正如我们所看到的，排斥和包容的事实，一些语言形式邀请我们进入，另一些则将我们拒之门外的方式，为一些最奇怪的诗提供了主题。

另一个真理是，当我们了解这些艰涩诗歌所反抗的东西，了解诗人想要抵抗、逃离、避免、打破、拆散或试图发动革命去改变的东西时，难度本身——不管它是充满挑衅的还是包容的，是意味深长的还是有所克制的——才会更好地发挥作用。我们在这一章中看到的几乎所有的诗，都是攻击、反击、无解的谜题、对难以描述的事物的表述，或提出问题、让我们重新审视自身的方式。然而，当我们重新审视社会可能性的复杂地图，希望诗歌能够帮助我们决定去路后，会发生什么呢？当我们不是为了提出新的问题，而是为了得到有用的答案，希望诗歌能够引领我们，帮助我们决定该（引用华莱士·史蒂文斯的另一个标题）"如何生活，怎么去做"（How to Live. What to Do）时，会发生什么呢？我们可以在古老或现代的诗歌中找到答案——在第五章中，我们会看到其中一些。

第五章　智慧

诗歌中有信息吗？这些信息重要吗？我们应当何时向诗歌寻求引导，不仅引导我们的感觉或记忆，还有我们的信念和行为——让诗歌告诉我们能做什么或应该做什么。有句话说："如果你想传递一个信息，就打电话给西联国际[1]。"但西联国际在 2006 年发出了最后一封电报，而人们还在写诗，有些诗包含了信息。它们要求我们以特定的方式行事，侍奉上帝、温柔地对待孩子、发动革命，或者与弱小的自己和解。一些老师告诉学生，所有的诗歌和故事都包含信息；另一些老师则坚持认为没有。我不同意，尽管诗歌有共享的技巧和文学史，但不同的诗歌会以不同的方式运作，朝着不同的目标前进。

有些诗歌包含了可引用的信息，有些则没有。你可能会与朋友分享一些诗歌，不是或不仅因为你发现了它们复杂的美，你在诗中看到了自己、遇到了知己，还因为诗歌能帮助你迎战风险、抵御悲痛、维系友谊、改变社会，或厘清复杂的生活。如果说有像约翰·济慈一样声称"憎恶那些刻意设计的诗歌"的作家，就一定也会有像《向日葵箴言》（Sunflower Sutra）中

1　西联国际成立于 1851 年，是一家著名的电报公司。2006 年，西联国际终止了电报服务，并成功转型为一家金融服务公司。

的艾伦·金斯伯格（Allen Ginsberg）一样，希望将"我的布道传递给我的灵魂"的作家。这一章将着眼于与金斯伯格更接近的诗歌，着眼于诗歌如何构建、包含并暗示人生的方向，换句话说，本章是关于如何行动、有何信仰的智慧。

我将从古代流传下来的短小的诗性箴言开始，然后看看一些当代诗人是如何给出建议的。我将探讨一些建议——及传达这些建议的形式——在诗歌中被反复使用、引用及削弱的方式，我们可以欣赏这些诗歌的态度，甚至欣赏它们的刻薄。我们会看到一位维多利亚时代受欢迎的诗人如何给出有效、明智的建议（与他同时代的读者也是这样相信的）。最后，我将以一位当代诗人为例，看看她所提供的有用建议如何与独特的表达及对及时采取政治行动的呼吁交织在一起。

* * *

如果你想表现某人复杂而坚定的内心生活的话，诗歌可能是你的首选。同样，如果你在寻找完美的三行体或对故事及散文意识发起令人兴奋的挑战的话，也可以阅读诗歌。但是，如果你想要得到智慧，或关于人应当如何生活的话语，你可以去找你的朋友、看小说、看回忆录、听布道，甚至去看高质量的电视节目。为何要在诗歌中寻找，如果你是创作者，为何要把它写进诗里？

答案之一是可记忆性：诗歌技巧使得语言更容易被牢记在

心。口头文化（不依靠文字的文化）需要这种特性，因为从定义上来讲，它们只保留人们所记得的语言。在有文字系统的文化中，同样的特质使得诗歌更令人难忘，因为听觉使它更容易被记录和重读。"用诗和散文描写热情、习俗或性格，假使两者都描写得同样好，结果人们读诗的描写会读一百次，而读散文的描写只读一次。"这是华兹华斯在1798年《抒情歌谣集》的序言中所写的。华兹华斯也相信——他可能是对的——诗歌更擅长表现难解的真理、痛苦的主题和令人难以理解的主张，用诗歌表现这些，很可能更吸引你，因为诗歌这种形式，会将快乐与其他东西，甚至"更深的热情"与痛苦融合在一起。

诗中所写的东西，也会因它们在诗中的位置而发生改变，变得讽刺，被限制、被削弱、被强化或被赋予除字面意思之外的含义，这不是因为它们出现在诗里，而是由它们周围的言语、符号、人物和声音效果所决定的。我们已经看到了诗歌如何变成魔法咒语，这一特性也意味着它们似乎可以——或它们自以为可以——做到古老文化中用魔法才能做到的事情：诗歌可以传达诅咒或祝福、仪式或祈祷。即使没有这些效果，许多诗歌中的正式语言也适用于正式场合——它们似乎（可以说）既适用于婚礼、葬礼，也适用于其他仪式。

本书以明显个人化、富有情感的抒情诗开头，这一章则以名言、谚语和不带个人色彩的智慧开头。诗歌语言，或者说可记忆语言（即使以散文的形式被记录下来）的这些功能，可追溯到现存最古老的书面文本中，追溯到苏美尔人的赞美诗和俗语中，如"老狗不在家，狐狸称大王"［英文版由乔·泰勒（Jon Taylor）翻译］。这类能够引发共鸣、带有比喻色彩的只言片语，往往出自古代留存下来的长篇典籍，这些典籍由短小精悍的句子组成，如《圣经》中的《箴言》《传道书》和《道德经》。它们可能试图改变我们的行为、让我们遵守规则或承认我们注定的命运，就像由阿德尔法塔·基托和罗宾·克雷斯韦尔（Robyn Creswell）翻译的早期伊斯兰四行诗中所说：

> 我们是地球的孩子和居民。
> 我们由地球创造，也终将回归地球。
> 对人类来说，好运从来不会长久，
> 而霉运被欢愉之夜驱散。

与其说这位被称为昂苏尔·玛阿里（al-Ma'arri）的诗人是为了向你展示你是谁（正如我们在本书前两章看到的诗歌一样），不如说是为了帮助你接纳自己；他是为了帮助你、帮助我们中的任何一个人冷静下来，退后一步，面对有时苦涩的生活真相。

许多文化及或神圣或世俗的各类诗歌中都有这样的智慧，如犹太教的礼拜仪式和盎格鲁 - 撒克逊人的诗歌《提奥》（Deor），它的叠句（翻译成现代英语）写道："彼变而此变。"一旦诗人的忠告、智慧之词变成他们自己的体裁（警句、格言、诗句、谚语），后世的诗人就可以改写或对其进行回应。在《圣经·传道书》中，谨慎的忠告（冷静下来；生活并不容易）与潜在的虔诚劝诫（少关心此岸，多关心彼岸）不断滑向绝望的境地：

江河都往海里流，海却不满。江河从何处流，仍归还
何处。

万事令人厌烦，人不能说尽。眼看，看不饱；耳听，听
不足。

已有的事后必再有；已行的事后必再行。日光之下并无
新事。

这些出自詹姆斯国王钦定版《传道书》第一章的第七至第
九小节的经文，可以被印成诗句，也可以被印成散文。它们也
会在一些流行歌曲中出现 [杰伊·利文斯顿（Jay Livingston）和
雷·埃文斯（Ray Evans）的《天意难违》（Que Será Será）、安吉
尔·奥尔森（Angel Olsen）的《心形脸》（Heart Shaped Face）、
谁人乐队彼得·汤森（Pete Townshend）的《海纳百川》（*The
Sea Refuses No River*）]。来自古代近东地区的类似作品也为后
来的语录集提供了范例，这些作品有些清晰明快，有些晦涩难
懂，如威廉·布莱克的《天真的预言》（Auguries of Innocence）：

笼中知更
对天国发狂……
蝙蝠掠过近夜
留下怀疑者的质疑。

你可以在这些短诗节中找到感觉的模型。你可以欣赏它们相似的优雅。但如果不是因为它们试图传达的智慧，这些诗也不会存在。后来的诗人，可以像布莱克一样，根据这些名言创作自己的作品，用单一的意象和韵律，使它们更加令人难忘。用英语创作现代非洲诗歌的人各不相同，他们常常采用美国读者不太熟悉的形式和谚语。例如，奥考特·庇代克[1]的《拉维诺之歌》（*Song of Lawino*，1966年）就常引用阿乔利人[2]的谚语："谁发现了止渴药？"现代诗人也可以把传统谚语置于不可信的人物口中，削弱它的力量，就像在罗伯特·弗罗斯特那首经常被误解的诗《修墙》（Mending Wall）中，有个角色重复说着"好篱笆造就好邻居"。诗人们还可以重新利用谚语及其中的智慧，将它们整理成其文化背景无法想象或无法认可的模式。新加坡诗人吴益生（Ng Yi-Sheng）有一首关于失恋的诗《度假》（Vacation），其开篇就是一句直白的俏皮话，让人想起奥考特那句"心碎没有旅行保险"。但他的另一首诗，完全由在新加坡长期任职的总理李光耀的单行诗句拼接而成，在李光耀执政期间，同性恋属于非法行为：

如果没有人害怕我，我就没有意义了……

不，这不是一种活法。

1　奥考特·庇代克（Okot p'Bitek），乌干达诗人、小说家、社会人类学家，他的三部诗集《拉维诺之歌》（1966年）、《奥科之歌》（1970年）和《两首歌》（1971年）被视为非洲诗歌中的杰作。
2　阿乔利人（Acholi），东非乌干达民族之一。

我既不否认也不接受上帝的存在。

我要让他双膝跪地，乞求

宽恕。

诗人将这种具有讽刺意味的组合命名为"就像做爱一样，一回生，二回熟"。

有很多方法可以让自足的短小形式承载智慧。俄国学者加里·索尔·莫森（Gary Saul Morson）甚至在诗歌和散文中对它们进行了分类——格言、俏皮话、箴言、谚语——每种都因其或新颖或传统、或语义双关或直截了当、或实用或超凡脱俗等特点而与其他有所区别。一些智慧传统有它自己的诗歌形式，诗行的音韵效果取决于它所使用的语言。智慧诗，就像《圣经》中的希伯来语诗一样，通常包含两部分诗行。在现代英语和中世纪英语中，诗人倾向于押韵。兰斯顿·休斯通过一个延伸隐喻的押韵形式，为读者（也许是每个人；也许只是非裔美国人）提供了一般性的建议或实际的劝告：

自由

只是别人

蛋糕上的

糖霜——

一贯如此

直到我们

学会

烤。

和他的许多作品一样，休斯笔下的"我们"指当时的非裔美国人，但不一定只适用于他们。这首诗的第一部分叫作"糖霜"，似乎在贬低"自由"；第二部分重新定义了自由，把它视为你——或"我们"——必须用自己的食谱创造出来的重要东西。这听起来像工作，但结果是甜蜜的。

你可以像休斯那样，围绕一条劝诫、一个句子、一个比喻来构建一首完整的诗，也可以像搭建乐高积木一样，将一连串可引用的智言堆叠或串联在一起，变成一首诗，期望有些读者将这首诗（乐高创作）作为一个整体来欣赏，另一些读者将其拆分，以便在自己的作品中使用这些积木块。十八世纪的诗人用这种方式写了很多诗。托马斯·格雷的《墓园挽歌》（1750年）以其可拆分的四行诗，成为那个时代最受欢迎的诗歌之一，部分原因就在于许多诗句都可以被单独引用，它们或许适合布道，也会出现在父母写给成年子女的信中。格雷的诗歌哀悼一位无名的农民，因为未受过教育也没有特权，他从没有过致富、成名或取得艺术成就的机会：

门第的炫耀，有权有势的煊赫，

凡是美和财富所能赋予的好处，

前头都等待着不可避免的时刻：

光荣的道路无非是引导到坟墓。

世界上多少晶莹皎洁的珠宝
埋在幽暗而深不可测的海底；
世界上多少花吐艳而无人知晓，
把芳香白白地散发给荒凉的空气。[1]

　　威廉·燕卜荪在1935年发表的一篇精彩政治演说中反驳了这些名言，但他也承认这些诗句确实蕴藏着智慧："通过将（十八世纪英国的）社会秩序与自然进行比较，（格雷）赋予它一种徒有其表的无可争议性，并赋予它一种不应得的尊严。不仅如此，宝石不介意待在洞穴里，花朵也不愿被采摘；我们觉得人就像花一样，短暂、自然、有价值，这让我们误以为没有机会对他来说或许更好。"然而（燕卜荪接着说道）格雷提出了"一个永恒的真理：只有在一定程度上，社会的进步才能防止人类力量的损耗；即使是幸运生活中的损耗，即使是亲密无间生活中的孤独，都能被深切地感受到，这才是悲剧的核心情感"。
　　在评价并描述格雷的诗行时，燕卜荪实际上是在评价社会。他不是将这些诗句视为练习，也不是将其视为不同情感或角色的展示，而是将其视为一种指导，指导我们如何对待我们的共同体。这些是一成不变的吗？他们的失败仅仅是

1　卞之琳译。

一场悲剧吗？我们可以改变这些不公吗？其他智慧诗人则以简短的形式要求我们跳出自己的第一反应，将自己的感受与他人的感受进行对比，然后让自己的感受消隐。以玛丽·勒德（Mary Leader）的诗歌《新娘、妻子、寡妇》（Bride, Wife, Widow）为例：

我喜欢
他刮胡子时哼着小曲的样子，喜欢他
低沉的声音，他的小巧而细腻的手。

我讨厌他刮胡子时哼着小曲的样子，
讨厌他低沉的声音，他的小巧
而细腻的手。

我想念他刮胡子时
哼着小曲的样子，还有他用手做任何
一件小事的时候。

这三个诗节几乎用了同样的词语，顺序也几乎相同：丈夫到死都没有改变。改变的是"我"后面的动词。最后一行的断行（"任何／一件小事"）体现着分量和智慧，对于那些伴侣健康、有伴侣或伴侣还活着的人来说，它是一种巧妙而尖锐的警告。（这首诗暗示）如果你的伴侣有哪些地方让你不高兴，可以想象一下如果他不在了，你会有什么感觉。

其他现代智慧诗人给人的印象与其说是带有炫技色彩的，不如说是朴实的。那些以技巧取胜的诗人（就像我们在第三章中看到的那些诗人），冒着分散你在诗中的注意力的风险，致力于传达智慧，传达那些在诗人看来人们应该知道的东西的诗，可能显得朴实、未经雕琢、原始。至少在英语诗歌中，几乎每一种倾向于道德严肃意义或智慧的诗歌，都在当时被视为拒绝学习规则的异端（如果你不是其推崇者的话）：年轻的华兹华斯、早期的威廉·卡洛斯·威廉姆斯、二十世纪五十年代的"垮掉的一代"、最近的自由诗歌朗诵和诗歌表演，都曾被指责不是真正的诗歌，没有说出它们想表达的东西。

事实上，这些诗人正在尽可能制定新的规则，避开准专业的技术权威（我们在第三章中看到的那种权威），寻求在我们这个时代，针对与众不同的破局者逐渐积累起来的道德权威。你可以在年轻诗人的作品中看到这些新的规则，这些诗人在舞台上长大，现在已经开始出版书籍。达内兹·史密斯（Danez Smith）《电影推荐：狮子王》（Pitch for a Movie: Lion King in the Hood）的结尾优雅而令人心碎：

说出第一个你
爱上但已死去
的男孩
的名字……

说出它

并且爱上

环绕着你的舌头的

空气。

  与传统风格相比，这些旨在为读者提供紧急援助的新风格，听起来可能是无意识的、混乱的、粗粝的，哪怕它们与高声表演无关。保罗·基尔布鲁（Paul Killebrew）在《正午知识》（Noon Knowledge）的开头写道：

当我们有这种感觉

这种感觉就变为否

永远不会觉得自然

但如果有可能

睁开双眼去体验

近乎于接受

  真正开放的体验和真正的理解，不会让人觉得熟练、顺滑或"自然"，它会让人感到尴尬，它需要——正如保罗在其他地方所写的那样——"一种新的形式／一种明显的、刻意而为的业余"。他的想法与另一位当代诗人布兰达·希尔曼（Brenda Hillman）的要求一致："从你所在的地方开始写作／写你想读的东西。"

当代诗人——也就是"我们"——写的正是我们想读的东西，就像格雷和布莱克在两个世纪前做的那样。我们也在写那些想要告诉自己的东西，相信其他人（不一定是诗人）需要知道的东西（格雷的挽歌有时会被解读为一部关于谦逊的道德剧，有时会被解读为诗人对自己死亡的坦诚沉思）。这样的诗歌可能会呈现出多种态度，未经雕饰的率真、宗教般的庄严、极度的真诚，就像罗斯·盖伊（Ross Gay）在《毫不掩饰的感激》（*Catalog of Unabashed Gratitude*，2016 年）中采用的风格那样：

> 我想，我正在试着原谅自己
> 为了一些我不知道的东西。
> 但我知道的是，我喜欢
> 听到诗人说
> 我正试着这么做
> 或我正试着那么做。
> 有时这只是个狗屁把戏。但有时
> 诗人其实在说
> 我愿我能真实地对你说
> 自己脑海中的小工厂烟囱
> 呼呼冒烟，蒲公英
> 马齿苋和甜三叶草的枝条
> 在柏油路上探头探脑。

注意"狗屁"（horseshit）这个词在防止这首诗变得柔和方面起到了很大的作用；当然，马粪（horseshit）可以帮助花朵生长。花园（在马粪的帮助下）就像工厂一样，生产其他人可能会喜欢或使用的东西。

盖伊的这种现代智慧可能是完全世俗的，来自世俗的经验或个人的直觉。但它也可能感觉像布道、启示、祈祷，或对半神权威的呼召。有些诗歌传达的智慧感觉就像宗教，这可能是因为诗人（乔治·赫伯特、克里斯蒂娜·罗塞蒂、唐纳德·雷维尔等）描写自己的宗教信仰，也可能是因为诗人的权威代表了宗教的声音。浪漫主义及其后十九世纪的作家，有时主张用诗歌代替宗教，将我们联结在一起，赋予我们意志，提供伦理指导，或让我们摆脱实际的焦虑：马修·阿诺德（Matthew Arnold）甚至在 1880 年预言，"现在经由宗教和哲学传递给我们的东西，将被诗歌取代"。几十年前，阿诺德写下了他迄今为止最著名的诗《多佛海滩》（Dover Beach），这是一份对爱充满向往的宣言，他在其中哀叹"信仰之海"的退潮：当宇宙中其余部分与缺席的上帝让我们感到失望时，爱与诗歌，或经由诗歌传达的爱，能让我们"对彼此 / 坦诚"。

阿诺德希望诗歌让我们变得更好、更值得信赖、在精神上更完整。今天，那些把诗歌、诗人或"诗"这个词与道德权威及精神升华联系在一起的教师、电视节目主持人和电台主持人，也抱有同样的希望。总的来说，阿诺德的预言犯了一个很大的错误；这一错误的期望产生了一种关于"诗歌"的信仰，我写这本书的目的之一，就是消除这种信仰。T. S. 艾略特以一个真正需要（且最终找到）明确宗教信仰的作家的豪情反驳了这种期望。"在这个世界或下一个世界中，"他怒斥阿诺德，"没有什么东西可以替代其他任何东西。"如果你想要灵性或上帝，就去找寻灵性或上帝；不要假定道德上的忠告、假定那些关于人性的笼统主张或美学经验（歌曲、舞蹈、图像小说、诗歌中的美学经验）会起到宗教所起的作用。

然而诗人——尤其是但不仅仅是十九世纪的诗人——很大一部分魅力在于，对一些读者来说，他们的诗歌起到了宗教的作用，这和在犹太会堂、基督教堂、清真寺里提供审美经验、传递美，同时指导日常生活，帮助人们学会如何向善、如何生活的宗教的作用一样。亨利·沃兹沃斯·朗费罗（Henry Wadsworth Longfellow）之所以成为十九世纪美国最受欢迎的诗人，部分原因就在于他在诗中，尤其是在早期的诗中写到了这些内容。曾广受欢迎的《人生颂》（A Psalm of Life, 1838 年）写道，"那么，让我们起来干吧／对任何命运要敢于担待"。另一首早期的诗《不断向上！》（Excelsior!, 在拉丁语中意为更高、更强）是为了纪念一位勇于尝试的登山者，他尝试艰苦的挑战，希望能够提升自己。斯坦·李漫威漫画公司的口号"不断向上！"就出自朗费罗的诗。W. E. 亨利（W. E. Henley）的《不可征服》（Invictus, 1875 年）一度比朗费罗的诗还要受欢迎；这首四行诗（以"我，是我命运的主宰，／我，是我灵魂的统帅"结尾）出现在各种公共场合及温斯顿·丘吉尔、纳尔逊·曼德拉和巴拉克·奥巴马等人的演讲中，还有好莱坞电影《卡萨布兰卡》《大空头》、系列电子游戏《质量效应》（*Mass Effect*）、伟大的早期女同性恋小说《安妮永存我心》（*Annie on My Mind*），等等。

这类鼓舞人心、适合引用的流行诗，成为二十世纪批评家的目标，他们希望读者和学生不要喜欢这种容易被喜爱的、有说教意味和清晰劝诫的诗。这些批评家想让读者欣赏如 T. S. 艾略特、玛丽安·摩尔等现代主义诗人的间接与晦涩。然而，在英语诗歌的创作中，这类带有说教意味的诗从未消失：你可以在玛丽安·摩尔、罗斯·盖伊及二十一世纪前十年最受欢迎的诗人，如玛丽·奥利弗（Mary Oliver）和鲁比·考尔（Rupi Kaur）的创作中找到它。还有罗伯特·弗罗斯特，虽然他有时会颠覆这一传统或将其变得近乎邪恶：例如，弗罗斯特的秘方"我选择了一条少有人走的路"，其含义几乎和大多数引用它的人所理解的含义相反，因为在诗中，没有一条路是人迹罕至的，因此选择没有什么区别："这样的路过 / 并未引起太大的改变。"弗罗斯特那首著名、极其可怖的晚期诗歌《指引》（Directive）似乎在邀请我们把诗歌当作宗教，把诗人当作牧师或老师。弗罗斯特在那首诗中的角色引导我们"从我们无法承受的当前中抽出身来"，在一个废弃的童年游戏室里，找到圣杯和完整的自我："喝吧，变得完整，不再困惑。"在这样的情境下，弗罗斯特可能是在邀请他的读者离开这个世界：变得"不再困惑"，一饮而尽，面对死亡（弗罗斯特的许多读者或许并不认同）。

读你想读的所有弗罗斯特的作品——他是最伟大的诗人

之一——但他的大部分建议都不必听从，无论这些建议出自角色（如《修墙》中的角色）还是出自他自己狡猾的一面。沃尔特·惠特曼和艾米莉·狄金森是更好的选择：这两位经典的美国诗人都明白，同时代及之后时代的读者，可能期望从诗歌中收获建议和智慧。两位诗人通过诗歌创作，表达或暗示生活的样貌，表明它比任何格言警句复杂得多，从而打破了人们的期望。"无论你现在多么了解我，"惠特曼警告未来的读者，"我不是你想象中的那种人，完全不是。"狄金森有时接受、有时排斥公众阅读，当然她也不想让自己的声音听起来响亮而清晰。"说出所有真相，但要有所选择。"她在一首诗中建议道，在这之后，她把"真相"（首字母为大写）比作闪电。她加入了一些诗人的行列，他们试图直接或用阐释性的散文即刻说出对所有人来说真实的、难以言说或不可言说的东西。

　　遵循这一模式的诗人可能会令人费解，因为他们想要展示一些本来就难以言说的东西：如果这种东西很简单，他们就会使用散文。正如抒情诗歌（分享部分自我）不是人物诗歌的对立面，而是人物诗歌的补充（把自己介绍给别人）一样，智慧、启示和教训也不是令诗人变得难以理解的古怪（如我们在第四章中看到的那样）的对立面，而是对它的补充。我们读这些诗人的作品，是为了在我们的生活中运用这些难解、古怪的真理。乔丽·格雷厄姆于1987年出版的诗集《美的终结》（*The End of Beauty*），教会了一代人如何将前卫电影和法国哲学中的交叉剪辑、自我中断和谜题融入美国诗歌。作为一个整体，这些诗歌尚需一段理解的时间，但它们各自的结构和片段，则直接进行了言说："一个秘密在成长，一个秘密想要被泄露。/ 在很长一段时间里，它会膨胀，以美在载体中留下痕迹。"这一描述我们知晓但无法言传之物、描述我们无法或不能交流的愉悦的智慧片段，出自格雷厄姆那首由三十三个部分组成的（许多部分是单行），关于亚当和夏娃的诗《他们之间手势的自画像》。这本诗集一经出版就对其他诗人产生了广泛的影响，出于种种不同的因素，它可以被解读为抒情诗，如可分享的情感、角色、独特的人物、理解上的挑战，（这些部分如何组合在一起？）或大量可引用的建议。

格雷厄姆的并置手法十分严肃。其他诗人将他们的智慧与喜剧融合在一起，如詹妮弗·张在一首诗的开头这样写道：

把一切当作错误，
毫无益处。我要求
三明治里放培根，然后

我又要了更多。

她要培根错了吗，还是要更多错了？这种并置方式，将普遍的主张与不协调的形象对立起来，展现生活本身的不可理解性或喜剧性，以及许多普遍真理的不适用性，突出了生活中那些似乎难以弄清楚的时刻。

我们会在写于专制、饱受争议的政权之下，或反抗专制及政权的诗歌中发现这种喜剧效果——这种特殊的智慧，也就不足为奇了。波兰诗人雷沙德·克利尼茨基（Ryszard Krynicki）的大部分写作生涯都是在二十世纪末苏联统治下的"人民的波兰"中度过的。他的短诗，表达了自己及其他诗人在思想上和实践上，对审查制度及共产主义统治的反抗："可怜的莫丝，我帮不了你，/我只能把灯关掉。"如果说克利尼茨基的形象［英文版诗集由斯坦尼斯拉夫·巴兰恰克（Stanislaw Baranczak）和克莱尔·卡瓦纳（Clare Cavanagh）翻译］传达了什么智慧的话，他并没有明确地告诉我们应该做什么。相反，这一比喻表明，如果没人知道该做什么，如果你认识到一个没有人能够解决的严重问题——任何头脑清醒的观察者都会认识到——那也没有关系。因为诗歌不必受制于文字，它可以专门研究那些无法解决的问题；有时诗歌让我们降低期待、与部分失败共存，或认识到我们无法得到想要的东西。想想这首三行诗（同样由卡瓦纳和巴兰恰克翻译）：

你们都自由了——卫兵说
然后铁门关上了

这次是从另一边。

没有人愿意在监狱里受折磨。但（如休斯所写）监禁对立面的"自由"，可能并不是我们所想的那样。整个波兰都是监狱吗，整个世界都是监狱吗，整个成年世界都是监狱吗？（为人父母是监狱吗，工作呢？）你说自己是自由的，究竟意味着什么？

还有一些诗人通过他们创造的虚构人物对我们进行劝诫。露易丝·格丽克几乎在整个诗歌生涯中一直在写智慧诗歌，她和她的读者能够在诗中艰难地学习到一些东西。她的一些最著名的诗歌以惊人的普遍性开头，如《新生》(Vita Nova) 写道（像是写给上帝，也像是写给父母和老师）："你救了我，你应该记住我。"她 2010 年的诗集《乡村生活》(A Village Life) 与她早期的大部分诗歌有所不同。她建构了一个似乎在意大利的自成一体的虚构空间，远离任何文化中心，因野心充满敌意，其中的人物在书中穿梭、求婚、结婚、衰老、死亡。其中一个人物很早就建议另一个人物，不要追求野心，不要离开他们的村庄：

在我看来，你留下来会更好；
这样梦就不会伤害你。
黄昏时分，你坐在窗边。不管你住在哪里，
你都可以看到田野、河流和
你无法强加给自己的现实——

对我来说，这是安全的。太阳升起；薄雾
消散，显现
巨大的山体。即使在夏天，

213

你也可以看到山顶，那么洁白。

　　我们是否应该把这些话理解为类似佛教的宁静、不执与知足，在那里你（至多）可以从远处看到顶峰。这是格丽克自己的座右铭吗？抑或诗中描绘的是一种我们可以拒绝也应该拒绝的顺从？这些精细刻画的场景提出了这些问题，留待你来回答——在你读完这首诗的其余部分，或读完格丽克的整本诗集后。
　　其他诗人在诗中把自己塑造成值得信赖的人，依靠人格给出建议。伊丽莎白·亚历山大（Elizabeth Alexander）的《诗艺100：我相信》（Ars Poetica #100: I Believe）解释并举例说明了这类作品：（如作者所说）对她来说，诗歌就是——

　　　我们成为自己的地方
　　　（尽管斯特林·布朗说

　　　"每一个'我'都是一个戏剧性的'我'"），
　　　在蛤蜊浅滩上挖掘

　　　找寻合上的贝壳，
　　　掏空装满谚语的钱袋。

　　诗人兼学者斯特林·布朗（Sterling Brown）在位于华盛顿特区的霍华德大学任教数十年，亚历山大就是在这所美国历史上最著名的黑人大学里成长起来的。对于她及其他许多人来说，布朗是一个值得信赖的人。她继续写道：

诗歌（我的声音越来越大）

并不总是爱，爱，爱，
我很抱歉狗死了。

诗歌（在这里我听到自己最响亮的声音）
是人类的声音，

难道我们对彼此不感兴趣吗？

诗歌并不总是人类之声：我们在第四章中看到过无人可以大声朗读的诗歌。诗歌不过是一段复杂历史的名称，在这段历史中，很多人用很多种方式使用词汇，创造出能给读者和听众带来愉悦的模式，学习并改变了许多惯例和规则。不要读"诗"，去读一首首的诗歌。但对亚历山大来说，诗歌总是想象人们在说话，试图了解"彼此"，并且 —— 正如亚历山大一连串话语中蕴含的友善耐心所暗示的那样 —— 通过团结及不去背离、放弃自己的方式，了解彼此。

为了通过诗歌传达智慧，诗人也不必直接向我们或任何听众言说。文艺复兴时期有一种诗歌流派，其作品是由临终前或行刑前的遗言组成的。英国天主教徒奇迪奥克·蒂奇波恩（Chidiock Tichborne）在1586年写了一首著名的诗：

> 我的青春年华不过是忧虑的霜冻，
> 我的欢乐盛宴不过是痛苦的菜肴，
> 我的谷物庄稼不过是一地残茬，
> 我一切的好，不过是徒劳的希望。
> 白天已逝，我却没看到太阳，
> 现在我活着，现在我的生命结束了。

英国诗歌中的"谷物"很可能是小麦，"残茬"是它收割后的茎秆。当他等待死刑时，时间在他周围崩塌：这些对于世俗生活无关紧要的形象对比，就像一个基督徒或其他宗教教徒（如佛教徒）的祈祷。不管怎样，它们为我们提供了范本。

然而，具有明显哲理性的诗歌不需要保持严肃，也不需要短小精悍。A. R. 阿蒙斯的长诗《垃圾》（*Garbage*，1993年）从佛罗里达州一个巨大的垃圾山展开沉思，随后扩展成典型的阿蒙斯式的笑话、命题、例子、反例，以及让他展开一层又一层联想的东西，没有更多（但也没有更少）秩序，就像垃圾山或心智一样：

> 一堆小摆设（小摆设堆），
> 不知名的东西（小东西堆）、小玩意儿，单簧口琴，

皮带扣、玩具、文件、磁盘、垫片，
农药残留物、非韵律的高压

线、抽泣畏缩的娃娃、环氧氯丙烷
弹力电机、二氧化硫排放、香水

喷雾、放射性的威利瓦飑，据说，
海洋页岩地区的工作人员"能够

将废物转化为安全产品"，但也有人说这些
"产品本身就是危险废料"：

好吧，人到底想要什么：有没有一个世界
没有苦涩的回味或性交后的郁郁寡欢：

什么是高潮后的小型死亡[1]：
我的意思是，你听说过这样的事情吗：

环氧氯丙烷是一种闻起来像大蒜的有机化合物，被用来
制造树脂和塑料。"性交后的郁郁寡欢"是拉丁诗人奥维德
(Ovid) 的一句名言，意为"性交之后，所有动物都是悲伤

1　原文为法语，指性高潮后接近低潮的空虚。

的"。"非韵律"是一个笑话：要么这些"非韵律高压／线"无法被标注出格律（它们采用自由诗形式），要么它们是物理金属丝，而不是诗句。阿蒙斯把你可能在一个危险垃圾场里找到的物品清单，变成了对美国语言的颂扬，然后变成了对环境的哀叹，最后变成了友好的喜剧演员的耸肩。在这个过程中，他把文字抛出，然后在其中嵌入、质疑或制造出讽刺的口号，你可能会把这些口号应用到自己的生活中。有些解决方案就是问题的一部分，有些高潮值得低潮，有些则不是。要弄清楚哪条谚语、哪条规则适用，你需要判断和语境；在现实生活中，它们是由朋友、直觉或经验提供的，而对于阿蒙斯来说，它们是由诗歌的其他部分提供的。

在二十世纪的所有诗人中，阿蒙斯可能提供了最多的精辟箴言——只用一句话就能概括我们的生活，同时，他也提供了扭曲或曲解它们的可能性。在《垃圾》中稍后的部分，他承认（或吹嘘）："我的确是一个傻瓜，一个受伤的人，一个哭泣的人，一个颤抖的／爱人：如果爱有可能，那就不是爱了。"这两个独立的分句似乎毫无关联，尽管第一个分句为第二个分句提供了证据：如果有人爱他，那么可能就有人爱你。他标志性的标点符号——总是冒号，从来不是句号——成了他临时结尾的标志，在他看来没有一个单独的分句可以表达所有的标志。

把《垃圾》通读一遍，就是在（通过观察阿蒙斯的方法）学习如何让自己的思维保持活跃，如何与猜测及不确定性共处，如何不被压垮。他建议我们接受一切都是不固定的，并不存在终极箴言。通过不间断的发散的方式，阿蒙斯告诉了我们他是谁、他在做什么：

> 我想看到
> 定义的沟壑，不只是沟壑的中心位置
> 还有它块状的边缘：我不
>
> 想为了清晰性而陷入其中：我
> 希望清晰性是一个平滑的长弯道
>
> 不允许任何复杂性变明了：我为何
> 想要没有混乱的复杂性，
>
> 没有限制的清晰性，时间中的时间，而非
> 裂成碎片的时间：如果你到了某个年龄还没有
>
> 离开，你的世界将是：或它会萎缩为
> 仅有的几个知道你所知道的东西的人

　　阿蒙斯对自己精神生活中真正想要的东西，即对"清晰性"的思考，并非突然间产生的，而是在他考虑到年迈父亲的虚弱之后。然而，"没有混乱的复杂性"可能是任何人都想要的东西；对于阿蒙斯来说，将相互矛盾、相互叠加的简明意义

融合在一起的诗歌，似乎是得到它的方式。在这个方面，阿蒙斯不断暗示他的诗歌就像他的生活，而其他诗歌——那些有很强封闭性或没有封闭性的诗歌——可能不是这样。

* * *

　　如果你坚持认为诗歌必须直接帮助读者，必须为 AP 考试提供建议、箴言或信息，那么你已经排除了一半我喜欢的诗。你也重蹈了那些让学生们讨厌的英语课的覆辙——这些课要求每篇文学作品必须有主题、写作目的、信息和道德观念。这种责难往往使诗人步履维艰，因为他们的是非观念、自我观念，往往与他们所处时代的道德标准背道而驰。这是很多同性恋诗人，如 W. H. 奥登和哈特·克莱恩用暗语写作的原因，也是文学作品中同性恋爱的历史被排除于道德之外，甚至与为艺术而艺术紧密联系在一起的原因（还有其他原因）。

　　如果你坚持认为诗歌不应该直接帮助读者，不应该传递训诫、提供建议，那么你就将从《诗篇》到露易丝·格丽克，即我喜欢的另一半诗歌排除在外了。你也丧失了去了解、喜爱那些含有不同效用至理名言的伟大诗歌的机会。有时，这些效用使得可引用的智言具有讽刺意味，正如我们在弗罗斯特、吴益生及第二章中看到的诗歌那样：安德烈·德尔·萨托的感叹"一个人的探索应远远超出他的所能 / 不然要天堂何用？"自有其意义，但当勃朗宁笔下的角色为自我欺骗找借口时，它表达的就是另一种意思。

在其他时候，无论诗歌如何写就——是否细腻、悲怆、崇高、复杂，人物形象是否鲜明、充满困境或美丽动人——它们都试图更好地表达智慧。1850 年，已经创作并出版诗歌二十年的阿尔弗雷德·丁尼生勋爵，写了一首长诗，纪念过去十七年中自己最好的朋友。《悼念集》（*In Memoriam A.H.H.*）一经发表就给丁尼生带来了前所未有的声誉。这首为亚瑟·亨利·哈勒姆（Arthur Henry Hallam，1833 年去世，时年二十二岁）所写的长篇挽歌采用四音步四行诗形式。该诗于 1850 年三月首次发表时，既没有公开作者姓名，也没有指明字母 A. H. H. 代表的是谁；九月，一位评论家揭开了丁尼生的身份。同年年底，丁尼生赢得了英国桂冠诗人的荣誉。这首诗由一百三十一个可分离的片段组成，记录了丁尼生无尽但终被克制的悲伤，也谈到上帝无情而坚决的离弃、上帝的缺席，及天气、机遇、伦敦、海洋、我们现在所说的进化论（"自然是血红的牙齿和利爪"；那时《物种起源》尚未问世）及文明的未来。有些片段呈现了纯粹的破败场景，如第七部分，丁尼生梦游一般地走着，来到了哈勒姆曾经居住的地方：

> 昏暗的屋边我再度站立，
> 　　站在这不可爱的长街上；
> 　　往常在这门前，我的心脏
> 总为等待一只手跳得急。

但再也不能紧握这只手——

　　瞧我呀，因为已无法入睡，

　　就像个可怜东西负着罪，

　　绝早地悄悄溜到这门口。

他不在这里；但是听远处，

　　生活的嘈杂声又在响起，

　　而透过空街上濛濛细雨，

　　露出了惨淡苍白的初曙。[1]

　　丁尼生等了六行诗才说出主要的动词，就像在等待大坝决堤，这样他就可以徒劳地走到他最好的朋友住过的门前。男人之间这种原始而具象的感情，现在读起来（也许不合时宜）就像同性恋：丁尼生失去了他最初的、最真挚的爱。"爱"这个词在诗中回荡。而爱，不管是不是情爱，都需要一种比我们所能比较的任何东西都要强烈的忠诚，一种排他性或非排他性的依恋（哈勒姆与丁尼生的妹妹订了婚），一种赋予生命价值、无论之后会发生什么的纽带。

　　你可以按照第一章和第二章中提及的方式阅读这首诗、喜欢这首诗及它如一本书一样的文字延展，将它视为表达感情的文字，或对一个悲伤之人的描绘。但你也可以 —— 如维

1　摘自《丁尼生诗选》，黄杲炘译，外语教学与研究出版社。

多利亚时代丁尼生的读者那样——将其视为一种劝告，表明一个被悲伤吞噬的人能够做什么、应该做什么。在第二十七节中，丁尼生给出结论，这也是《悼念集》这首诗第一部分的结论：

> 任何心情里我不会妒忌
>
>   没一点义愤震怒的俘虏；
>
>   笼里生的红雀我不羡慕，
>
> 它从没见过夏日的林地。

> 我并不妒忌肆虐的猛兽，
>
>   虽然它在时光的田野里
>
>   全不被负罪的感觉所拘——
>
> 良心发现一事永不会有；

> 我也不妒忌自我庆幸者，
>
>   他的心从来没立过盟誓，
>
>   始终呆在萎靡的荒草里；
>
> 不妒忌未付代价的自得。

> 任凭怎样，我坚持这一条；
>
>   越悲痛，我对此体会越深；
>
>   宁可自己的爱全落了空，

也比从来都没爱过要好。[1]

这些令人心痛的四行诗，通过稍显刻意的对比，努力让你也接受丁尼生的观点：将你的心交给某个人或完全信任一位朋友，总比不做这些要好，即使你可能会失去现在拥有的东西。的确，你不可能永远拥有某样东西：房子、朋友、爱人、思想、财富。一切都会过去，所有人都会死。你可以用同样的真理（如蒂奇波恩和《传道书》所说的）来提倡逃离这个世界中的事物，或（像莎士比亚在第七十三首十四行诗中写到的）"看到了这些，你的爱就会加强"。丁尼生将后者重新表述为对读者和自己的直接忠告。他还在二元对立中进行比较，劝慰悲伤的自己，总好过一个从不生气的囚犯，一只被关在笼子里、从未飞翔或从未自由歌唱的鸟，一个没有良知的野兽，或倦于坠入爱河的人。

他把自己比作每个事物的反面：愤怒的囚犯、有知觉的野兽、自由飞翔的笼中鸟，或许是有伴侣的人。他告诉我们他宁愿做自己，感受现在所感受到的一切，也不愿放弃此刻的痛苦。他构建了另一条可以被单独引用的智慧之路，这些诗行常被引用，但引用的方式往往削弱了它一半的力量。"宁可自己的爱全落了空，也比从来都没爱过要好"不只意味着约会、分手要比从未约过会好（尽管这也是事实），也意味着承诺战胜胆怯；规

---

1 黄杲炘译。

避风险并不是生活的方式。此外，这种说法还有一种宗教信条般的力量："无论发生什么，我都坚信。"他自己就是一个看似最不可能的证据，因为他已经失去了太多，似乎不可能持有这种信念。

维多利亚时代的人们珍爱这首诗，不仅因为它对悲伤的洞察、对爱的捍卫，还因为它描绘了一种循序渐进的、令人尊敬的重生。他们希望这首诗能让他们痛痛快快地哭一场，然后告诉他们怎样才能不再愠怒，继续生活下去。（1861 年失去丈夫的维多利亚女王告诉丁尼生，《悼念集》带给她的安慰仅次于《圣经》。）诗中有些部分带有礼拜的性质，你可以独自轻声默念：

我不与死亡做任何斗争
    因形体和面貌的变化；
    不被尘世拥抱的低等生命
繁衍生息，也不会动摇我的信仰。

永恒之旅还在继续，
    灵魂不停迁徙；
    这些只是破碎的茎秆，
或一只毁灭的蝶蛹。

我不责怪死亡，因它

在尘世间展露美德的益处：

我知道被移植的人类的价值

将在其他地方，开花结果。

只为这个原因，我向死亡发泄

心中郁积的怒火；

它把我们隔得那么远

我们听不见彼此说的话。

这是第八十二节。你不必在安慰和悲伤之间做出选择，你可以在自己身上、在你幸存的朋友身上、在你所持的任何信仰上，同时接受这种安慰和悲伤。对丁尼生来说，大自然和人类都在变得越来越好，从新的浪漫爱情的酝酿到雨后蠕虫的出现，这一切都是"永恒之旅"的一部分。你可以持有这样的信念（它会让死亡最终变得无力）但仍然感到孤独：文明可能会让我们变得更好，但哈勒姆永远不会回到丁尼生身边。贯穿整首长诗的力量，部分来自它传达的信息——为了再一次去爱，你不必忘记自己失去的爱，也不必回避那份爱。

在一首诗的所言和所行之间，在它对你的劝诫和帮助（如果它想要帮助的话）之间，并没有明显的界限——有些人会说根本就没有界限。不仅是我们能在很多诗歌中找到的字面上的建议，还有支配性的隐喻，都可以作为承诺，作为团结的手段供你使用，如果不像爱人，也会像朋友、导游或折叠刀。卡门·希门尼斯·史密斯（Carmen Giménez Smith）的《树树树》(Tree Tree Tree)不仅承诺帮助你，坚定地与你站在一起，还在最后告诉你它在做什么。史密斯仍记得儿时玩的"重复一个单词直到它不再有意义"的游戏——

> 仿佛树叶、树叶、绿色和树干
> 不是这棵树的尽头。

> 此时，我们的耳朵里响起铃声

> 树和树变成了森林。
> 树什么也不给予，甚至没有声音。

> 我们的舌头使树枝移动。

　　希门尼斯·史密斯写了一首紧凑的诗，用一个比喻、几个长长的"e"音、九行诗句表达大声言说的力量：如果一棵树倒在森林里，我们看到了什么，就应该说出来。

　　这类建议（无论多么间接）存在道德上的负担和精神上共同的未来，哪怕它没有（像丁尼生那样）直接指导我们相信什么、该做什么。其他诗歌则通过讽刺甚至叹息达到效果。A. E. 豪斯曼在那首以"特伦斯，这太蠢了"为开头的著名诗歌中写道，他希望自己的诗歌不为真实的世界争辩，也不取悦我们（啤酒"比弥尔顿更能／评判上帝对待人的方式"），而是像对抗痛苦的疫苗一样，注入低剂量的毒药，抵御高剂量的现实生活。托马斯·纳什（Thomas Nashe）写的一首文艺复兴时期非常著名的诗歌——常常被称为《瘟疫时期的礼拜仪式》（A Litany in Time of Plague），尽管纳什从未给它取过标题——将个人的悲伤转化为共同的吟诵、丧礼仪式及对上帝可能拥有的一切的顺从。其中一个六节诗写道：

> 美不过是一朵
> 会被皱纹吞噬的花；
> 从空中坠落的光亮；
> 女王英年早逝；
> 灰尘蒙蔽了海伦的双眼。
> 我病了，我要死了。
> 主啊，怜悯我们吧！

纳什借用了读者常在教堂中听到的圣诗、祈祷词的形式和部分字词。其效果如魔咒般，仿佛可以驱赶怀疑、恐惧和任何抵抗上帝意志的希望。[后来伟大的科幻小说作家小詹姆斯·蒂普特里（James Tiptree Jr.）以《从空中坠落的光亮》为书名。]

如果你相信悲剧是文学的最高形式、听天由命是智慧的最高形式的话，纳什的诗歌可能会是你的最爱。如果你像阿德里安娜·里奇那样持有不同的观点，你可能想要找到其中蕴含的智慧能帮助你和其他人得到从未拥有过的东西，或一起为社会和个人改变而努力的诗。你可能会——就像研究过去的文学一样——喜欢优秀的废奴主义诗歌，如朗费罗的《警告》（The Warning）；或捍卫移民国家的诗歌，如艾玛·拉撒路（Emma Lazarus）的《新巨人》（The New Colossus）[1]；或像斯特林·布朗那种指向（或不仅指向）黑人读者的、关于种族平等的诗歌［《亚特兰大的斯莱姆》（Slim in Atlanta）是个不错的起点］。你可能还喜欢那些建议激进分子和保守主义者互相倾听的诗歌，它们表现出某种耐心；如果你认为我们需要这样的诗，不妨试试理查德·威尔伯那首极好却鲜为人知的十四行诗《致罢工学生》（To the Student Strikers）。

也就是说，你不仅可以从诗歌中获得关于你自己生活的建议，也可以从诗歌中获得关于公共生活的建议，以及关于你在巨大斗争的洪流中所处位置的建议。这些建议会劝诫你、鼓励你，或者要求你三思而后行。诗人们可能会竭力把他们的忠告、智慧和语言组织起来供你使用，也可能在被如此要求时拒绝提供。第一次世界大战开始后不久，已在英国和爱尔兰（两国对待战争的态度非常复杂）声名远扬的叶芝，就被要求写文章支持中立国。他在 1915 年回答道：

1　1903 年，这首十四行诗被刻在一块铜板上，并安装在自由女神像的底座内。

我想在这样的时代最好

让诗人缄默，因为事实上

我们没天赋可纠正政客；

他管够了闲事，只会讨好

一个青春慵懒的小姑娘，

或一个寒冬夜里的老爹。[1]

[叶芝多次修改了这首诗的标题和细节，最终的标题为《有人求作战争诗感赋》（On Being Asked for a War Poem）。] 诗歌创作是"管闲事"，它不承载智慧和目的，充其量只是"讨好"。然而，在 1915 年前后，叶芝经常试图用诗歌来纠正政治家的错误，如《一九一六年复活节》（Easter 1916），以持久、痛苦、矛盾的三音步诗，对复活节起义的后果表示担忧。爱尔兰的叛乱者和殉道者，他们坚定的决心，他们"众多心只有一个目的"，是可悲的还是令人钦佩的，抑或两者兼而有之？他们的牺牲，那"可怕的美"，会实现他们为之奋斗的独立，还是只是不值得付出代价的白白流血？在这里，智慧意味着让事情的不确定性显露出来，也意味着在他写完这首诗并拿给朋友看过之后的三年多时间里，他都没有发表这首带有疑问的诗。

还有一些诗人，他们的智慧和建议促使我们采取集体行

---

1 摘自《叶芝诗集（增订本）》，傅浩译，上海译文出版社。

动。虽然其诗作不像《新巨人》，也不像现代政治言论，但娜塔莉·埃尔伯特（Natalie Eilbert）被称为行动派诗人，就像里奇一样。这些诗人希望自己的诗歌真正帮助人们改变现实世界，不管是外部世界还是精神世界。埃尔伯特或许可以被称为 MeToo 运动诗人。这是一场声势浩大的公众行动，从 2017 年末开始，尝试明确性骚扰和性侵犯的普遍存在性及危害性，然后采取行动。埃尔伯特长诗《控告我们》（*Indictus*，2018 年）的标题是对亨利《不可征服》（Invictus）的戏仿，它的意思可以是"控告我们"（indict us），也可以是"不唱、不说、不听、不语"（拉丁文中的"in"意为"不"，再加上后面的"dictus"）。这本书以一种类似咒语、一种聚集词语力量的方式开始。埃尔伯特用诗歌和散文相结合的方式写道：

我想象着这样一个世界：那些从我嘴里拨出语言却让他们自己进入的男人

那些说着我不能说的话的男人，已经不在了。

我把语言塞回我永远也救不了的身体里 —— 我从洞里抽出一份花名册。

埃尔伯特不仅属于 MeToo 运动，属于二十世纪六十年代阿德里安娜·里奇、奥德丽·罗德[1]及其他诗人、散文家文学

1　奥德丽·罗德（Audre Lorde），美国诗人、黑人女同性恋女权主义活动家，致力于挑战美国白人女权运动中的种族主义问题和黑人运动中的性别歧视问题。

遗产的一部分，也属于一个更久远的文学传统 —— 可追溯到《圣经》中的约拿和耶利米 —— 把诗歌视为行动、话语权，及对世界的干预：一种祝福、一个咒语、一份祈祷、一个诅咒、一种警告、一种布道。

我们已经看到，诗歌可以既是抒情的（呈现并表达感受），又是对人物的刻画；既可以作为抒情诗，又可以展现技巧，就像魔法一样（如济慈的《夜莺颂》）。埃尔伯特的长诗既是实用的建议，也是我们许多人出于道德和实际原因需要倾听的话语，还是一种不可言喻的、带有保护色彩的咒语，彰显了超自然力量或（带着对马修·阿诺德的歉意）准宗教力量。埃尔伯特的诗不仅像防御魔法；有时，这些诗告诉我们，它们就是魔法，编织着反性虐待的咒语，保卫着社区，如那首《布拉格傀儡》（Golem of Prague）[1]：

> 我脚下的岩石长出新的修辞。
> 我是泥人，我是黏土，我是
> 我自己该死的神祇的气息……
> 我想成为人们撒骨灰时呼喊的名字。
> 我想成为
> 他们无法视而不见的名字。

1　"布拉格傀儡"出自一则犹太传说。"魔像"（Golem）是用巫术灌注黏土而产生的傀儡，最初被创造出来是为了保卫布拉格犹太区的犹太人，后来魔像变得越来越暴力，开始了屠杀。

难怪她经常使用现在时态，因为问题就在此时此地："我还能玷污什么？我一边用下巴蹭着主人，一边问道。"这里的智慧在于看，在于知道如何去看必须做些什么：不仅要改变法律，还要改变语言，改变我们的思想状态。

我要用我的方式唤起人们对埃尔伯特诗歌的注意，不仅因为我很喜欢她的诗歌，也因为这些诗歌是文学意义上的典范，读者似乎既想从文学作品中得到智慧劝诫（信息），又想从文学类型，特别是诗歌中收获愤怒。智慧和愤怒可以相伴而生，不是情感、人物和技巧的替代物。我们从中得到的东西并不一样：你可以从一首诗中得到一样东西，但不能同时要求其他。但是它们彼此相关：毕竟，从别人的经历中看到你自己的生活，是"me too"（我也是）这个短语的字面意思。埃尔伯特并不孤单。她的诗歌试图成为复仇者，成为西尔维娅·普拉斯笔下无所畏惧的拉撒路夫人（Lady Lazarus）的正义继承者，后者庄严宣称，要"像呼吸空气般吃人"。普拉斯《拉撒路夫人》的重点不是自杀，而是复活：诗歌的回响是为了保护诗人，或许也是为了保护所有女性——语言必须含有内在的暴力，尖锐、刺耳，否则它无法有效地保护她们免受外部暴力的侵害。埃尔伯特的诗歌方向与之类似：

赞同是一个洞，我把所有的银器都扔了进去。我
绑着手臂
吃饭。起初，我宣告上帝，把他的名字念作一个伤口的

丝线。

同时我也玩弄诫命，把它当作一种怜悯的行为。
没什么大不了的——
它已经在那里了。我只是找到了救世主，并污染了
空气
同类。

世界看起来越糟糕，行动就越紧迫，对阅读或创作缺乏训诫的诗的兴趣就越低，这些诗不期望起到实际的、具体的或在社会层面可见的效果。这是一个《卡萨布兰卡》式的问题：在这个疯狂的世界里，三个小人物的情感和问题根本微不足道，即使他们是约翰·邓恩、艾米莉·狄金森和玛丽安·摩尔。这个疯狂的世界很难冷静下来、很难回头、很难决定该做什么：对一些人来说，无情的新闻标题使得抒情诗在某些日子里变得不那么有吸引力，而这种给我们提供智慧、建议，并引导我们如何正确行动的诗，则会变得更有吸引力。

诗歌不仅包括那种直接告诉你应该做什么的充满激励性质的诗，也包括像埃尔伯特那种用充满爆炸性和启发性的诗句对公共问题发言的诗歌，甚至包括像 W. S. 默温（W. S. Merwin）那样的政治讽刺诗，他的《为了即将到来的灭绝》（For a Coming Extinction）描述了一头灰鲸，诗的结尾痛苦地写道，"告诉他们 / 我们是重要的"。有效的智慧诗歌一定包含了非常

多不同的声音，热情的、严厉的、忍无可忍的、吵闹的、冷酷的、近乎滑稽的、温和恼怒的，就像 2018 年在网上流传的兰斯顿·休斯的《厌倦》(Tired) 中，诗人所说的"厌倦了等待"世界自己改变。

像埃尔伯特、休斯，或写出《一九一六年复活节》的叶芝这样的诗人，不仅想要有所表达，想要分享关于什么能做、什么应该做的智慧，还了解是谁在听、自己在和谁说话。当你想到诗人自言自语，对不知何人、上帝，或对他们最亲密的朋友言说时，你常能在私下里想象他们。当你想到诗人在预想的公众面前、在众多听众面前，或在历史的进程中言说时 ——这种历史被叶芝比作"活泼的溪流"[1]——你一定会思考这些公众是谁，来自哪里，有何期待？到目前为止，我们一直在思考单一的读者（无论在时间和空间上有多么遥远）和那些似乎在为自己写作的诗人。那么，整个群体是如何利用诗歌的呢？我们是如何得知，又是通过何种方式得知的呢？

1　出自叶芝诗歌《一九一六年复活节》。

第六章　共同体

　　有些诗歌呈现出明显的私人化特征，读起来就像在窥探他人的隐私。"我是无名之辈——你是谁？／你也是无名之辈？"艾米莉·狄金森问道，想象自己的诗是一个秘密群体或想象中群体的一部分。然而，即使是狄金森（她把许多诗歌以书信的形式寄给朋友），也想象出了一群会阅读自己作品的真实的读者。其他诗人和读者，则会寻求更广泛、更多的公众；他们想要的是一群拥有共同历史脉络、公共关系，或共同事业的读者。在前五章的探讨及其中涉及的跨越千年的诗歌中，我们已经看到诗歌如何在某时吸引读者并使读者感到愉悦，第五章也展示了一些诗歌和诗人如何鼓励读者采取行动。在最后一章中，我们将把镜头收回，扩展视野，看看诗歌如何处理、想象，甚至进入公众视野，展示诗歌将人们聚集在一起的理由，以及诗歌如何同时对多人言说。

　　到目前为止，这本书的大部分内容都是在展示我如何读诗、为什么喜欢某些诗，及诗人想用诗歌来做什么，甚至——如埃尔伯特·奥利弗·戈德史密斯（Oliver Goldsmith）、乌拉扬·诺伊尔的诗那样——如何促进社会变革。本章，我们会首先从这一讲述方式中抽离出来，看看真实的读者、听众、观众和粉丝（不仅仅是我），如何通过诗歌找到群体的历史依据。接下来，我们要看看那些直接对国家、地区、民族和职业身份进行言说的诗歌：我最喜欢的大多数诗歌同时承担了不止一种身份。我们会看到几个世纪以前那种直接表达政治诉求的诗（我们已经看到了一些同样的当代诗歌），然后我们会看到那些试图向每个人言说、试图想象一个人类共同体的诗歌。我们将看到二十世纪的几位诗人转变观念，在明确了为谁而写作及希望触及怎样的读者后，彻底改变了写作风格和目标，也因此创作出了最好的作品。本章及这本书，将以我个人最喜欢的两首诗作为结尾，不是为了说明阅读某一首诗的单一原因，而是陈述一首诗如何以多种方式与众多读者产生共鸣。

* * *

我们已经看到一些诗人试图让或希望他们的读者能在公共事务中采取行动。你可能想知道这些诗人有没有成功，怎样衡量他们成功与否，我们又是如何知道的？答案之一是，作为诗歌的读者，我甚至不希望出现这样的问题：不管是喜欢一首诗、一支歌或一个人，都不应当以他们已拥有的影响力为标准。你不会根据现有的影响力或受欢迎程度而选择朋友，那为什么在选择你最喜欢的诗歌时，要依靠这样的标准呢？

但还有其他答案。在历史进程——或仅在美国历史——

中大大小小的节点上，诗歌会将人们团结在一起，学者的研究证实了它们曾经如此，现在仍然如此。其中一些诗歌引导了社会运动、改变了公共政策，以非常实际的方式帮助或伤害了人们，而另一些则只是讲述了许多人共同经历的生活中的某些侧面，如二十世纪五十年代的艾奥瓦州、十九世纪七十年代的新英格兰或二十一世纪前十年的互联网文化。诗歌让焦虑的年轻人以共同的身份走到一起。艾伦·金斯伯格的《嚎叫》就是如此——在金斯伯格于 1997 年去世之前，这本曾因淫秽主题而遭到批判的书卖出了近一百万册。今天鲁比·考尔的畅销短诗也是如此。那些不喜欢这些诗歌，甚至更糟的是取笑这些诗歌的评论家，根本就不是这类诗歌的读者，也不是这种流行潮流的读者。历史学家琼·雪莱·鲁宾（Joan Shelley Rubin）已表明，在二十世纪上半叶，有多少已出版的美国诗歌进入了小学、高中、童子军及犹太教和基督教的礼拜堂，鲁宾总结道，在学龄儿童面前大声背诵诗歌的实践，及背诵所需要的记忆过程，"在毕业后的很长一段时间里，为他们在共同经历的基础上进行交流提供了契机"，就像我们现在相互引用流行歌词一样。

另一位学者迈克·查萨（Mike Chasar）研究了二十世纪美国人记日记、制作剪贴簿的习惯。一本剪贴簿上出现了艾米莉·狄金森的诗，和"埃兹拉·庞德、斯蒂芬·克莱恩（Stephen Crane）、H. D. 等现代主义作家的作品及当时流行的诗歌……如《孤独》（Loneliness）、《我对你的爱》（My Love for

You）和《海浪在说什么？》（What Are the Waves Saying？）"。查萨还发现了二十世纪三十年代的一份广播节目档案，这一节目主要是在广播中朗读诗歌：节目一度"每月收到两万多封听众来信"。乌拉扬·诺伊尔（我们在第三章中看到过他的诗）关注从二十世纪七十年代至今，在纽约波多黎各社区中写作、分享并表演诗歌的实践。其中一些诗人、诗作及作为活动场所之一的新波多黎各诗人咖啡馆，也活跃在二十世纪九十年代全民对诗人现场表演兴趣高涨的热潮中。其他人［如绰号为"会说话的椰子"的豪尔赫·布兰登（Jorge Brandon）］虽然从未发表诗歌，但他们以读诗而被其他新波多黎各作家熟知，且早在这一热潮之前就已经开始读诗了。

如果你留心观察，就会在每一代美国人的生活中发现这种流行的、引得众多回应的，及将人们凝聚在一起的诗，从美国独立战争后的革命诗手稿的传播，到亨利·沃兹沃斯·朗费罗获得的公众追捧，再到今天网络上的"最爱诗歌项目"[1]及在Tumblr和其他社交媒体上无法计数的被引用和分享的诗歌或诗歌片段。这还不包括那些在美国公民生活中不可替代的个人诗歌，例如，镌刻在自由女神像基座上的艾玛·拉撒路的十四行诗，宣告这个国家是一个移民国家："伫立金门旁，我手举明灯！"

1　"最爱诗歌项目"（Favorite Poem Project）由美国桂冠诗人罗伯特·平斯基（Robert Pinsky）于1997年发起，项目邀请普通的美国人以视频形式分享自己最爱的一首诗，深受欢迎。

我举的大多数例子都是美国诗人，这是因为我身在美国，当然其他国家也有重要的诗人，从十九世纪波兰的亚当·密茨凯维奇（Adam Mickiewicz）到牙买加的路易丝·本内特（Louise Bennett），后者在牙买加独立的早些年中，通过电台朗读自己的诗（她也是一名电台节目主持人），在牙买加，很少有作家、有声音能得到如此广泛的认可。在前伊斯兰时期的阿拉伯世界、在荷马时代的希腊、在中世纪早期的爱尔兰、在现代的酒吧和礼堂，诗歌作为一个整体，依赖着观众的反应。例如，最早的阿拉伯语诗歌——用学者、翻译家詹姆斯·蒙哥马利（James Montgomery）的话来说——"向听众言说且完全依赖听众，它邀请其他人或其他声音向其发出挑战"（类似现代的说唱对决）。即使在现代欧洲语言及其以文本为基础的传统中，正式场合中对诗歌的创作、抄写、交流、朗读和背诵，也为国家、族群、狂热分子和官方认可提供了联结与凝聚的基础。拉迪亚德·吉卜林（Rudyard Kipling）1907年的诗《玛莎之子》（The Sons of Martha），代表了那些修理机器的人，让系统运行的人，负责提供我们现在所知的基础设施维修、日常维护和技术支持的人：

　　　　古往今来，由他们负责承受打击，缓解冲击。
　　　　由他们负责让齿轮啮合，给锁头开关。
　　　　由他们负责让车轮真正转动，让人登轮船和火车，
　　　　经由陆路和管道，准时清点、运输、交付货物给玛丽的儿

子们。

他们不会鼓吹在螺丝松动之前，他们的神会让他们保持警惕。

他们不会说教在做出该死的选择时，神的怜悯允许他们放弃自己的工作。

无论在人群熙攘、灯火通明的道路上，还是在黑暗和荒漠中，

他们一生一世都要谨慎、警醒，以使他们的兄弟能在这地上的日子过得长久。

受《玛莎之子》的启发，1922 年，一位加拿大工程学教授邀请吉卜林为工程师设计一个职业仪式（职业感召），吉卜林答应下来，创造了至今仍在沿用的工程师之戒 [1]。

这些诗歌在现代公共生活中的存在，它们将读者和听众凝聚在一起的能力，不是诗人的一厢情愿，也不是少数读者的愿望，而是被记录下来的公共事实。它们可能不是你我最喜欢的诗歌，但它们的存在不应该被否认，今天我们有大量的机会聆听并表演印刷品上的诗歌，从芝加哥的格林·米尔（Green Mill）酒吧（自由诗歌朗诵 slam 正是在这里起源）、新波多黎各诗人咖啡馆等著名场馆中的表演，到全国性的诗歌比

1　工程师之戒（Iron Ring）是一枚如今仅授予北美几所顶尖大学工程系毕业生的戒指，用以警示他们谨记工程师的责任与义务。

赛 —— 其参赛者和获奖者已证明他们有能力在今天创作出适合在纸质品上出版的诗歌,都是无可争议的事实。

我写这本书不是为了让你知道那些已经在流行的诗歌,也不是告诉你如何看待现场表演和观众,而是想帮助你 —— 用惠特曼的话说是"单一的独立的人"[1] —— 认识各种各样的诗、那些你可能会想读的诗。这些诗中的一些 —— 但只有一些 —— 对公共生活和共同体意识发声,而其他诗(如朗费罗和本内特的诗)已做到了这一点。

我们在第一章中看到过在监狱里创作的诗,字面上的监禁也代表着单个的、彼此分离的个体。但监狱也是国家、系统和共同体的组成部分。美国现代诗人写的关于监狱及其相关系统的诗,可以追溯到艾瑟里奇·奈特(Etheridge Knight)的《狱中诗》(*Poems from Prison*,1968 年),在诗中,奈特想象他身边围绕着各种角色 [如那首常被收入选集的《从精神病医院回到监狱的重摇滚》(Hard Rock Returns to Prison from the Hospital for the Criminally Insane)] 和一个远超出监狱概念的共同体,如《祖先观念》(The Idea of Ancestry)一诗的开头写道:"我牢房的墙上贴着 47 张照片:47 张黑 / 脸。""我是他们所有人,他们都是我;/ 他们是农民,我是小偷,我是我,他们是你。"奈特的自我意识 —— 正如特伦斯·海斯在 2018 年出版的一本关于奈特的书中强调的那样 —— 来自一种集体身份认同感,

---

1　"单一的独立的人"(a single separate person)出自惠特曼的《我歌唱个人》。

这种认同感可以追溯至过去，也可以跨越监狱高墙。"每年秋天，祖父的坟墓都会召唤我，"奈特继续写道，"今年有一堵灰色的石墙，挡住了我的溪流。"

当我们想到一个拥有自己的艺术传统、语言、文化、血缘关系和同伴关系的庞大且稳固的共同体时，许多人都会想到国家。美国、波兰、爱尔兰、牙买加、后种族隔离时代的南非及其他许多国家中的作家——不管他们是否因此而出名——都用诗歌来想象、赞美理想国家，为建立他们所期望的更加美好的国家而奋斗或为公众描绘那个理想的国家。1855 年，沃尔特·惠特曼宣布："无论何时，地球上的美利坚民族可能拥有最富诗性的天性。美国这个国家本身就是一首最伟大的诗。"我钟爱的很多对特定群体言说的诗（惠特曼的诗就是其中之一），都不止针对某一个群体：国家从来不是他们考虑的全部。我们已经在惠特曼的作品中看到了这样的效果，他想对你，对整体概念上的美国人，对每个普通的个体，对士兵、母亲、教师、电车售票员同时言说。但这些目标并非惠特曼或美国所独有的。《银河酒吧》（Milky Way Bar）的作者比尔·曼希尔（Bill Manhire），他的静默如同惠特曼的高亢：

> 我生活在宇宙的边缘，
> 像其他人一样。有时我觉得
> 贺词井然有序；
> 我瞭望外面的星辰

我的眼睛轻眨了一下，
我的声音驻足于叹息。

但我的全部欢乐在于不显眼之物；
我喜欢微不足道的东西。
我来到暮光拱廊
观看火星入侵者，
他们对我们的语言感到震惊，
正指着他们想要的东西。

　　如果你在美国读这首诗，会发现它可以关于任何人或一种
人格类型；我们都生活在同一个星系中，在一颗靠近旋臂边缘
的蓝色星球上。而如果你像曼希尔一样，是新西兰 / 奥特亚罗
瓦 [1]——一个由岛屿组成的偏远而相对和平的岛国，其扭曲的
集体形象与开篇的喜剧转折相符——的公民，你就会有另一
种理解。在曼希尔看来，生活在新西兰会让人感到被边缘化；
但从另一个意义上来说，我们每个人不都是边缘人吗？即使身
在北京或伦敦，有多少人能够最终成为世界历史的中心呢？另
外，接受我们都生活在"宇宙边缘"的现实，接受你与那些著
名人物之间的差距，你就可以试着让自己、朋友、你生活的海
滨小镇，或你的小国家，成为你自己的中心。

1　奥特亚罗瓦（Aotearoa）是新西兰在毛利语中最广为接受的名称。

这种自信的轻描淡写 —— 拒绝提高嗓门，而是安安静静，一切都好 —— 感觉像一个民族的共同特点，至少新西兰白人的自我观念是这样。然而，和美国一样，新西兰也被历史学家称为白人的殖民地：欧洲人取代了早已生活在那里，至今也仍在那里的非欧洲人，建立了现代国家。[新西兰诗人塔伊·蒂布尔（Tayi Tibble）称建立新西兰的条约签订日，是"这个国家有史以来最伟大的失败婚姻／纪念日"。] 曼希尔的短诗并没有深入探究那段历史，但他确实想象了海滩上声势浩大的入侵者，"对我们的语言感到震惊"，他们可能不会说话，只对"他们想要的东西"感兴趣。带有讽刺意味的是，曼希尔创作了一首渴求普遍民族身份认同的诗歌，描绘了"像其他人一样"的感觉，同时，这首诗也在思考，我们之于未来，是否会像不久以前欧洲殖民者之于毛利人一样。

你可以在与曼希尔的诗相去甚远或与新西兰无关的诗中发现类似的多维度，及对多个群体言说的方式（只有一部分群体包括诗人）。胡安·费利佩·赫雷拉的代表作《朋克半豹》（Punk Half Panther）宣称，他将为年轻的墨西哥裔美国人（主要是男性）和他们的大马力汽车辩护，对其进行颂扬。以下是这首诗的第一部分：

听
夜行蝙蝠的口哨声 ——
《聆听我的节奏》，

在引擎声里，在雪佛兰车里

和武装后的黑斑羚[1]，丰田冈斯特

怪物，新世界殖民地定义的浪潮

类星体，和文化明星

在帝国的疆土上，曾经的帝国，动物尸体

神经渴望虚无。我漫步

女神山的外面。跨越

圣华金山谷、古巴圣地亚哥，

泰国、叶夫图申科站；

驼背人撕下

分叉的棉铃，扭断

核葡萄树的腿。

再一次伸出海面——这条

打滑的人行道，不可能的移民。诗篇疯了

& 奇卡诺风格未完成的野性。

《聆听我的节奏》（*Oye como va*）是桑塔纳乐队（Santana）
1970 年的一首热门歌曲，劝告我们去"听"，听司机和他们的
车。赫雷拉想象的不仅是如恒星爆炸一般的年轻骑手的海洋，
也是一个由年轻人、说话者、作家组成的洲际网络，他们兴奋

1　黑斑羚是雪佛兰的一款车型。

得似乎要爆炸了，速度如此之快，以至于字母跳出了词语，一个以某种方式应对核武器全球危险的网络，与我们潜在的毁灭危机相伴。"不可能存在的移民"是"奇卡诺风格"的，但不仅是奇卡诺；这些移民覆盖了曾经的美利坚"帝国"，在泰国也可能出现。"棉铃"是棉花的圆荚，也是白发苍苍、被新风格弄得晕头转向的老人，这些新的趋势要求我们与其同行（如果我们可以的话），遵循它（尽管我们可能迷失方向），把它们与一个特定的民族群体和一种近乎虚无的、不可抑制的、流浪汉般的渴望联系起来，而这种渴望恰好也是一个国中之国的象征。

二十世纪八十年代，政治思想家本尼迪克特·安德森（Benedict Anderson）的著作《想象的共同体》（*Imagined Communities*）引发热潮，安德森提醒普通读者——也提醒精英人士——国家不是沙砾或纸片那样的自然物体，也不只是力量和法律，而是习惯和文化的产物，是公民或潜在公民想象的产物。安德森阐述了十九世纪的作家，尤其是十九世纪的报纸如何将国家建立起来，例如，他向人们说明了在俄罗斯境内讲波兰语的人如何将自己看作波兰人。在这个过程中，诗歌可以且已经在发挥着重要的作用。当然它也可以起到反向作用，非但不强化群体认同，反而使其变得多元化，如波兰诗人切斯瓦夫·米沃什（Czeslaw Milosz）、辛波丝卡、英国诗人伊丽莎白·毕肖普、保罗·马尔登（Paul Muldoon）等，在诗歌中反对狭隘的、排他的民族主义。诗歌可以鼓动革命或阻挡革命，也可以支持或反对和平时期的政治活动，可以出自那些已有或想要拥有一个国家的人，也可以出自其他渴求认同的群体。这些诗歌常被写成歌曲或圣歌，其中一些在时过境迁后且没有音乐伴奏时，读起来显得平淡无奇。而另一些则不是这样，尤其是当它们为奥登所定义的真正诗歌的精髓，即复杂的情感留出空间时，往往表现得更好。可以看看《一九一六年复活节》（曾在第五章中出现），或者看看新加坡诗人亚瑟·雅普（Arthur Yap）对新加坡快速发展充满矛盾的诗歌，他认为"一个城市的扩张／必须依赖他者／否则就会消亡"。

所有这些诗歌都涉及久远的历史 —— 可以追溯到希伯来圣经、《出埃及记》和《耶利米书》——一些诗人希望对公众言说，及时谈论公共事务。如果在你看来，威廉·华兹华斯只是一位钟爱水仙花和童年的浪漫主义诗人，约翰·弥尔顿只是创作了《失乐园》的博学作家，你可能会因威廉·华兹华斯的十四行诗《伦敦，1802 年》（London, 1802）而感到惊讶：

> 弥尔顿！今天，你应该活在世上：
>
> 　英国需要你！她成了死水污池：
>
> 　教会，弄笔的文人，仗剑的武士，
>
> 千家万户，豪门的绣阁华堂，
>
> 断送了内心安恬——古老风尚；
>
> 　世风日下，我们都汲汲营私；
>
> 　哦！回来吧，快来把我们扶持，

给我们良风，美德，自由，力量！

你的精魂像遥空独照的星辰；

   你的声音像壮阔雄浑的大海；

   纯净如无云的天宇，雍容，自在，

你在人生的寻常路途上行进，

怀着愉悦的虔诚；你的心也肯

把最为低下的职责引为己任。[1]

在十七世纪四十年代的英国内战中，弥尔顿支持议会，反对国王查理一世，并为胜者将国王斩首这一不得人心之举写了大量的辩护文章。他曾在革命统治者奥利弗·克伦威尔手下担任拉丁文秘书，君主制回归后，他差点因叛国罪被处死。如果你稍加留心（不需要仔细观察），就会发现弥尔顿在他所有伟大的诗歌中都带有激进的政治观点，认为唯一合法的君主是上帝。然而，尊崇或模仿弥尔顿宏伟诗篇的十八世纪诗人，往往忽略了他的政治观点。

对华兹华斯（或后期的华兹华斯）来说，弥尔顿带给他的不是一种风格，而是一把利剑。弥尔顿也给华兹华斯树立了自信、尊严，甚至谦卑的榜样，因为一个本可以把一生都用来写诗的人，却花费多年时间为国家服务，写下抨击外交政策和官僚主义的散文。政治上的激进分子有时会被指责无视过去；这

---

1 《华兹华斯诗选》，杨德豫译，外语教学与研究出版社。

首十四行诗（作为一首十四行诗，它本身与过去有着合理的联系）的部分意义在于证明了英格兰的过去是激进的，在 1802 年新闻中充斥的自我满足之外，还有一个长久的、深刻的英国样本。

事实上，华兹华斯并不激进。他想让这个国家——他的国家、弥尔顿的国家、英国——怎么做呢？他对 1802 年签订的《亚眠条约》，即某种意义上拿破仑战争的暂停键怎么看？他如何看待国王（弥尔顿排斥的国王）？仅从这首十四行诗中，我们无法得出明确的答案，但很明显，华兹华斯希望英国和英国公民勇敢而诚实地行动，不受商业利益的影响，把自己看作这位史诗诗人的合法继承者——他在我们之上长眠、漫游，就像一颗指路明星。

其他诗人和诗——哪怕在很久以前——也有更明确的立场。奥利弗·戈德史密斯优雅、富有激情且一度广受欢迎的《荒芜的村庄》（The Deserted Village，1776 年），讲述了英国乡村生活的衰败，农民和他们的孩子纷纷走向城市，他们曾经共同拥有的或赖以生存的土地，都变成了大庄园的财产。该诗表现的是贫困和被剥夺、一个曾经自给自足但被国际贸易的迫切需要压垮了的地方、供私人使用的公共物品、富人对穷人负有责任的文化传统的终结（想想《唐顿庄园》）、被短浅的城市贪婪所取代的文化。戈德史密斯宏大优雅的对句在表达那些原本可能像夸夸其谈的东西时自带刹车和制衡（正如美国人所说），正如戈德史密斯对村庄本身所说：

村庄荒芜，全被毁得不成样子，

长长的草覆盖着发霉的墙；

从破坏者手中颤抖、退缩，

你的儿女远远离开这土地。

沉疴遍地，加速掠夺，

财宝聚敛处，人却朽坏。

君王和首领可以兴盛，也可以衰微；

呼吸能够成就他们，就像它曾做的那样；

但是一个勇敢的农民，国家的骄傲，

一旦被摧毁，就永远无法补偿。

英格兰（或戈德史密斯长大的爱尔兰）能从这样的困境中走出来吗？一个国家真正的尊严不在于宫殿，也不在于单个的人，而在于习俗和更广泛的社会规范，它们支撑着土地上的居民，就像戈德史密斯的诗句——在这种形式几近消亡前最后且最伟大的十八世纪对句——中精心搭配的名词支撑着彼此一样。虽然世易时移，但如果你想想小镇主街上关闭的商店，及一英里外给工人支付最低工资的沃尔玛，你就能够想象戈德史密斯笔下的村庄；难怪左翼社会评论家托尼·朱特（Tony Judt）会以《沉疴遍地》（*Ill Fares the Land*）作为他倒数第二本书的书名。

这些诗人对传统言说，而这些传统中的群体——英国乡村或国家——早已在诗中得到展现。如果你觉得自己所在的群体从没有在诗中被展现，或没有被很好地展现出来呢？你可能会决定自己去完成这件事。诗歌的很多风格和类型（包括赫雷拉的诗），都是因为诗人决定在诗歌中表现一群人、一种使用语言的方式，甚至一种以前没有被充分表现的地理空间。德里克·沃尔科特（Derek Walcott）、瓦尼·卡皮蒂奥（Vahni Capildeo）等人努力使英国季节性的抒情诗与西印度的气候融合在一起——不是春、夏、秋，而是雨季和旱季，或温和的雨季和飓风季——就是生动的例子。

但他们并不是唯一这样做的人。我们在第三章中见过的威斯康星州现代派作家罗琳·尼德克把她的第一本书命名为《新鹅》（*New Goose*，1945 年）的部分原因，就是她把这本书中的押韵诗节视为对鹅妈妈童谣的修订。尼德克的诗——通常很短，用词简单，但有着丰富的声学模式——将优雅与匮乏、不满与精心雕琢融合在一起。它们代表着资源匮乏的威斯康星人，就像她的家族一样：

晾衣绳固定好了

然而，没有图腾雕刻将尼德克部落

与其他部落区分开来；他们每隔七天洗一次澡：

崇拜太阳；怕雨，怕邻居的眼光；

他们将手从地上举到天上，

将全部的白衣挂起或收回。

这类诗歌中的词语似乎挤在一起、相互堆叠，就像人一样——不管他们是组成一个大家庭、一个小镇还是一个"部落"。单独诗节在听觉上的完美封闭性，对应着尼德克整个"部落"及小镇上不那么完美的边界与栅栏——小镇上的人可能会根据衣服是否洁白或是否属于白人而对彼此进行评判。

尼德克并不是唯一一位这种风格的美国诗人——其诗歌风格是她对在场及人群关注的重要组成部分。即便在罗德岛上度过了大半生，C. D. 赖特依然发扬着她的奥扎克传统。赖特的最新一部作品《沙克劳斯》（*ShallCross*，2017 年）收录了很长的清单、很短的抒情诗、故事片段、对视觉艺术的思考及对其他艺术家艰难、有时自我毁灭的生活的关注，如折叠式目录诗《诗人的朦胧生活》（The Obscure Lives of the Poets）和为佐治亚州歌手兼词曲作者维克·切斯纳特（Vic Chesnutt）创作的挽歌：

现在谁会记录我们
谁将描写
我们盲目、暴躁的时日
我们岁月中的柔软的耳朵。

赖特也对复杂群体保有警惕；她的天赋部分体现在她使用特定语言，即其中的社会语言和个人语言的方式上。诗中的

"我们"，可以是她和其他有奥扎克背景的人，可以是她和其他艺术家，也可以是她和你——普通读者——变成两个人的群体。《没有天使食物的诗》（Poem Without Angel Food）中的"我们"，既是"我"，也是一个家庭，也来自南方，也是一个个活生生的读者：

> 好吧，很多重要的事情已经讲了，
> 在时间的火炉中。我们没有
> 被从木兰树中甩出来。今天
> 也很艰难。明天会更加艰难。好吧，
> 听起来像我们的勋章。但我们会
> 为孩子庆祝生日，我们有
> 音乐和蛋糕。好吧，我只想到一个
> 好主意，欢呼并和石头说话。

这首诗既是一种颂扬，也是一种邀请。我们偶然听到了辛勤工作、心怀善意的美国人的谈话，他们可能来自南方，可能身为父母，可能比赖特现在的许多读者还要年长。他们（或她）计划在第二天聚会，为孩子们庆祝生日，没有"天使食物"意味着他们的食物没有什么特别，只是普通人吃的食物。如果你是那种想要将新式诗歌和过去的诗歌相联结的读者，你可能会注意到赖特绕开了——但从来没有完全逃避——那些熟悉的抑扬格五音步模式，就像我们在华兹华斯诗中看到的那样：最后一行的十个音节符合传统的音节数，但建立了独特的音节节奏。如果你不是那类读者，也没关系：赖特会用各种各样的语言、语调，而非韵律来引导你，邀请你一起去环游。这里的"诗"可能引用了很多南方祖母（虽然不是我的祖母）、很多母亲或父亲在漫长一天之后的谈话：我们没有失去岩石般的栖息之所。

每个共同体都需要有自己独特的诗歌或形式吗？也许是，也许不是。詹姆斯·韦尔登·约翰逊常被人提起，是因其讽刺小说《前有色人种的自传》（*Autobiography of an Ex-Colored Man*），及《上帝的长号》（*God's Trombones*）这部诗集中以一位非裔美国传教士口吻所写的先锋自由诗。约翰逊还创作了一些更传统的格律诗，如《高声歌唱》（1900 年），在二十世纪的许多正式场合中，这首诗都是由非裔美国人演唱的：

我们踩过布满石头的路，

饱受过惩戒的棍棒之苦，

感受过希望尚未出生就已经死去的日子，

可是，踏着稳定的节拍，

我们疲惫的脚难道不是

已经到达了祖先为之叹息的地方吗？

然而，约翰逊并不满足于这种继承的形式。在很久以后的 1922 年，他写道，"有色人种（非裔美国）诗人需要在美国做的，是类似约翰·弥尔顿·辛格对爱尔兰所做的事：他需要找到一种表达种族精神的形式，这种种族精神通过内部而非外部的符号加以表现"。事实上，约翰逊是在呼吁哈莱姆文艺复兴[1]，呼吁二十世纪二十年代，在吉恩·图玛（Jean Toomer）、兰斯顿·休斯等诗人的诗歌中那种全新的、独特的非裔美国风格的繁荣。当然，黑人诗人并没有停止寻找新的形式，他们中的一些人（如我们在第四章中看到的弗雷德·莫滕）与黑人的历史有着特殊的联系。

其他现代诗人通过呈现群体的，从多门语言词汇到独特写作系统的语言使用模式，创造了新的形式。最近一个很好的例子是斯莱特库（slateku），这种形式是由聋哑且视力受损的诗人、评论家约翰·李·克拉克（John Lee Clark）发明的。这种形式如俳句般的简洁，既取决于字符的数量，也取决于由便携式机械盲文书写板导致的复杂双关语——如果你把书写板翻过来或倒过来的话，许多词就会变成其他词。实际上，这些诗歌都是翻译，不是不同语言之间的翻译，而是不同书写系统之间的翻译，当它们被大声朗读出来，或被印刷出来后，总会丢失一些东西（但不会丢失全部）。例如：

当我们用日语手语

说早上好时

1　哈莱姆文艺复兴又称黑人文艺复兴，指二十世纪二十年代到经济危机爆发这十年，美国纽约黑人聚居区哈莱姆的黑人作家所发动的文学运动。

我们拉下一根绳子

用新的眼光问候彼此

又如：

史前

法国军队想

在黑暗中交谈

不弄出一点声响

　　盲文确实是从法国军队的代码演变而来的。查尔斯·巴比尔（Charles Barbier）在拿破仑战争期间发明了一种"夜间写作"，之后路易斯·布莱叶（Louis Braille）将其推广给盲人使用。其他斯莱特库诗的主题与残疾无关。但它们总是群体的象征，是用只有懂盲文的人才能完全理解的语言创作诗歌的方式，就像曼希尔关于新西兰的诗，或尼德克关于美国中西部农村的诗一样，克拉克的斯莱特库诗为不同群体言说，想象它们之间相同的感受方式与思考方式。

　　一些诗歌和诗人试图对全人类共有的经验进行言说。例如，我们每个人都有身体，每个人也都会在某个时间点死去。华莱士·史蒂文斯的《来自火山的明信片》（A Postcard from the Volcano）从赫库兰尼姆古城和庞贝古城中汲取灵感，表明人类的一切努力都将化为虚无。"孩子们拾起我们的骨头 / 永远不会知道这些人曾 / 迅捷如山上的狐狸", 史蒂文斯用有力、不同寻常的四拍诗行写道 (在没有押韵的情况下, 英语诗歌很难长时间保持四拍、七音节或八音节的结构)。诗人知道我们终将变成白骨, 所有城墙终将成为废墟, 所有文明都会衰落。然而 (史蒂文斯沉思着), 诗歌和其他被遗忘的艺术, 可能改变未来世界的感知, 留下一些潜在的永久印记。"长久以来, 我们都知道大厦的样貌 / 我们对它的描述 / 已经成为它的一部分", 虽然未来的孩子 "会说我们的语言, 但他们永远不会知道"。

对史蒂文斯来说, "我们" 意味着每一代或任何一代人, 对于达纳·莱文 (Dana Levin) 来说, 它意味着现在的每一个人。莱文在 2018 年最新出版的《香蕉宫殿》(*Banana Palace*) 中, 以简洁的警句方式, 竭力概括了她对我们这个共存的或分崩离析的时代的看法 (不仅是她的个人经验):

我的时代
是你在由空气构成的城市广场上
度过时间的时代。

你创造了一张脸
和其他的脸一起
到处流连, 拜访……

关于信息的信息就是我们沉积的

花粉——

而在真实的田野里，蜜蜂却在挨饿。

　　这首诗设想了一个共同体的失败，或者说是一种集体性的失败，是人类群体对非人类世界的关照的失败。诗歌选用一种近乎庄严的步调，就好像莱文在努力确保自己的警报不会导致恐慌，以免读者也跟着恐慌起来。

　　我们终将死去的事实，及艺术作品（如史蒂文斯、克拉克和莱文的作品）所保存的经历有可能永远消失的事实，成为人类社会的情感基础，一种连续的意识。这不仅体现在史蒂文斯的某一首诗中。以下是一首雷沙德·克利尼茨基的诗，由克莱尔·卡瓦纳（Clare Cavanagh）翻译：

雪地上乌鸦的楔形文字：

我还没有灭绝。

你，读这首诗的人

也还没有。

　　苏美尔人消失后，刻在泥板上的楔形文字被留存下来；我们的诗，或其中一些诗，可能也会如此——即使我们自己也会消失，就像苏美尔人或融化的冰雪一样。

　　史蒂文斯的诗，就像克利尼茨基的诗一样，渴望获得一种普遍性；莱文的诗，则在某个特定的时刻，代表每一个人或每一个受过教育的人言说。在巴尔的摩、不丹、布鲁塞尔和文莱，文明衰落、城墙倒塌、积雪融化。这并不意味着每位诗人都可以或应该渴望与每一个人交谈。被巴尔的摩人、女性或工程师在或大或小的范围内分享的经验，可以产生和像所有人都共享的经历一样强大的诗歌；如果我们不是工程师、不是女性，我们可能并不属于这首诗面向的群体，尽管我们仍然可以阅读并热爱这些诗歌。雷利·朗·索德尔（Layli Long Soldier）影响巨大的新作《虽然》（*Whereas*）包括一系列散文诗，在这些散文诗中，诗人思考自己对群体的需要，思考自己与一个更大群体（可能包括人类和非人类）之间的关系。然而，诗人所指的群体并不是所有人的集合，而是拉科塔[1]语使用者的群体，或更大范围内土著民族的群体。"虽然我在童年时期并不渴望成为其中一员，"朗·索德尔写道，"但我很想融入。一块与另一块结合起来，构成一个整体。成为其中一部分，但不是全部。在拉科塔语中，它是 hanjké，指任何东西的一部分。就像我阿姨家后面潺潺流动的小溪一样，叔叔在那里为她搭了一座桥，可以让她从一个河岸走到另一个河岸。"

朗·索德尔那首精心创作的长诗，将类似的个人回忆——通常是在一个句子里——与法律语言、官方发言混合在一起，其中就有美国前总统巴拉克·奥巴马在 2009 年，就

1　拉科塔（Lakota）为美国西部的一个美洲原住民民族。

几个世纪以来无家可归的美国原住民而发表的道歉演说。这样的道歉声明远远不够，也永远不能够弥补过去。朗·索德尔在对自己言说的同时，也在对她国家里的其他成员及其他土著民族和非土著民族言说，后者可能无法知晓"部落里或居住在那里的原住民，有自己的国家、自己的政府和旗帜，他们甚至用自己的语言歌唱。当我说那里时，我指的是我们周围的一切"。朗·索德尔也写诗，但她的散文极富张力，不是阐述、记录式的语言，也不是朴实无华的叙事语言，而是充满张力的散文诗，其中对于语言不规范的使用，增强了她所表达的激情和沮丧。

朗·索德尔对拉科塔语的使用，就像赫雷拉对西班牙语及墨西哥裔美国人所用的西班牙语的使用，克雷格·桑托斯·佩雷斯对查莫鲁语的使用，蒂布尔对毛利语的使用一样，都不是偶然的。这些诗人通晓多种语言，用多种语言写诗，标志着不同的归属。如果这首诗成功了，那么这种方式就成功了，它不是作为一个简单的宣告，而是作为一件艺术品。当然，美国一些关于共同体、身份和团结的重要诗歌，根本不是用英语写的，也不一定非要写下来。杨嘉莉（Kao Kalia Yang）令人惊叹的回忆录《山歌诗人》（*The Song Poet*）描述了她的父亲杨碧（Bee Yang）作为移民，在明尼苏达州作为苗族山歌诗人所取得的成功，他通过现场表演和"当地苗族杂货店里的磁带"与人分享他的诗歌。"在他的山歌里，"杨嘉莉回忆道，"我属于一个古老的民族，他们走过很多地方，互相依靠，彼此召唤且承诺着一个家园，那是内心深处的家园，是我们苗族人隐藏在内心深处的家园。"这不仅是她作为女儿特有的感受，"父亲的山歌结束后，是一阵长久的沉默……然后爆发出热烈的掌声。男男女女从舞台边缘向他冲进来，拍着他的后背"。许多传统和语言孕育了这样的诗人及诗歌作曲者，他们维系着一个个群体——不管它是否出现在英语中，是否被我们的书提及。

* * *

每首诗都至少源自某一传统，某一种早期诗歌的模式。大多数诗歌都有多种可辨识的模式，无论是苗族山歌，还是约翰·弥尔顿的诗歌。你不需要知道这些传统和模式也能喜欢其中某一首诗，乐在其中并为之感动。每首诗都有可能是某个人读到的第一首诗，不过有些诗对初学者比对其他人更有效果。然而，一旦你跨越了初学者的阶段，你可能会尝试着解释传统，解释一首诗如何讲述自己、讲述其读者的历史。艾略特1919 年的文章《传统与个人才能》(Tradition and the Individual Talent) 竭力将诗歌的历史与诗人的历史区分开来，诗"不是表达个性，而是逃避个性"，尽管艾略特羞怯的个性让他补充道："只有有个性和感情的人才会知道要逃避这种东西是什么意义。"他还暗示（尽管他在其他地方对这种说法进行了限定），唯一值得关注的诗歌是那些重要的诗歌，那种"形成一种现存秩序"的"不朽作品",当新的不朽作品（可能在平板货车上）出现时，这种秩序就会发生变化。

这些不朽的典范（如果你愿意，可以将其称为经典）可能是有用的向导，但也可能是（有时是无意的）恃强的暴君，它让你无法广泛涉猎，无法热爱那些晦涩的作品，无法弄清自己真正喜欢的是什么，而是告诉你应该喜欢什么或者考试考什么。它们也会使诗歌的历史看起来像一个很长的淘汰赛、一系列决斗或摔跤比赛，作家为了被铭记或获得权威而彼此竞争。评论家沃尔特·杰克逊·贝特（Walter Jackson Bate）在《历史与英国诗人的负担》（*The Burden of the Past and the English Poet*，1970 年）一书中写道，十八世纪和十九世纪的许多诗人对已有的好诗感到忧心忡忡：如今的作家怎么能与之竞争呢？二十世纪六七十年代，文学评论家哈罗德·布鲁姆（Harold Bloom）将这些浪漫的担忧——与大量弗洛伊德心理学的研究结合在一起——变成一个整体理论：真正的诗人，或强大的诗人，必须与其诗学上的父辈进行竞争、战斗，从而转换并推翻旧的方式，就像叛军（如弥尔顿）推翻王朝一样。

布鲁姆和贝特说到点子上了。如果我们愿意，我们可以把文学史看作一种控制语言的斗争，或一种停止附和他人、寻找自己的特征及声音的斗争。和其他艺术家一样，诗人从模仿开始，但有野心的诗人迟早会停止模仿（即使是那些想要像一个集体而非个人的激进诗人，也在尝试做一些其他集体尚未完成的事情)。而且,正如布鲁姆所注意到的,后来的诗人可以控制我们的情感,或控制我们对文学史的描述。我们阅读早期诗歌的方式,受到了后来发生的事情的影响,阅读历史也是如此。

然而,举个例子,对于那些看过电影《黑豹》(*Black Panther*)的人来说,布鲁姆所认为的诗歌是一场无止境的争雄斗争,是后辈与前辈之间一系列争斗的观点,可能和争夺瓦坎达国王的方式一样,虽然令人着迷却过时了。诗歌的疆域不是君主政体,不是单一的领土,不是可独占的遗产,也不存在通常意义上的战争。

看待诗歌的共同体、历史和传统,有更好的方式。比起《黑豹》中发生的事情,这部电影对看过它的人产生的影响更重要。在看过电影的人中,有些从漫画里就知道了瓦坎达的一切,而其他人(更多的人)第一次接触这些故事;有些人把这部电影看了一遍又一遍;有些人在电影中找到一种特殊的共鸣,或觉得电影就是为他们量身定做的;有些人回家后,会画出特查拉王子、苏睿公主、奥克耶和巴基的画像,跟别人讲述他们的故事或表演这些故事;还有一些人,可能比"一些"多一些的人,会继续创作漫画、制作电影。他们加入了一个共享的宇宙,这个宇宙有历史背景、技术动作、视觉和听觉线索,及他们(和我们)能够识别的角色。

这就是参与围绕一种艺术形式组织起来的社会生活的意义,这种艺术形式既有宏大的、引人注目的公众性一面,也有大多数人不能识别（也可能不愿意识别）的东西。这就是一种艺术形式的历史能够产生并维持固定受众的原因。你可以看到这种社交性，这种不同形式的作品所共同享有的属性，它不仅体现在漫画英雄的电影中，也体现在其他艺术形式中：诗歌是其中一种，或者说（即使你只看英语诗歌）是几十种，它们有共同的根源和不同的分支。研究诗歌的历史，学着享受其中——可能是写诗、分享诗或修改你自己的诗——与其说是为了成为黑豹的斗争，不如说是变成《黑豹》粉丝的过程。这更像是成为玛丽安·摩尔的粉丝，或爬上一棵巨大的族谱树——根系复杂，树干粗壮，树枝缠绕，就像猴面包树一样。那些曾经或者现在仍然关心这棵树的人，那些爬上这棵树并想要住在树上的人，并不完全是可被统计的数据，就像统计聋哑人或宾夕法尼亚州的选民数量一样。然而，我们也是一个共同体，或者说是许多相互交叠的共同体。我们也在时间中延续，我们中的一些人是聋子，是宾夕法尼亚州的选民，喜欢《黑豹》，也想要创作漫画。

诗可以指诗歌的历史——因此也可以指许多群体的历史——经由经久不衰的形式加以表现：三行体、十四行诗或金铲诗（所有这些都在第三章讨论过）。诗也可以利用自己的历史，引用或应答早期诗歌，就像几千年前的推特一样。有些诗人把答案写得很清楚，围绕着这些答案写出了整首诗。莫妮卡·尤恩在 2016 年出版的《黑地》一书的结尾，写了一首由十四个部分组成的散文诗，逐行回应了约翰·弥尔顿第十九首十四行诗《哀失明》（On His Blindness）的行尾词。弥尔顿以"想到了在这茫茫黑暗的世界里"开头，尤恩反问弥尔顿为何会认为光、视力，或在地球上的时间是他自己的，可以珍藏或挥霍："'挥霍'这个词，就像一个摇动的袋子……我也犯过类似的错误。我认为我的身体——张力与松弛之间的较量——完全是我自己的，是一个产生各种质地和温度的装置。我怎么会知道这种自我要求的行为，将我自己与永恒和无限隔绝开来了呢？"十七世纪，弥尔顿写的是他的视力、他的虔诚、他的劳作；二十一世纪初，尤恩写的是生育、不育，尤其是关于女性身体的矛盾主张。还有弥尔顿，她的散文既是诗歌也是文学批评，就像磁悬浮列车一样，通过超越、排斥，与弥尔顿的坚定话语保持固定的距离而获得力量。

尤恩将她和弥尔顿之间的战斗呈现在读者面前。不过，更常见的情况是，诗歌通过漫威电影观众和游戏玩家所称的彩蛋——给准备好看它的人呈现或愉悦或讽刺的内容——与早期诗歌及喜欢那些诗歌的人对话。莫琳·麦克莱恩（Maureen McLane）的《有人说》（Some Say，2017 年）力求向任何有读写能力的读者敞开心扉：这些短小精悍、押韵频繁的诗歌渴望达到民歌的效果。它还满怀感激地回应了其他时代的诗歌。她的书名提到了艾米莉·狄金森的恳求（最初以散文形式收录在狄金森去世后，即 1894 年出版的信件集中），她希望自己的诗被大声朗读出来：

有人说

当一个词被说出

它就死了

我却说

它刚开始

自己的生命

麦克莱恩的书名还涉及古希腊诗人萨福的一首诗[1]（古典主义者将其称为残片十六），这首诗为麦克莱恩自己的情色诗树立了榜样。麦克莱恩的诗以萨福诗歌的自由体翻译开头，然后突然转向：

有人说骑兵团，

有人说地平线处

扬帆的船，

是最美的景观；

有人说一座山

被云环抱，

有人说俱乐部里

摇动屁股的矮个子

是最美的，有人说

1　指《致士兵的妻子》。

真相是

最美的……

我说

他们说的

有时就是我要说的

她的腿修长

裸露，闪闪发光

在床上

她描绘的是女孩和女人在一起的愿景，这是真正的萨福传统，部分轻松、部分严肃：在麦克莱恩的愿景中，跨越时空的酷儿女性能够形成自己的舰队，做自己强悍的主人。

这些对早期著名诗歌的公开改写，不仅表明现在的作家与过去的作家存在共同之处，也表明过去属于我们，我们可以在其中找到同类——只要适当接受他们与我们的不同；我们在某些方面存在相似之处，但并非完全相同。佩兴斯·阿巴比（Patience Agbabi）对乔叟《坎特伯雷故事》进行的当代改写，不仅包括大幅缩短、令人愉快的"平民地主的故事"，还有她自己版本的《总引》，乔叟著名的原始版本（采用中古英语）是这样开头的：

When that Aprille with his shoures soote

The droghte of March hath perced to the roote

And bathed every veine in swich licour

Of which virtú engendred is the flou

用现代英语翻译过来就是:

当四月带来它那甘美的骤雨,

让三月里的干旱湿进根子去,

让浆汁滋润每棵草木的茎脉,

凭其催生的力量使花开出来。[1]

这是典型的早期英语诗歌特色——五步抑扬格("perced"读作"peer-said","bathed"读作"bah-thed",以便保证十个音节和五个节拍的平衡)。阿巴比升级版的乔叟式主人公,在说话时采用明显的嘻哈风格节奏,每句都有两个强劲的节拍:

当我的四月给了我无数的吻,

我本可以让她做我的妻子或情妇,

但我很高兴被搭了便车——对不起,同乡的女孩——

我对圣玛丽勒波教堂的钟声宣誓,

然而她的呼吸如西风般清新,

当我呼吸着她时,我知道我们命中注定。

---

1 《坎特伯雷故事(上)》,黄杲炘译,上海译文出版社。

圣玛丽勒波教堂的钟声存在于工人阶级遍布的伦敦东部。这首诗是一次更新、一次致敬、一种跨越时空的文学共同体的表现，也是我们阅读古诗和新诗的理由：这种更新也让读者加入了这个共同体。

为了欣赏乔叟的作品，你不必是中世纪人，就像为了欣赏阿巴比的诗，你不必是英国人、尼日利亚人或伦敦人一样（当然，为了阅读我的作品，你也不必是一位跨性别的美国大学犹太裔白人教师）。不过，如果你开始思考文学史——思考诗人创造的共同体，思考谁是其中一员，如何加入、何时加入、为何加入——你就必须思考是谁有机会言说、出版、写作，思考其中原因及条件。学校认可的文学史常把富裕的、在城市里生活的人和白人男性（顺性别意义上的男性）置于中心，将他们的经验视为普遍经验，而将其他诗人视为特例。西方历史及文学史的巨大不公，不会阻止我们阅读济慈（他远远算不上富有），但会让我们发问——就像对共同体和文学传统感兴趣的作家不得不问的那样——如果将诸如加勒比海作家、贫穷的下层作家或抚养孩子的女性置于中心的话，文学的共同体与文学的历史——不仅是作家的历史，也是风格和阅读方式的历史——会变成什么样子呢？

最后还想举一个例子是伯纳黛特·梅耶尔（Bernadette Mayer）的《仲冬日》（*Midwinter Day*）。这首长达一本书的诗歌——就像詹姆斯·乔伊斯的《尤利西斯》一样——发生在一天之内，1978年12月22日，诗人和她两个年幼的孩子，在马萨诸塞州西部山区一个充满艺术气息但破旧不堪的小镇上度过了一整天。这首诗由诗歌和散文构成的六个部分，探索并扩展了梅耶尔与许多方面的连接：与其他作家；与过去和现在；与她当时的伴侣、诗人刘易斯·沃什（Lewis Warsh）和他们年幼的孩子；与她当下和未来的潜在读者；与各地的母亲们：

智慧的妻子和孩子

像山环绕着城镇，像士兵一样孤独

空蒙寂静

在邮局里

我们打开718号盒子，一个像停尸房一样的抽屉，

人们因为圣诞节发笑或疯狂

有一张朱利叶斯和茱莉亚送给索菲亚的生日贺卡，

一份免费邮购周刊、一份银行对账单和一张来自维蕾德的

账单，

没有改变世界的信件、支票或邀请函

刘易斯关上抽屉，眼镜掉在了地上，

一个镜片飞出来，他举起双手

说

"有什么用？"然后玛丽被自己的靴子绊倒了

她的头撞到了砖头上

索菲亚脱下手套，

我所记得的在梦中消失的场景都不见了

想想过去的主街山的情形，

我对看到的及能被看到的有限感到惊讶，

我想知道我们究竟为何写作

这些树以前都见过

但它们渴望着重来。

　　被家庭和孩子的需要占据，因一个没能力照顾好自己，甚至找不到眼镜的男人而愠怒，梅耶尔觉得"能被看到的有限"。这首漫无边际、充满奇闻逸事、时而滑稽时而饶有兴味的诗，构想着一个共同体，构想着我们看待彼此的方式，这是任何简洁的抒情和优雅的叙述都无法做到的。有时《仲冬日》就像一个隐喻，象征着很多新父母（通常是母亲）渴望共同照看孩子，并得到邻里之间的照应。"我就像一个说自己是另一个女人的女人，"梅耶尔后来写道，"或一个说自己是另一个男人的男人。"她对自我的感觉，就像这首结尾开放、故作天真的诗一样，与其他人的潜在联系是不可分割的。

　　梅耶尔并不总以这种流畅、稍显笨拙、清晰的方式写作。她早期的诗歌极具挑战性，甚至有些怪异，常常是为了规避散文意识。我们在第四章中看到的善用语言的诗人，把她看作盟友或先行者。《仲冬日》的创作灵感，不仅源于诗人的母性和她离开纽约搬到马萨诸塞州伯克郡的经历，也源于她关于为谁写作的想法的改变：不再是为了反学院派、先锋派（或准先锋派）等拥有中心地位的作家和艺术家，而是为了其他人，也许是她的密友、她的母亲，或其他生活在别处的父母们。

当其他诗人的群体意识或对为谁写作的想法改变后，写作的风格和目标也会发生转换。梅耶尔是如此，格温德琳·布鲁克斯也是如此。1950 年，布鲁克斯凭借《安妮·艾伦》（*Annie Allen*）成为第一位获得普利策奖的非裔美国女性，她后来说自己在诗集中收录了一系列令人印象深刻的作品，大部分是押韵诗，"是为了向其他人（通过暗示，而非大喊大叫）及那些还没有发现这一点的人证明，他们只是人，不是异类"。虽然她有意识地为成年人写诗（写关于成年人的诗），但她也为黑人儿童写诗，她为儿童所写的诗以她在芝加哥西部生活时的街区名字命名——《布朗泽维尔的男孩和女孩》（*Bronzeville Boys and Girls*）。1967 年，菲斯克大学举办了一场关于黑人写作的著名而富有争议的会议，这次会议巩固了布鲁克斯的观点，即世界已经改变，黑人民族主义才是未来前进的方向。她的作品变得更加支离破碎、更加参差不齐，与动荡不安的时代格格不入。大约在 1970 年之后，她的作品在形式和用词上变得更加直接、简单，仿佛她特别注意不要把任何年龄阶段的黑人读者排除在她的诗歌之外："在不远的将来，我的目标是写诗'召唤'所有黑人。"她想看到"黑人民族／建造自己的房屋"，从二十世纪七十年代中期到 2000 年去世，布鲁克斯只选择黑人出版社出版自己的作品。

我自己最喜欢的布鲁克斯的诗都写于二十世纪六十年代末，那是她的过渡时期，当时她正试图弄清楚自己的写作适合何种方向。与许多善于观察的人一样，她认为二十世纪六十年代末的一些暴力事件可能是出现更好的社会秩序的前奏。在她看来，《打破玻璃的男孩》（Boy Breaking Glass，她在菲斯克大学会议上朗读的一首诗）中的男孩，不仅是混乱时代的代表，也是一个前所未闻群体的代表。这个男孩——

> 打破的窗户是艺术的呐喊
> （成功，它有意识的眨眼
> 像优雅，像叛逆的信念）
> 它是原始的：是音速的：是老套的首映。
> 我们美丽的瑕疵和可怕的装饰。
> 我们野蛮的金属小人。

男孩就像促使他投掷砖头或石块，砸碎他看不见自己的窗户的历史环境一样困惑、难以自处。

布鲁克斯是这样一种诗人（奥登也是），即不同的读者会给出喜爱他们或喜爱他们同一首诗的截然不同，甚至相互矛盾的理由。如果这本书能像我希望的那样，那么它能够让你发现喜欢诗歌的理由，但你会（在选集中、网站上、同一位作者的诗集中，或通过音频、视频）发现更多的理由：它们可能与我所说的六大类理由（感觉、角色、形式、难度、智慧和共同体）不完全重合。这就是这本书没有给进一步的阅读方向下定论，也没有使用专业术语的原因之一（并非唯一原因）：在由不同文本和表演组成的、被我们称为诗歌的广阔疆域内，不同旅行者向往的地方及到达之后学到的东西截然不同。你越了解诗歌技术——押韵的作用、换行符的使用、轭式搭配[1]、词性活用和许许多多其他技巧，甚至无须知道专业名称就能辨别出它们——你能够欣赏的就越多，你就越能说出自己喜欢的是什么、为什么喜欢。

如果你看看近些年来或几个世纪以前的对话，你可能会发现一种模式，它表明（再次引用雷切尔·哈特曼的话）我们所有人都不只是单一的事物。我们见过诗人将自己与特定的事物进行比较（如詹姆斯·梅里尔的镜子或伊丽莎白·毕肖普的大蟾蜍），也见过诗人说自己同时是许多事物，仿佛为了表明我们也可能是多种多样的。我们也可以看到诗人承认，同一首诗、同一位诗人可能为多重目的，因为多重理由而取悦读者，用许多把钥匙中的一把打开我们的心。卡西切克在一首名为《谜语》（Riddle）的诗中充分表达了这种观点：

> 我是水池上方呼吸的镜子。
>
> 在我的内心有一个被审查的花园。
>
> 在我的蠕虫上，有人扔了
>
> 一张刺绣精美的床单。
>
> 还有那个清仓大卖场的孩子——

1　轭式搭配指一个词以不同的词义同时与两个词搭配使用。

更多的是纪念品而不是回忆。
我是被埋在缠绕的常春藤底下的
那只猫。还有白色的
失重的卵
飘浮在它的坟墓上。

每件事物都可以是一首诗描写的对象，是我们阅读诗歌的理由：一首诗可能就是一面照出你自己的脸的镜子，一种遇见想象中人物的方式，一件用来纪念的工艺品，一个像悬浮的卵一样神奇的东西，一种想象中的新生。同一首诗，能够成为所有这一切吗？

电视大厨奥尔顿·布朗（Alton Brown）喜欢说他的厨房里没有一件只有单一用途的东西（只有一个例外），没有只能做一件事的工具，如西柚勺。相反，他架子上有限的空间是留给那些可以在许多食谱中完成许多任务的工具的：串肉扦、漏勺、一把质量上乘的刀。你也可以说，我们为自己喜爱的诗歌在心里留出"空间"也是如此。有些诗歌很快出名，或对某些读者来说格外重要，因为它们只擅长一件事，就像灭火器（布朗是个例外）。但那些流传了几十年或几百年的诗歌，那些比打字机更经久不衰、在革命中幸存下来的诗歌，通常更像锅和刀：它们可以以许多方式与许多读者对话，有许多用途，做到许多事情。

有些诗很长，如《失乐园》。还有一些作品则以紧凑、易于记忆而闻名，以单一的中心符号而闻名：狄金森反对过度阐释的《劈开云雀——你会找到音乐》（Split the Lark—and you'll find the Music）及华莱士·史蒂文斯的《坛子的逸事》（Anecdote of the Jar），后者也是对济慈的瓮[1]或布鲁克斯的《我们真的很酷》的回应。阿德里安娜·里奇也创造了这种连续的象征，诗歌中的独特符号深深镌刻在读者的记忆中，如《未来移民请注意》（Prospective Immigrants Please Note）：

> 你要么
> 通过这扇门
> 要么不通过。
> 如果你通过
> 总会存在
> 记不住你的名字的风险。

更常见的情况是，一首诗给很多人很多个阅读它的理由，可能是这本书试图概括的六个类别中的一个或多个。布鲁克斯的《打破玻璃的男孩》是一连串引人入胜的神秘隐喻、一张由不规则韵律织就的网、一次技巧的展示；是一个极度不满的年轻人的画像；也是一个群体对于即将到来的混乱或革命的警告。瑞沃德的《鹰羽扇所说的话》既是一些本土作家称为"生

---

[1] 指济慈的诗作《希腊古瓮颂》。

存"的群体延续性的象征，也是一种诗歌形式的展示。《丁登寺》是一首探究困惑的诗，但它也是智慧之诗，是一种描绘复杂情感方式的诗。

大多数留存下来的诗歌，在几十年甚至几个世纪以来吸引了评论家和读者的诗歌，为不止一群读者做了不止一件事，它们所做的事情，我已经在这六章中，不止一次地描述过。有些诗歌甚至能够同时拥有这六种类别的特征。我将以两首这样的诗作为结束，一首来自二十世纪，另一首则更早。首先是里奇1978年的《力量》（Power）一诗：

居住在历史的土壤沉积层中，
今天，一台挖土机从破碎的土层中发掘出
一个瓶子琥珀，完美无缺，上百年历史
用于治疗发烧或者忧郁
为在这种气候下的冬季生存
提供补药。

今天我在读关于玛丽·居里的书：
她一定早就知道自己得了辐射病
多年来，她一直受着这种她
亲自淬炼的元素的折磨
但她始终不承认这一点。
她的眼睛患有白内障

手指尖开裂、化脓

直到她再也无法拿住试管或笔

临死时，这个功成名就的女人

仍旧否认

自己的创伤

否认

创伤与她的力量同根同源。

在我看来，这首诗会持续很长时间，不仅因为它对我来说意味深长（在不同时期意味着不同的东西），也因为它包含着——同时描述、解释，甚至挖掘并保留着——力量，这种力量意味着很多东西，能够发挥很多作用，打动许多读者，或在不同时间点打动同一位读者。

自出版以来，《力量》一直是一种为被剥夺权力的群体发出的宣言，一种对我们自己可用的过去的召唤。里奇邀请我们共同反抗、解决问题、克服痛苦，她和我们一样，在艰难的时刻寻求补药。里奇使用空格表示比换行更短或更没有意义的停顿，就像卡特·瑞沃德《鹰羽扇所说的话》中的谜题一样，让人想起盎格鲁－撒克逊人的押头韵诗，那种常带有尚武或斯多葛派态度且辅音丰富的诗句。我们应该已经很清楚，诗歌如何分享情感——被剥夺、不安、重拾快乐，如何提供智慧或劝诫。

不过，随着你不断重读，劝诫的意味可能会有所改变。居里夫人甚至在病入膏肓时还在继续工作，经历着里奇的用词（尤其是"化脓"）所表现的奇异痛苦。居里夫人知道自己在做什么吗？她错了吗？她平静地或在经历极度痛苦之后决定，在自己死前要完成更多的实验室工作，即使死于辐射也在所不惜？确切地说，里奇的诗并不是用继承来的形式（如六行体或字谜）公开展示技巧，然而，它是对技巧的致敬，对技能及专注的致敬，正是这种技能和专注，能够让实验室科学家和诗人创造"完美"事物、能够持续或治愈的事物。

或能够导致人死亡的事物。你越仔细地读这首诗，它就变得越矛盾、越难懂。居里夫人和挖土机操作员都发现了可能无效或危险的"治疗方法"（镭和黄素腺嘌呤二核苷酸疗法确实在二十世纪初导致了死亡）。如何处理危险的发现？如果你从一个充满危险、可能误入歧途的实践中获得力量，从一个可能被用于治疗疾病的天赋中获得力量，或从一个不把你的利益纳入其中的既成体系——如一个由男性主导、白人主导的诗歌世界——那里获得力量，该怎么办？和其他许多事物一样，《力量》最终不仅是一种召唤，召唤建立共同体，揭开、展示并以我们的创伤和我们的力量为荣，也是一种警告，里奇对自己及对像她一样的作家的警告，不要忘记我们的力量来自何处，不要只为自己言说。

里奇一生大部分时间都饱受风湿关节炎的折磨，她后期的诗作记录了自己的遭遇，里奇的儿子说关节炎是她的死因。里奇不仅从居里夫人显赫的名声中看到了自己，也从居里夫人颤抖、疼痛的手指中看到了自己。有其他身体缺陷、其他身体障碍或社交障碍的读者，或许也会从这首诗中看到自己。几乎所有上过创意写作课的人都听过这句箴言："写你所知道的。"里奇以居里夫人作为反讽的证据说道，"从伤害你的地方开始写，查看是什么让你感到痛苦；在那里找到你的同类"。感觉与角色、技巧与难度、智慧与共同体：都在这里。

《力量》所写的历史，不仅是关于物质实体、专利药物、辐射科学及女性奋斗的历史，也是诗歌的历史，因为里奇在无形中引用了前人的诗。她"完美"的瓶子让人想到史蒂文斯的《坛子的逸事》（"我在田纳西州放了一个坛子"），通过史蒂文斯，又会让人想到济慈的《希腊古瓮颂》。耶稣对彼得说，鸡叫以先，要三次不认他。里奇也三次使用了某种形式的"否认"。伊丽莎白·毕肖普在《公鸡》（Roosters）中写道，"否认否认否认 / 不是所有公鸡都会叫"，里奇可能也想到了这样一首反战诗。在诗歌的最后，挖土机和它"破碎的土层"让"我们"对公共事务失去了信心，这也呼应了罗伯特·洛威尔（Robert Lowell）在那首关于个人及政治上无助的著名长诗《为联邦死难者而作》（For the Union Dead，1960 年）中所写的"恐龙般的蒸汽铲"。洛威尔的诗，以一种他在电视上看民权斗争时产生的绝望情绪作为结尾：在他周围的波士顿，"一种野蛮的奴性 / 在油脂上滑过"。里奇关于挖掘和回忆的诗，似乎是对那种无助感的反击；她建议，无论你身在何处，都可以在那里挖掘。

里奇暗示诗人和诗歌必须怨刺、必须反抗，这是诗歌存在的原因之一。有时诗歌会控诉那些没有解决方案的悲剧境况，如我们会随着时间、年龄、生死而改变。在其他时候，作家们倾向于把社会的、变化无常的事实当作自然的、永恒的一部分，抗议总是徒劳的，[如里奇在她的诗歌《翻译》(Translations) 中所说]"忽略这样的悲伤 / 是不必要的 / 是政治性的"。然而，怨刺的观点，认为诗歌包含了我们尚未解决或不知道如何解决的问题的观点，对于诗歌史及许多个人诗歌来说，仍是十分重要的。即使是关于快乐、爱、依恋和满足的伟大诗篇（包括第一章开始时弗兰克·奥哈拉的诗），也源自我们受痛苦塑造，及并非所有快乐都能被分享的方式。奥登在每首好诗中发现的复杂情感，及我一直试图帮助你在诗中寻找的多种用途和多重愉悦，经常变成我们分享给他人的东西，或写进歌里的东西。下面是杰拉尔德·曼利·霍普金斯[1]的十四行诗《笼中的云雀》(The Caged Skylark)，这首诗写于1877年，最初发表是在诗人去世后的1918年：

狂风凛冽中，云雀在阴暗的笼子里跳跃，

日益增长的精神在他的骨头房里，在简略房子，居住——

那只鸟已经忘记了自由的荒野；

1　杰拉尔德·曼利·霍普金斯（Gerard Manley Hopkins，1844—1889），英国著名诗人，他在写作技巧上的变革对二十世纪的很多诗人，如奥登、迪伦·托马斯等产生了深远影响。

这是一个苦役，一天到晚辛苦工作的年月。

尽管在草地上、栖木或低台上
它们都唱着最甜美的咒语，
然而，在它们的细胞中，这两种细胞有时都会致命地下垂
或者在恐惧或愤怒的爆发中拧他们的屏障。

这并不是说，这甜鸟儿，这歌鸟儿，不需要休息——
为什么，听他说，听他嘟哝，跌落到窝里，
但他自己的巢，野巢，没有监狱。

人的精神被肉体束缚，却不屈服
但无须担忧的牧场并不苦恼
因为立其上的不是虹，立在其上的也不是他的骨头。

　　霍普金斯是一位英国耶稣会教士，生前没有出版过诗歌，他的大部分诗歌都取材于他钟爱的、独特的苏格兰天主教神学，其华丽的语言可能需要几次解码才能被人理解。"Uncumbered"的意思是"没有阻碍的"，"fells"在英国有"陡峭的荒野"的意思。掌管整首诗并控制了其结尾的情感，包含着驳斥（就像莎士比亚第一百一十六首十四行诗一样）：霍普金斯并不认同（如塞缪尔·约翰逊、克里斯蒂娜·罗塞蒂等早期宗教诗歌中所表达的那样）生命不过是个笼子，也不认同肉

体和感官体验（包括语言意识）无关紧要。他也可能是在回应丁尼生《悼念集》中的笼中鸟，即我们在第五章中曾看到的那只。

对霍普金斯来说，精神并不对肉体感到失望；更确切地说，精神与世界、身体、社会形成张力，因为在（霍普金斯天主教神学中的）第二次降临[1]后，或仅仅在未来某处，精神可以为自己找到一具更好的肉体、一套更好的感官。同样，霍普金斯自己的句法也为他的能量找到了一种比标准英语语序更好、更新颖、更有力的形式。这种新的形式邀请你分享其中乐趣，想象诗人在云雀中看到自己，陶醉于它的声音的相互作用，并更深刻地体会到霍普金斯式的复杂感受。

所有人都很疲倦，所有人都想要巢穴、限制和某种意义上的家——无论我们有多勇敢、多频繁地穿越暴风雨。这首诗赋予霍普金斯情感的限制和形式——与歌唱之鸟的笼子完全不同——正是这首诗本身的需要，它的"野巢"没有外界强加的牢笼。并且，对霍普金斯（他通常既虔诚又感性）来说，肉体本身并不是牢笼，地平线并不限制彩虹，而是托举它升起。这些诗行结合了十四行诗的整体形态、押韵的韵脚，及盎格鲁-撒克逊和威尔士诗歌中反复使用的头韵。这些特征增强了霍普金斯对自由的坚持——无论是身体上还是精神上。这首十四行诗讲述了天主教义上的重生，表达了在一样的十年

1　第二次降临指基督复临（基督徒相信耶稣基督将再度降临人间）。

里，跨越了大西洋渴望自由呼吸之人的希望。

我开始写这本关于如何读诗的书，是在2015年的春天，当时围绕美国诗歌的主流讨论开始从关于语言、意义、情感的抽象争论转向关于种族和观众的问题，如何听到新的声音、如何表现传统的问题，及关于单靠诗歌无法解决的结构性社会问题的讨论。我带着这本书及书中的主题，去了新西兰、英国，然后又回到美国。2018年秋，我写完了这本书，当时美国政府代表正把移民儿童限制在沙漠营地中。诗歌本身不能结束这种暴行，我们也不能如此要求诗歌。它不会颠覆我们的政府体系，也不会改变任何立法机构中常出现的五十一票对四十九票的多数。

然而，它对人们的影响——不仅是对我的影响——是真实存在的。至少有些时候，我们阅读和重读诗歌的理由——分享共同的感受，了解其他人，展示人们能够创造什么、能够做什么——也是我们关注单个或群体中真实他者的理由。只要还活着，被关在笼子里的云雀就是被囚禁在身体里的悲惨的灵魂，但它也可能是被关在笼子里的公民，在一夜或一年里郁郁寡欢，但只要有人聆听，它就会全神贯注。诗歌不是选举，但诗歌和选举都是在表达人类的心声。诗是来自牢笼和监狱的歌曲，诗为动物代言，诗是技巧的展示，诗表达难以言说的事物，诗是智慧，诗是我们与他人的联结，诗与艺术的历史息息相关。霍普金斯的云雀，就像里奇诗中的挖土机和补药，需要基于各种理由，运用各种方法来阅读。如果你愿意，你可以采用或改编霍普金斯的诗，作为你对非法监禁的抗议，或把诗歌看作希望在时代中留存下来的东西：作为对悲观前景的乐观反击，作为一种承诺，我们用它来与任何语言、形式、社会变革都无法战胜的限制（如死亡）战斗。灵魂从诗中涌现，歌唱不息。

致谢

如果没有那么多人的帮助，没有朋友、同伴，没有众多领域多位专家的建议，这样一本书不可能成形，更不用说完成了。感谢我的编辑劳拉·海默特及基础图书公司（Basic Books）的其他同事，感谢格雷沃夫（Graywolf）出版社的杰夫·斯考特及其他成员，感谢我的图书代理人马特·麦高文，感谢我在蓝花（Blue Flower）公司的代理（特别是安雅·巴克隆德），还要感谢许多当代诗人，他们为我提供了文字资料，浏览了本书的部分内容，并允许我引用他们的诗。感谢哈佛大学、我的系主任及院长：罗宾·凯尔西、詹姆斯·辛普森和尼古拉斯·沃森，感谢保罗·米勒及奥特亚罗瓦/新西兰基督城的坎特伯雷大学。我还要感谢乔丹·艾伦伯格、雷切尔·戈尔德、劳拉·金尼、卡门·希门尼斯·史密斯、蕾切尔·特朗普代尔和莫妮卡·尤恩，以及其他提供了诸多帮助的朋友、作家和编辑。他们的名单会写满超过一页纸。我很幸运得到我的父亲、母亲——杰弗里·伯特和桑德拉·伯特的支持。我很高兴每天都能与独一无二的杰西·班尼特、库珀和内森一起奋斗、合作，是你们"使一间斗室成为广阔天地"[1]。

1　这句话出自英国玄学派诗人约翰·邓恩的诗歌《早安》。

别去读诗

[美] 斯蒂芬妮·伯特 著
袁永苹 译

Don't Read Poetry:
A Book about How to Read Poems

by Stephanie Burt

图书在版编目 (CIP) 数据

别去读诗 / (美) 斯蒂芬妮·伯特著；袁永苹译
. —北京：北京联合出版公司，2020.9 (2021.3 重印)
ISBN 978-7-5596-3635-5

Ⅰ . ①别… Ⅱ . ①斯… ②袁… Ⅲ . ①诗歌评论－世
界 Ⅳ . ① I106.2

中国版本图书馆 CIP 数据核字 (2019) 第 263017 号

Copyright © 2019 by Stephanie Burt
This edition published by arrangement with Basic
Books, an imprint of Perseus Books, LLC, a subsidiary
of Hachette Book Group, Inc., New York, New York,
USA. All rights reserved.
Simplified Chinese edition copyright © 2020 by United
Sky (Beijing) New Media Co., Ltd.
All rights reserved.

北京市版权局著作权合同登记号 图字:01-2020-3347 号

出 品 人	赵红仕
选题策划	联合天际·艺术生活工作室
责任编辑	崔保华
特约编辑	张雅洁
内文审校	宣奔昂
装帧设计	@broussaille 私制
美术编辑	夏 天

未读
DR
文艺家

出 版	北京联合出版公司 北京市西城区德外大街 83 号楼 9 层 100088
发 行	北京联合天畅文化传播有限公司
印 刷	三河市冀华印务有限公司
经 销	新华书店
字 数	150 千字
开 本	787 毫米 × 1092 毫米 1/32 10 印张
版 次	2020 年 9 月第 1 版 2021 年 3 月第 2 次印刷
I S B N	978-7-5596-3635-5
定 价	49.80 元

关注未读好书

未读 CLUB
会员服务平台

本书若有质量问题，请与本公司图书销售中心联系调换
电话：(010) 52435752　(010) 64258472-800

未经许可，不得以任何方式
复制或抄袭本书部分或全部内容
版权所有，侵权必究